萧乾散文

人民文学出版社

图书在版编目（CIP）数据

萧乾散文/萧乾著. —2版. —北京：人民文学出版社，2022
(中国现当代名家散文典藏)
ISBN 978-7-02-015005-2

Ⅰ.①萧… Ⅱ.①萧… Ⅲ.①散文集—中国—当代 Ⅳ.①I267

中国版本图书馆CIP数据核字(2022)第042057号

责任编辑 温 淳
装帧设计 陶 雷
责任印制 宋佳月

出版发行 人民文学出版社
社 址 北京市朝内大街166号
邮政编码 100705

印 刷 河北环京美印刷有限公司
经 销 全国新华书店等

字 数 197千字
开 本 880毫米×1230毫米 1/32
印 张 9.75 插页4
印 数 1—5000
版 次 2007年11月北京第1版
2022年5月北京第2版
印 次 2022年5月第1次印刷

书 号 978-7-02-015005-2
定 价 38.00元

作者像

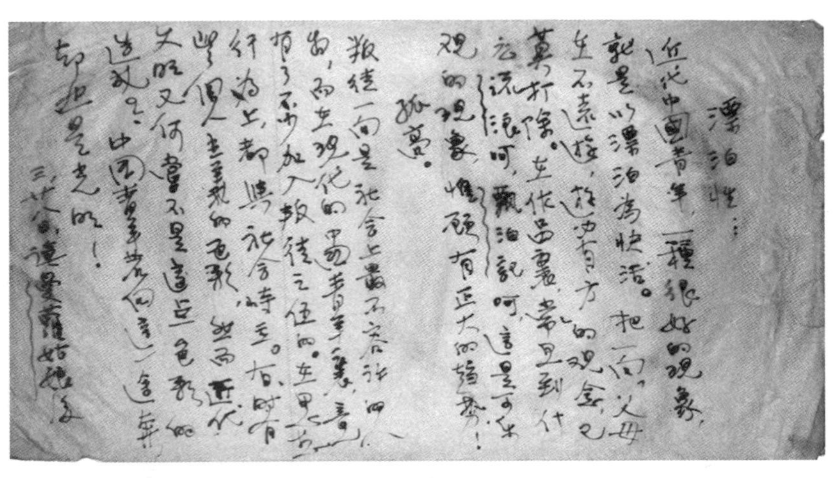

漂泊性：
近代中國青年，一種很好的現象，就是以漂泊為快活。把一向父母在不遠游，游必有方的觀念，已算打除。在作品裏，常見到什麼流浪呵，飄泊記呵，這是可樂觀的現象，惟願有正大的趨勢！
孤意。
叛徒一向是社會上最不容許的人物，而在現代的中國青年，[illegible]增了不少加入叛徒之伍的。在思想行為上，都與社會衝突。有時有些個人主義的色彩，然而近代文明又何嘗不是這些色彩的造就之。中國青年傾向這一條道[illegible]，卻也是光明！
三，廿八日，達夫讀[illegible]

作者手迹

记者萧乾

萧乾夫妇与冰心

出版缘起

中国现代文学开启自一百多年前的一场文学革命。从此,与社会现实密切相关,普通大众可以接受、可以欣赏、可以从中得到思想启蒙和艺术享受的新文学,就如雨后春笋般生长,涌现出一篇又一篇、一部又一部影响当时、传之久远的经典作品。自“五四”新文学以来的中国现当代文学发展进程中,散文无疑是耀人眼目的明星。

散文既能直抒胸臆,又能描摹万物,因此被视为自由多样的文体;散文语言贴近日常,最易触动人们的情感,可以直接地陶冶人们的心灵。这也是经典散文被誉为美文、拥有广泛读者、历经岁月更迭仍让人捧读的原因。百余年来的中国现当代散文创作云蒸霞蔚,已莽莽如浩瀚的文学森林,人们若贸然闯入这片森林之中,时有乱花迷眼、茫然难辨之困扰。为了让广大喜爱散文的读者能够更迅捷地读到中国现当代散文的经典性作品,我们精心编选了这套“中国现当代名家散文典藏”丛书。本丛书编选过程中,我们邀请了文学界的专家学者组成编委会,在认真商讨的基础上,汇集、编选了20世纪以来中国现当代散文史上的名家、名作。目的就是方便广大读者感受散文经典的艺术魅力,有利于集中欣赏、比较阅读、收藏,以及进行相关研究。

在研究、讨论过程中,编委会形成了经典性的编选宗旨。卷帙浩繁的现当代散文作品中，以经典作家、经典作品的筛选为编选原则，是为读者提供阅读便利的需要，也是为百余年散文创作所做的某种回顾和总结。我们深知，任何一部文学经典都并非一蹴而就，也非任由某个权威命名而成，文学经典是经过时间的淘洗，经受了社会和读者等各个方面的考验，自然形成的。这个淘洗和考验的过程就是一部文学作品被经典化的过程。经典，是经典化过程的结晶。中国现代文学是中国当代文学的前身，当代文学是活在我们身边的文学，这是一件非常有趣的事，因为这样一来，我们也许就能亲眼看到一部文学作品是如何诞生的，又是如何引起社会的热议、得到不断深入阐释的，我们对一部当代散文的喜爱，往往也是在这一过程中不断地得以强化。经典便是在这样不断被阅读、被热议、被阐释的过程中得到人们的广泛肯定从而成为大家公认的经典。当我们要编选一套现当代散文经典的丛书时，就应该考虑到当代文学的这一特点，要意识到当代文学的经典并不是凝固不变的，它仍处在不断丰富和不断成熟的经典化过程之中。这就确定了我们的基本编辑思路，即我们自觉地将“中国现当代名家散文典藏”的编选和出版，视为参与到现当代散文的经典化过程的一次积极行动。经典化，为我们的编选打通了一条通往经典性的最佳通道。我们从经典化的角度来审视现当代散文，就要更强调发展和辩证的眼光，更需要发现和辨析那些正在茁壮生长中的新现象和新作品；这也提醒我们，在经典标准的确认上不能墨守成规。我们既要关注作为文学史的经典，同时又要更看重历经岁月变幻始终在广大读者中拥有良好口碑的作品。我们认为，读者是经典化过程中不可忽视的参与者，因此也希望这次“中国现当代名家散文典藏”的编选和出版，能够为广大读者参与到现当代散文经典化进程中来提供一次良好的机会。

经典化的编选思路，自然决定了这套丛书有另一特征：开放性。中国现当代文学作为活在我们身边的文学，这就意味着它是一种具有旺盛生命力的，仍在茁壮生长的文学。回望过去的一百余年，现当代散文已经产生了不少的经典性作品；凝视当下的现实，仍有许多正行走在经典化道路上的优秀作品；放眼未来，我们相信，将会有更多的经典脱颖而出。我们这套散文典藏丛书不光要“回望”，而且还要有“凝视”和“放眼”，也就是说，我们不光要推出已有定论的经典性作品，而且还要把那些正行走在经典化道路上的，以及刚刚萌芽即将脱颖而出的优秀作品也纳入丛书的视野，因此我们必须采取开放性的编选方针。我们不是一次性地编选数十本书就宣布大功告成了，我们还要在此基础上继续延伸下去，把在经典化进程中逐渐成熟了的作家和作品吸纳进来，作为系列丛书、长期工作、“长河”计划而接连不断地出版下去。

本丛书编辑过程中，坚持优中选优原则，同时也充分尊重作家意愿和相关版权要求。在编辑“中国现当代名家散文典藏”过程中，由于版权限制等因素，使得一些名家名作还没有如期纳入丛书当中，我们也将努力创造条件，争取将更多的优秀散文佳作奉献给读者，以呈现中国现当代散文创作的整体成就和总体风貌。

感谢广大作家的支持，感谢广大读者的厚爱。

人民文学出版社

“中国现当代名家散文典藏”编辑委员会

目　录

导 读

萧乾（1910—1999）记者出身，慧心慧眼，他的散文和特写，如其自述“大都是记者生涯的副产品”，这使他的作品具有广阔的视野和深厚的历史文化的感悟力。萧乾出身贫寒，出生之前他在北京东城看城门的父亲就已去世，母亲被迫给人当佣工，不久也在贫病交加之中撒手人寰。小小的萧乾一边勤工俭学，一边自强自立，通过自己的努力，由小学、中学而及大学，燕京大学毕业后进了报社，二战时担任《大公报》特派记者，满足了他自小就深蕴心底的冲出古城走向世界的渴望。在《大公报》供职的日日夜夜，在十字路口的抉择，“回来落户”的坎坷，重见阳光的奋进……他的这种丰富的经历，为他创作散文提供了基础。他的散文瑰奇多姿、富有张力，显示出和其他作家不同的多维度写作内容和创作风格。他的散文创作，总的主题是记述作为人生采访者的所见所闻、所思所感，具体可分为二十世纪三十年代、四十年代、五十年代，以及新时期四个时期。

1935 年，大学一毕业，萧乾就在杨振声、沈从文的推荐下，进了《大公报》，编文艺副刊。1938 年秋天，萧乾到了香港，仍旧编《大公报·文艺》。1939 年上半年，萧乾为报社写了长篇游记《雁荡行》。作品呈示出丰盈的奇思妙想，美章佳句层出不穷，反映了作者锐敏的艺术感知能力和独立特别而鲜明活脱的审美风貌。徜徉在山水之间，作家出色而精微的语言能力得到了淋漓尽致的展现，时代风云和瑰奇状景结合，让人时时感受到作者心中热烈的情怀和不息而澎湃的波涛。1989 年 8 月底欧战爆发的前夕，萧乾出国，到英国剑桥留学，同时，受邀担任报社特约记者。二战期间，旅英七载，他留下长长的足迹，引起他悠长而深情的回想。除了当年发回国内给报社使用的通信报道外，还有《负笈剑桥》《欧战杂忆》《茶在英国》《一个中国记者对二次欧战的观感》等文，回想自己的旅英岁月，驰骋西线，采访，编发独家新闻的战地记者生涯，等等。他怎能不心驰神往，精神振奋，浑身热流滚滚呢？这些作品里，有他身历的二战时的欧战情景，他熟悉的英伦风情和各色英国人，他信手拈来，栩栩如生，显现出迥乎不同的感觉与视界。

新中国成立后，萧乾在国际新闻局所属的《人民中国》工作，1951 年的 1、2 月间，他深入湖南岳阳和北京近郊土地改革运动，为《人民中国》赶写了一篇他后来称之为用文字反映土改的“连环图画”《土地回老家》，因为政策性强，《人民日报》总编辑范长江就邀请他为国内读者写一篇《在土地改革中学习》，文章刊出后，受到了毛泽东主席的肯定。1952 年 11 月，他受时任中国作协副主席、人民文学出版社社长之邀，到出版社上班，由之前的对外宣传工作转而“在文艺上归了队”。1956 年上半年，在燕京大学的老同学、当时任

《人民日报》副总编辑的杨刚推荐下，萧乾去《人民日报》当了文艺部顾问。他不仅做顾问、看文章，而且当特约记者，接连以“本报特约记者”的署名写了《大象与大纲》《餐车里的美学》《草原即景》《万里赶羊》《凤凰坡上》《时代在草原上飞跃》《人民教师刘景昆》等一系列的特写。这些作品和纯粹政策性的报道不同，被视为“专业创作”，产生了较大的影响，也成为萧乾继土改文章之后的第二次文字工作的“丰收”期。其中的好几篇和他这一年 9 月的内蒙古之行有关。他写内蒙古，是真诚的，他是一个完全汉化了的蒙古人，能看到自己祖先栖居过的草原，看到本来只有一座座破喇嘛庙的荒原上兴建起崭新的城市，他的由衷的喜悦加上歌颂新生活的热情就自然而然生发出来，并形诸笔墨了。在这组作品中，影响最大的是《万里赶羊》。事后，《人民日报》还破例刊登了几篇读者反应。其中一篇写道：“为了社会主义建设而从事豪迈劳动的各族人民子弟，应该受到人民的尊敬，他们是真正的英雄，敢于做从来没有人做过的事情。我仿佛看到在天山下，他们站在冰雪化成的刺骨的河水里，结成人墙，把一千四百只羊运到了彼岸。我感动得流了泪，觉得自己工作做得太少了。他们的行动为国家节省了将近五万元，更可贵的是他们的爱国主义、不畏艰苦的精神。”

萧乾在新时期，显现出无比蓬勃的创作力，写了大量的散文作品，其中除了欧战忆述之外，最多的有两类，一是个人记忆中的北京“城史”，如《北京城杂忆》

《老北京的小胡同》。萧乾是土生土长的北京人，老北京的灌肠、爆肚、油茶，他吃得格外过瘾。他忆述北京城的文章，很不一本正经，颇有意思与意趣，浸透着个人汲取与涵养的那种文化的全部风格。二是知识分子的心灵史，收到本书中的许多篇，像《拟 J. 玛萨里克遗书》《往事三瞥》《一个乐观主义者的独白》《我的年轮》《写到不能拿笔的那一天》等，都可归为此类。萧乾一生崎岖坎坷，在四十年代受过文坛的批判，反右运动时他也曾被划为“右派”，成了矮人一等的人。他烧过锅炉，扫过厕所，拾粪，卸砖，挖泥，等等。然而他心中始终有所追求。其心迹最早的表露，是《拟 J. 玛萨里克遗书》。此文发在 1948 年 4 月由储安平主编的《观察》杂志上。文中，他描写了一个眷恋故土、“幻想”欧洲不流血革命的人物形象，这个人物虽然最终承认自己政治哲学与和平理想碰壁，但却仍然要对左、右两派尽逆耳之言。作者这里想表达的是，“做人”的原则和革命的原则，人的意识和民族意识，并不总是那么对立、矛盾、不可兼容。作品所写究竟有几分属于这个人物的真实原型的思想并不重要，重要的是他在这儿把这个人物当成了自己的化身与写照，他是在借他人之酒杯，浇自己心中之块垒。1949 年年初，萧乾回到祖国，参加新中国的建设，与中国同命运，共患难，本来，他当时有几条路可走。他可以接下聘书，应邀到剑桥大学任教；也可以留在香港，保持原有生活方式，静观形势再做选择。然而，怀着对“家”的依恋——执拗的、什么山川都无从阻挡的依恋之情，他回到了北京。就像回家的鸽子，不论路有多么遥远，多么崎岖和险阻，也痴心无改，绝不动摇那种“我要回家”的强烈意愿。这是一种深刻的情感，执著的意志。历经磨难终而改正之后，回忆与反思，虽然略呈伤感与苦涩，却也寄寓真诚与热望。在这种复杂的思绪当中，萧乾将自己的拳拳爱心奉献给了祖国和民族。

萧乾生活在生他养他的土地上，他的命运毕竟是与祖国的命运、民族的命运、历史的命运紧密相连的。他的散文作品，探取丰富而独特的创作题材，捕捉诚挚而宏大的思想与情思表达，奇颖生动。他的探寻、选择、跋涉，他的欢欣、激动、伤感和思索，他对生命历程的反顾，对历史命运的追索，都韵味悠然，值得一读。

丁亚平

雁 荡 行[1]

一、南海的春天

虽然嘴里解嘲着说，天在替我们的瀑布加瓢水，冒雨登船毕竟不很痛快。码头本来就是潮湿的地方，在雨中，浮动着那么多负重的脚伕，在灰云下面哼唉着、喘嘘着，越显得阴郁闷人了。

行李放进舱里后，我喘了口气。然后，忘记适才赶船时的狼狈，又扶了船舷，悠闲地向岸上眺望了。

这时，岸上正有一辆红绿色的电车沿着外滩向南跑着。由码头直到岸上，黑的绸伞疏疏朗朗地晃动着，如一片浮萍。一个老脚伕赤着大脚板，正扛着件行李吃力地向船上走。他也许一辈子无缘看看别处的风光，却成年在风雨里为远行人张罗！

一阵锣声，甲板上也忙乱起来了。送客的说着最后几句叮嘱，小贩落低了货价，落低了嗓音，用哀乞的面容央求客人买下他点什么。难为他想得那么周到！仁丹、木梳、通俗小说，甚至针线。转转眼珠，他还有更亲切的小玩意儿。

汽笛在霉湿的天空里长啸一声，船身徐徐移动了。是晚雾呢，还是浦东的煤烟，这时浑黄的江面上正弥漫着一片苍茫的灰烟，两岸的景物因而显得模糊了不少。只觉上海如张条案，摆了高低不等的“蜜供”；每座楼都那么崇丽，有的即使不甚高，却也掩不住那

---

① 原题为《雁荡天台探胜记》，后改题目为《雁荡山》（山水通讯），最后改为此题。

种钻跃的想头。靠浦东那边泊着几只木船，桅杆直插入灰灰天际。同“蜜供”大楼对称着的，这边是高低不齐的烟囱了。衬着暮色，一片片乌黑煤烟在上空袅袅盘桓。

过炮台湾后，吴淞口的江岸不再窄得使人窒息了，但又荒凉得怕人。水面宽了，两岸是无涯的绿坪。远处，天水吻合成一片闪亮的灰色。这时，江面飘着一只红浮灯，样子酷似鸡笼，里面却有一只诡秘的眼睛，忽明忽暗，似在同那只飘浮的乌黑铁锚作着什么险恶计谋。两只潜水艇浅浅地露出水面，藏灰色的舰身，睁着无数骷髅般的圆黑眼睛。靠岸，一只起重机伸起巨大胳膊，不知它究竟想捏些什么。泊在旁边的是一只修补着的商船，黑一块红一块，隐约似有工人在蠕动。

出吴淞口，雨虽敛迹了，夜却擦着洋面向我们这小船袭来。统舱间里，有患旅愁的乘客拉起二胡来。调子是那么伤感凄厉，配着浪涛声，呜呜咽咽，解了他一人的旅愁，不将勾起别人另外的忧愁吗？

次晨一睁眼，船贴靠定海了。这是舟山群岛丛中的首要大埠，还是鸦片之役后，用香港换回的呢。这地方是为三面的山丛严严环抱着，山峰这时正隐在一片灰白晨雾里。汽笛一叫，四面山坳也趁势喊嚷了一声。

码头上又熙攘了，脚伕，临时架起炉灶的馄饨担子和提了蒲包登岸的乘客夹在一起，向着岸上拥去。因为天还早，面海的街上有灯光闪烁着，恰如惺忪的睡眼。这临海小镇遍布白色小楼，山腰还有一座尖翘屋脊的小庙。海滨泊了几条西瓜皮般的空船。这时早潮未涨，都很寂寞地躺在黄泥滩上，桅杆头上的窄长红旗迎风招展。

一阵军乐声吸引了我。码头上有三个吹鼓手，各自把手瑟缩地藏在衣袋里，很不认真地吹打着。

起初，还以为我们有什么达官贵人同船呢。及后由于不曾戒严，我又猜也许是县长出巡；然而吹鼓手也不应这般敷衍一位父母官啊！

这样疑惑着，搭板上发见了一串披麻戴孝的人，前面是一口黑漆棺材。

在这种慵懒的吹打中，棺材由几个人抬上了岸。那里，有一张摆供品的祭桌在等待着哪。随后，我听到一阵磬声，一个披绣花袍的僧人揖跪凡三次，一道黄表纸焚化了，还有一串噼啪震响的连珠鞭炮，把个小码头弄得更热闹了些。

站在船尾一簇席篓上，我才看见了南海的春天，油汪汪的水，远看平柔如细绸，近处逼视，又有碎波蠕动如满箩春蚕。天边的灰云折折叠叠，诡秘似一个魔术师的幔幕。黑的煤烟，打着旋从轮船烟囱里冒出，擦着早晨冷清的空气，刷刷作响，震得桅杆也应声颤抖起来。环着船尾，几只海鸥依依不舍地正打着盘旋。

船终于开了，立在船尾，我们有机会看见船身压过的海面，一道滚着白沫的湍流，历史的遗迹，时代的波动啊。

哦，海鸥还是追踪来了，一只只斜着雪白身子，藏起后脚，飞出诸般美妙姿势，随飞还啾啾叫着。我看着它们在天空画出美丽曲线，又看它们使用巧妙而且准确的姿势捉食海面的鱼。万物各有其生存的本领啊。

这样飞着，终于它们也疲倦了，就一一落在水上，随着浪涛起伏漂浮着。

由南海飘过，这回是第十遭了，然而我没有见过比这次再亲切的南海。现代人读《镜花缘》和《鲁滨孙漂流记》，对于帆船旅行，一定十分向往。那时的航海家遭受到海的残暴，可也更体验了海的温柔。几乎可以抚摸到海的每一根汗毛。一向所乘的大海轮，出了吴淞口，三四天工夫，永远是那片蓝色海面。偶尔也许逢到一只路线相同的船，也只互相交换一声汽笛。这回搭的是小海轮，虽然抚摸不着洋面，总算看到这段海岸的轮廓了。穿过一座座的小岛，有时觉得伸手直可摸到那龟裂的石缝和千百年来海浪在石上冲刷的痕迹。

二、浙东春景

黄昏时分，立在甲板上，我们遥遥望到了海门，一片灯火晃出一个滨海的小商埠。

今夜虽然依旧得歇在这船上，海行一昼夜，常川往来的茶房却有些沉不住气了。我们擦着电筒，净盼着天晴，好去踩踩灯火下的那片干土。

船从耸立着三座尖塔的山脚下拐过去，甲板上便噜噜噜地响起一阵铁索声。说是海关要检验，船竟在离码头几丈远的水面抛了锚。对于急性的旅客，照例这是一种磨练。

船像一只停了脉的僵尸，不再喘嘘，不再叫啸，只哑哑地泊在那里，任晚潮哗哗卷扫着。我们这群等待检验的乘客都蜂拥在甲板上，互相无助地呆望着，像是懊悔船不该这么早进了口。面海的街市这时正有细碎灯光，长长地伸入水里，把桅杆的黑影照得也抖抖擞擞如丛莽里的巨蛇。有人说东山有什么花园，然而又有好煞风景的人插嘴说，检验完了辰光，园门早闭上了；于是，那花园对我们越显得可爱，而检验员随之也越可恨了。

就在大家愤怒的眼神下，水面出现了一条黑黝黝的影子，慢悠悠地向着我们的船身移近，一只船板上载着三个穿制服的人。三只电筒像是比赛光度的强弱，如冒火的魔眼，穿过黑空，对着我们接连探照。

经过一番盘查后，船终于又还了阳，心脏微微悸跳了。然而却像个伤兵，匍匐在战壕里，喘嘘着，勉强爬近码头。

我们七个夜游郎，各揣了电筒和一颗好奇的心，穿着全副雨装跳上了岸。

雨这时停了，路泥泞不堪。转过一个栈房，我们便走到了街心。

对于由上海来的游客，水月灯是多么像小家碧玉的簪饰啊，然而它却把个湿漉漉的小商埠照得那么银亮，那么繁华。灯下陈设着天台山黄澄澄的小橘子，颜色鲜艳的爱国布，木匠店里辛勤的学徒还趁着那点光亮油漆着红木马桶。

然而可偏不得头！街是银亮的，小巷却黑得怕人。我们有些生气这小商埠对于“光”的分配太不平衡了。

虽然是座全然陌生的城，由于人多，我们胆子来得也壮。终于，我们走进坐落十字路口一角的四海春酒馆。临窗，呷一杯黄酒，听窗下敲着清脆的竹梆子。

这一夜，我们是睡在一只静止的船里。

天明，我钻出舱来，立在甲板上伸个懒腰。昨夜小商埠的神秘装饰不见了，这时才看见沙滩上有一簇小船，船头晾着一面面黑色的渔网。灰色的天覆盖在小镇上面，一只悠闲的鹰，正环着那方天空打着盘旋。它像是在试着翔空的气力，翅膀扇动一下，它便很自在地滑翔起来。

捆好行李，我们又全副雨装上了岸。

再会吧，南海，想到这一去，天交晌午便能到雁荡，真是太可兴奋了。

赶汽车站还得穿过街心。街上除了卖力气的，这时没有了拥挤的闲人。我们又走到那家“四海春”了。这时，店前摆的净是油条、腐乳担子。许多短打扮的朋友在照顾，我们也蹲在石阶上，先吃点东西。

填饱了肚子，就沿着海滨走到汽车站。

看看地图，由海门到杭州，我们的行程弯弯曲曲的，恰似一条蚯蚓。它迤逦钻穿着山川秀美的浙东。当车由那紧贴海滨的车站开出时，那条蚯蚓的脑袋在钻动了，我们也开始向车窗外眺望。

窗外正是一片浙东农村的春景。公路旁一道小溪，它穿过竹林，穿过稻田，流向一座水磨房。磨房里隐隐传出一阵细微的呻吟。几只闲适的鸭子，这时正昂着细长脖颈，浮在小溪上散步。稻田里有戴着笠帽的农夫屈了腰身在插秧，泥浆漫过了膝盖。笨大的水牯低垂了粗壮脖颈在寻食。

车在路桥站停下了。这是一个丁字交叉点，往北去黄岩，南至雁荡、永嘉。才跑出十几里，我们便被丢在冷清清的草棚下，说是要换另外一辆车。

站得实在不耐烦了，忽然记起草棚外还有一片春天，为什么呆呆地守在这里呢？于是，就随同一位胖胖旅伴，走到公路紧傍的一座小村庄。

天阴沉沉的，一摊白茫茫的云彩罩住了隐约的远山。枫江蜿蜒地环着这小村庄爬，四面田野翠绿欲滴。这时，稻田里正有一个农夫赶着一头大水牯，泥水吞噬着笨重的牛蹄。人喘着气；水牯颈下的软皮颤动着，铁犁滑过处，泥水溅起，四下里迸溅便裂开一道深陷的沟。

这小河不但灌溉了稻田，它还绕进村里，印出一片垂柳小楼的倒影，朦朦胧胧如梦境。小楼顶上覆着一排排的黑瓦，瓦上飘着一片炊烟，尖尖楼角下晾着花花裤袄。时有蔓生植物爬过竹篱，向着小河探头。一个提着竹编鱼篓的人，耍着手里的钓竿，打着尖锐呼哨，由木板桥蹒跚踱过。忒儿一声，惊起竹林里一只野禽。它展开美丽的翅膀，拍打着清早的空气，啾啾叫着飞向别处去了。

这时，那个胖胖旅伴远远喊了。我赶紧又沿了溪畔，跑回那座草棚。

草棚下，旅客们正在抱怨着哪，有人甚而要向路局交涉，为什么坐汽油车来的，如今却换乘木炭车。行路图和气的旅客就劝解着，说交涉也没有用处，木炭车慢点也凑合了。

终于，那辆木炭车在许多只鄙夷的眼睛下，由车库里开出了。然而车门开后，那些鄙夷它的，却抢先钻了进去，用篮子、用包袱，甚而大腿，把地位占得宽宽的。

木炭车我还是在展览会里见到过，这是初次试乘。我耐不住一种好奇心，跳下车去，轻手抚摸一番车身。它笨重，比起“福特”“别尔克”来，它还丑得很；然而想起它是我们自造的，一切它的笨重丑陋又都成为可爱的了。

车童像升炉灶那样往那大铁筒里倾倒炭块，然后，他伏下身去摇动铁筒下面那只小轮柄了。

“就要开喽！”司机一面催我上车，一面安慰着车里那些不耐烦的乘客。

我钻进车去，然而那小轮柄还是摇着，一种单调得烦人的声音继续响着。

“换车，换车。”反对木炭车的人又趁势鼓动了。

“开都开不出去，路上保你抛锚。”

另外又有个爱国心重的人主张：这既是国货，就应当给它一个试验的机会。看样子他也许是海关的什么职员，嘴里很熟稔地背诵出每年进口汽油的钱数。我记不得他说的数目了，然而大得骇人。

“国货也得有用啊，”那位国货悲观论者不服气，“看，这车是国货，它开不动——”

正说着，我们的车作了一声吼啸，很吃力地向前开动了。响声虽然大了些，却也载着二十多个忘恩负义的乘客，驶上伸入稻田的公路了。两边水汪汪的稻田里，印着绛紫的云山倒影。

那个国货悲观论者哑口无言了。他不屑地掉过头去，好像车窗外那片无垠的绿色都显得可厌了。

我心里却隐隐感到骄傲，这只笨重的可是自己生产出的丑陋家伙居然显起身手了，它的四周都荡起仲春的烟尘。

忽然，车的响声变哑了。司机的手有些忙乱。终于，车戛然停住，司机跑下了车。

“看，是不是得抛锚！”那个国货悲观论者赶忙证实起自己的预言。然而还是太快了些，因为车经过司机一番巧妙扳动又恢复了隆隆震响。

一路上，我默默分析着同车人对国货的态度：淡漠的，热情的，反对的。然而为国货本身想，它不应长久寄生在国人的同情下。一件代替洋货的东西发明出来还不够，得使这东西逐渐赶上洋货的精细坚固。它必须繁兴在国人的坚定信仰上，使人们因国货本身的价值而骄傲。看看内地公路的发达，木炭汽车实在有它远大的前途，希望发明者珍视这前途，继续研究它，改善它，推广它，使它在实质上取代汽油车优越的地位和威望。

像是帮我们赌一口气，这车安然无恙地把我们载到泽国。

下了车，我再回顾这笨重家伙。它气得浑身发着抖。它丑陋，但是它倔强地、有骨气地屹立在那里。

三、雁荡序幕

临到名山脚前，是摆架子呢，还是为了使香客们肃穆下来，路已不再那么平坦了。

极目望去，没有了那齐整的地平线，却是一重重嵯峨的关山。当我们的车由小温岭的山根盘向顶巅的途中，那恍如是做了一场又惊又险的噩梦。向车窗两旁探首，等待着你的永是壁立千仞的峭崖。缩头看看前面，嶙峋的山坡上爬着一条曲折如蛇、旋转如螺的公路。汽车呜呜震响着，奔驰着，如一匹激怒了的巨兽。遇到拐角处，有的乘客时常会脱口喊嚷出来："司机，司机，慢点开哟!"

然而这嚷叫早为马达声吞没了。喊的人只好无助地向车窗外看，越是怕越想看啊!

窗外，田野阡陌尽处，是一片白茫茫的湖雾。湖心似还泊着一只帆船，细小有如一根孤生的芦苇。宁静的湖水闪烁着它那份澄静舒坦，似乎是安排来镇宁乘客们的心情的，它冲散了不少车里的恐怖。

像是结束了一口悠长的叹息，我们的车跨过了小温岭。车身的震响少了，我们的梦也醒了。然而抬头望望那始终警觉着的司机，那坚毅勇敢的背影，一种感激钦佩的心情油然而生。

可是回首看看那如蛇如螺的艰苦工程，更应感激的不还有当日筑路的民伕吗？他们用臂膀凿出这条险路，便是在这样阴雨连绵的季节，也还那样坚固坦平。

车到白溪，载运汽车的摆渡已在伫候着哪。

这以后，我们便投入了雁荡的怀抱。

不须指点，突然你会觉得周围变了样。一路上尽管经过十八座山，高的有，险的也有，然而一个平凡的“山”的观念你脱不掉。但到了雁荡，置身于那幽奇浑然的境界，你将不断地问着自己：这是哪里呀，这么古怪，这么怕人！

汽车停在山口，那里离我们的宿处还有五六里地。

正像一出古典剧的序幕，这五六里地沿途的布置把我们整个引入另一种庄严境地。也正像序幕，雁荡的许多重要角色都闪出个侧影。它不要你洞悉，却要你洗刷为铜锈油腻淤塞住的心灵，忘掉沿途的辛苦，准备一具容得下瀑布山影的胸膛。

首先，你得惊讶山到了这里竟全然变了色，苍黑里透着绛紫。平时看见一座不毛之山，你会嫌它植树太少，你划算一座山可以辟作几块梯田，土质适宜种荞麦还是桃杏。一句话，你盘算山、支配山，你是山的主人。到这里，山却成为你的主人了。

埋伏在四周的，哪有一个驯顺家伙呀！有的像一只由天上击下来的巨拳，握得那样牢，似有无限重力蟠结在拳心。击下来倒也罢，它偏悬在半空，叫你承受那被击的疼痛感觉。迎面，矗入天空的，是一只拱起的臂肘，上面长满了积年的疤痕。臂肘旁边，不知谁在长长伸着两个秀细指头（双侠峰），及至你一逼视，手指下面还睁了一双骷髅般深陷的黑眼（老虎洞），对你眈眈怒视。左边又出现一面悬崖绝壁（云霞嶂），上面依稀布满了斑斓的朱霞。这一切，都像伏卧着的巨兽，巉岩上垂落着这巨兽的唾涎，有的地方还是悬空散下，如檐前细雨，当地人叫作雪花天。

沿着一道小溪，我们到达了旅社。一顿异常香甜的午饭后，我们各拄了根棍子，齐向灵岩拔步。

四、永远滚流着

灵岩寺算不得一座大庙，藏在无数奇形怪状的峰峦中，它却摆出极其宏伟的排场。

立在寺背后的是锦屏嶂，嶂下是一片疏疏朗朗的竹林。没缘分见过海市蜃楼的我，真不知那嶂石里面究竟还存在着怎样一个幻境。在那斑驳的黑影中，你可以清晰而又恍惚地辨出亭台楼阁来，没有真的清楚，却比真的景色更能引起你的遐思。

直像哼哈二将，只是体魄更要硕大多少倍，耸立在寺前的是南天门(又名白云岗)，左展旗峰，右大狮岩，岩上便是拔地而起、不着寸土的天柱峰。这座矗立云表，高可达百二十五丈的巨岩，如果仔细端详，周身还有着棱角，宛若一块顶天立地的晶石。

天阴着。我们在寺殿前品着云雾茶，僧人便挥着长长衣袖，指点给我们：那酷似一个女人剪影的是“侧面观音”，两峰并立的是“双鸾峰”，细圆直起如古墓华表的是“卓笔峰”，两峰连起如一本展开的书册的是“卷图峰”；真是重叠竞举，形成一座巍峨的山城。

在这些惊心动魄的庞大家伙之间，还夹着些以精雕细琢惹人注目的“金乌”、“玉兔”、“美女梳妆”，它们那奇秀的姿态，恰好调和了四周崄巇逼人的气势。

灵岩这小庙，便为这些奇峰怪峦重重围起，自成一个世界；蔽日遮天，好一个荒僻、幽暗的山谷。

我们走出寺的后门，沿了竹溪僻径，访问灵岩另一奇迹了。

拐过一巨岩，我们为一种铿锵嘹亮的响声所惊骇。在幽暗的山谷里发出隆隆回声。我们低头寻找，还以为溪涧突然发了狂，可冤枉了那清澈见底的小溪，它依然冲刷着大小卵石，卷着凋落的竹叶，琤琤吟唱，缓缓向山下流着。

那响声越来越隆大了。渐渐地，深谷里的寒风竟夹着雨星向我们扑打。天阴，可还没落雨！当我们一面向前探着脚步，一面心下揣了疑惧猜测着的时候，突然一道由半山垂落下来的白光出现在我们眼前了。

“小龙湫!”有人这样喊。

啊，瀑布，梦了多少年，今天我有福气看到了。我不甘心遥遥望着它。镀满青苔的乱石是泞滑的，然而我可以爬。

终于，我爬到了小龙湫的脚前。我仰起头来，由那石缝迸出的是一股雪白怒泉，滚滚泻下，待泻到半途，怒气消解，却又散为细碎银珠，抖抖擞擞，飘落而下。纷乱的银珠击在湫下乱石上，迸得更细碎、更纷乱，终于还得落在潭溪里，凝成更闪亮的洁白颜色，随注滚下，窜过乱石隙缝，坠入溪涧了。

我是多么舍不得离开这白色奇迹啊，然而同行的朋友说：“还有更大的哪。”我随了旅行团，沿着那琤琤琮琮的溪涧，又返回灵岩寺。

说是“采石斛”表演还没准备好，我们又爬山去看“龙鼻水”。雨后的山路异常泞滑，然而仰头，那座山洞里却逼真地伏着一条细长多鳞的龙身，鼻水淋漓垂下。我们扶着那段铁缆，喘嘘地爬；在牌位后面，还看见一只“龙爪”，作为头部的那块奇石，据说许多年前已为人砍掉了。

站在洞口，我们发见天柱峰的半腰晃着一个人影，岩顶还似乎有人在嚷着，山谷里发出一种细微隐约的回响。

我有些莫名其妙。当我发见峰腰那小小人影是挂在由岩上垂下的一根细绳上时，我吓得几乎嚷了出来。人影如一只困在蛛网上的小昆虫，悬在那里，踹着腿，嚷着。

“二十块钱卖一条命！”旁边有人这样叹息着。

领队招呼我们看山民的缒绳表演，并说明这不是为我们做的。我们还有更精彩的“节目”！

我们回到灵岩寺。僧人早在殿前放好躺椅，桌上盖碗里已泡好云雾茶，还有一碟碟瓜子。擦完一把滚热手巾，忽然，我发觉天柱峰和展旗峰峰顶之间系起一根绳，纤细隐约有如远天的风筝线。

我仰头张望着，正奇怪谁有这胆量爬到那“天柱”顶尖去系这绳子呢，突然，空中又起了一阵微弱的喊嚷。这时，我才看到这耸拔峭岩的崖角，蠕动着几个人影，直像是一片片为风吹动摇撼着的树叶。

于是，我们的节目开始了。

“节目”是怎样一个不符事实的名词，这是拿生命当把戏来耍啊！我几乎不愿再回想那蝙蝠般的黑影，因为那原是个人，却微小得像蝙蝠，四肢伸张挣扎得也像一只蝙蝠。

然而为了摹想那峰巅的高度，你还得记住这是只小蝙蝠。一声吆喊，这细小黑影由天柱峰顶巅滑下来了，滑到那细绳上，悬空挂起，而且，向对面山峰蠕动着了。

（这时，我才明白这“节目”的表演者是要由天柱峰沿了那细绳爬到展旗峰尖，不说那险劲，这口气力也近于不可信了!）

然而那小小黑影这时离天柱峰又远了些。天阴得那样惨灰，衬托着这在天空中挣扎的小生物，挥动在灰天里的四肢几乎连成黑黑一团，由那缓慢的蠕动，我几乎可以听到他的喘息，看到他筋骨的痉挛。也许他没心去嘀咕了，然而他的心就能不蹦跳吗?

蹦跳的却是我的心。

爬出十几丈远，那黑影还“表演”哪。他在那根细绳上翻斤斗，侧身作安卧状；更骇人的是，他踹蹬着他的脚了。我虽看不见那绳子颤动，却担心他会从半空中坠落下来摔个粉碎。

他又蜷起双腿，向细绳中腰移近。边爬着，还边顺手掷下一些碎片。那碎片依恋地陪着他在半空盘桓一阵，随后向下飘落，不知什么时候才坠到地面。

那只小小蝙蝠这时攀到细绳中腰了。像生在清癯脸庞上的一颗黑痣，灰灰天空停留了这么一个黑影。我以为他疲倦了呢，他却还向我们嚷着。僧人唯恐我们听不清，告诉我们空中那个人问：“拍照不拍?”他想得多周到啊!

他又翻起斤斗来了，并且点放炮竹。訇的一声，山谷里发出清脆的回响。他放一只，还向我们招招手。

连响几声，他又有了新主意。他悬空假装憩坐势，还用极安闲的姿势吸着烟卷。他是用装出的闲逸来陪伴安坐在地面上观者的真实闲逸啊。

过后，他又唱一阵似乎军歌一类的调子，声音细微辽远得不易听清。然而不吉利啊，我即刻想到了葬歌，甚而赴刑场途中囚犯的狂歌，也是那么硬凭胆量表现出的一种镇定。他外表做得越是安闲豪迈，旁观者的痛苦也越加深重。

摆弄了一会儿，突然，空中发出一阵连续的响声。他把一挂鞭炮系在绳上，燃放了。鞭炮越响越短，谁能想象一个“假使”呢?

为了取悦地面上嗑着瓜子的观众，他直是把生与死当成两颗石球，玩在手里，抛掷着，戏耍着，永远溜在二者的边缘上。

好容易，他滑近展旗峰了。我眼看他一把把抓到绳端，看他拽住崖角一棵松树，我才松释地喘出一口气。

三十分钟，时间像是在我神经上碾了一场磨，我头痛，眩晕，我倒直像是才由半空落下，脑际萦绕着刺骨的摇晃的回忆。

我们在山脚等着，等着，终于看到这位英雄了。他有二十多岁，短打扮，满身是栗色的健实肌肉，一脑袋疤痕，一脸的淡漠笑容；腰间系着一个铁丝缠的围圈，肩上背着一束绳子。他告诉我们，自己叫万为才，又指指身旁一个吧嗒着烟袋、沉默不语的老人，说是他的师傅周如立。还说这两峰的高度有人测量过，都是一百二十五丈零五尺。

归途，山道上迎头走来一个不到十岁的幼童，肩上也背了那么一束绳子。一问他，说是才拜师傅的小徒弟。“采石斛”原是乡民为了采这种药材而攀登悬崖，如今竟成为用来换饭吃的绝技了。

五、灵峰道上

天色近晚，谷里尘雾迷蒙，一片冥冥的白烟由地上腾起，向着峰顶凝集。且有一股狰狞的乌云，四下散开，山雨眼看将要扑来。

面着那低低压下来、诡诡谲谲的重云，不免望而生畏，然而我们人多，终于还是全副雨装，各个怀揣电筒，迈出了旅社的门槛，沿着那溪涧东进。

走过响岩，一位旅伴抱了块山石，涉着溪流，去敲一下那巨岩，直好像巨岩发了怒，小小的山石竟能击出隆隆的声响。

我们走过许多古怪山峰，将军抱印、朝天鲤、听诗叟、睡猴、卧蚕；道旁有栽好的箭头，上面指明好些奇峰的方向；但是到现在，我仍能记得起形状的，却只有那“老猴披衣”了。

出了净名寺，我们便踏上诸峰的夹缝。矗立在我们左右的净是盘踞起伏的层峦叠嶂：莲房、金鼎、蝙蝠、玉杵，把阴沉沉的天空遮得更晦暗、更低矮了，而且，遮得只剩那么小小一块。山坡上遍是桐树，粉色的花，衬着苍黑的岩石。

转过帽盒峰，忽然，我们头上那块灰天变得更暗了，而且成了窄长的。这是哪里啊？壁立在我们左右的是两座高入云霄的巉岩，黝黑、斩齐、耸拔，直像是一斧劈成的两道巨墙。

我们夹在这蔽天的巨墙中间，仰头望望那峥嵘的峰头，忽然忆起屠格涅夫散文诗里那篇《阿尔卑斯山双峰》的对话来了。同行的人发现了这巨墙的名字。还得谢谢那箭头，我们知道它叫“铁城阵”。

深山里的洞窟最引人缅怀原始生活。我们蹑手蹑脚地走进维摩洞，幽深，僻静，心里默默地摹想着史前时代。

中折瀑的地势有点像一只大瓮，四面为参差岩石所环抱，瓮口还有灰暗云雾蒙盖着。瀑布不算大，瓮口距瓮底却极高，下有碎石小潭。瀑布倾注而下，隆隆震出一种郁闷浑圆的响声，至为怕人。这时瀑布又为瓮口外面的风吹得忽东忽西，飘摇不定，直像是在逞着本领。

归途，山雨终于赶到。摸着黑，我们文明的手电筒权充作原始人的火炬了。

次晨，去散水岩的道上，转过玲珑岩，沿着鸣玉溪前行。横在天边的是一簇奇特剪影，嵯峨环列，直像吆喝一声截住我们的去路。有的拔地而起如幼笋（蜡烛峰），顶尖处还安着个朝天龟。在这丛起伏的冈峦上，还矗立着鸵鸟峰、宝印峰、金鸡峰、伏虎峰、犀牛望月；名称虽是当地人起的，那奇形怪状也太逼人引起实物的联想了。

由此跨过谢公岭便是去石门潭的路。这座纪念谢康乐曾攀登过的名山，本身是没有什么稀罕的。但爬到山尖，下眺山脚田野阡陌，黑绿相间，真是一幅别出心裁的图案。

越过山脊，“老僧拜石”的远影渐渐出现在眼前了。雁荡许多“象形的”山名我都不服气，单独“老猴披衣”和这老僧的形状，真酷似一尊石膏模型。谁个大手掌拿一座高山做泥团，捏得这么惟妙惟肖啊！

下了谢公岭，隐在一片茁茂竹林里的是东石梁。洞幽深而且阴冷，岩缝涔涔滴水。上面筑有三层楼阁，突出洞外。石梁便蜿蜒横在洞口，如一巨蟒。

我们一鼓作气登上最高一层楼阁。二十只脚咚咚地踩着单薄的木梯，那声音是够大的，更何况好事的旅伴又把铜磬和木鱼一齐敲打起来呢！敲得黑黑洞窟里，那位菩萨的金身也像惊慌得闪了亮，善良女人型的脸上仿佛溢出笑容来了。一对陈旧的灯笼，一串罩满积年尘埃的银纸元宝在摇晃。嗅着那浓烈的檀香，承受着岩缝滴落下的沁凉水珠，幼时许多回忆夹着那恶作剧的磬声向我接连袭来了。

去石门潭要走很远的路，而且沿途净是狭窄的田塍，泥泞不堪。然而一走到大荆溪畔，便觉得这段路是值得跋涉的了。

正如我不懂得为什么有的山是一堆土，肥如一口母猪，有的却一身嶙峋怪石，崇高傲慢，我也为流水的颜色而纳闷了。不能说是天空的反映，压在我们头上的明明是万顷灰天，疏疏朗朗地嵌着些碎朵白云；然而横在我们脚前的却是那么清澈，那么碧澄澄的水，清澈到看得见溪底石卵缝隙的水藻。两岸枫枝上晒着一束束金黄的麦梗。这时，一只竹排由上游浮来。顺流的水拖着小小竹排，排上的渔人闲怡地坐在一只小板凳上补着渔网，水上印出一幅流动的鲜明图画。

我们登上靠岸的一只摆渡，那老渡户把我们载到对岸的石滩上。受过山洪冲刷的卵石在我们脚下挤出细碎笑声。

方才那道溪水绕过石滩，终于为两座壁立的悬崖夹起来了，狭窄、坚牢，果然是座石门。我们爬到左边那面崖角，下望石门潭，澄爽碧蓝如晴空，只有梦里才会有的颜色呀！摹想在满天星斗的夜间，由崖角跃下，骤然一声，坠入这青潭，冒出一个蓝色水泡，即刻为疾流卷去——雁荡山人蒋叔南正是这么死的。听本地人说，是因为他修桥补路，管教了山川，却没管教好膝下的儿子。

我们原路折回，赶到灵峰禅寺饱餐一顿。

听名字，灵峰禅寺照理应是座古旧的庙宇，然而这四个隐世的字却写在一座洁白整齐如一学生宿舍的门楼上，横排上下两层楼都是单间卧室，远望近观都没有庙寺的气象。同行的人戏呼它为“灵峰新村”。

观音洞是夹在两崖的掌缝里，远望细窄几乎容不下一人腰身；攀上石磴，才知道洞里依岩势赫然筑起九层楼阁。由洞缝外望，诸峰拱立，天地一览无余。

我们走过那些宿舍，登上最高一层佛堂。缝岩也滴着水，观音金身端然坐在巨龛里。积年的蜡扦淌满了烛油。我们喝着小沙弥泡的清茶，读着壁上万历年间的碑文。不知谁在佛前皮鼓上轻拍了一掌，洞里即刻震起一阵隆隆如雷的响声。

山洞之前，有人在洞口崖石上发见了一面土地岩，迎着洞外天色侧看，俨然是一尊就洞石天然雕成的土地爷。正面看去，却和别处一般凸凹，看不出一点棱角形象来。

在北斗洞里看了一些拓墨。下山时天色已近暮，立在果盒桥畔对灵峰重新回顾一眼：怪峰耸拔，清流急湍，真是壮观！

六、银白色的狂颠

沿着山谷里一片金黄麦垄西进，灵岩诸峰这时多浸在白茫茫的云雾里。山坡上开满野杜鹃，栗鼠夹着湿漉漉的尾巴，在那嫣红的小花丛中窜跳。松塔向上翘立如朱红蜡烛，松针上垂挂着一颗颗晶莹的雨珠。山妇光着脚站在道旁溪涧里，采着溪畔山茶树上的残叶。幼竹比赛着身腰的苗条，蚕豆花向我们扮出一张鬼脸。这时，天空还有一只鹞鹰在庄重地打着盘旋，像是沉吟，又像是寻觅着遗失在天空的什么猎物。

过了灵岩村，我们对着泛滥在观音峰巅的云海出神了。

幼时我常纳闷天下云彩是不是万家炊烟凝集而成的呢？如今，立在和云彩一般高的山峰上，我的疑窦竟越发深了。我渐渐觉得烟是冒，云彩却是升腾。这区别可不是字眼上的，冒的烟是一滚一滚的，来势很凶，然而一合上盖子，关上气阀，剩下的便是一些残余浊质了。升腾的却清澈透明，不知从哪里飘来，那么纡缓，又那么不可抗拒。顷刻之间，衬着灰色天空，它把山峰遮得朦胧斑驳，有如一幅洇湿了的墨迹；又像是在移挪这座山，越挪越远，终于悄然失了踪。你还在灰色天空里寻觅呢，不知什么时候，它又把山还给了你；先是一个隐约的远影，渐渐地，又可以辨出那苍褐色的石纹了。然而一偏首，另一座又失了踪——

隐在这幅洇湿了的水墨画里面，还有一道道银亮的涧流，沿着褐黑山石，倒挂而下。

走下竹笋遍地的山坡，含珠峰遥遥在望了。

照日程上预约的，今天有五个著名瀑布在等待我们哪。

走进巍峨的天柱门，梅雨潭闪亮在我们面前了。潭水由那么高处泻下，落地又刚好碰在一块岩石上，水星粉碎四溅，匀如花瓣。

由梅雨潭旁登山扶铁栏，跨过骆驼桥，罗带瀑以一个震怒了的绝代美人的气派出现了。她隆隆地咆哮，喷涌，抖出一缕白烟，用万斛晶珠闪出一道银白色的狂颠。然而凭她那气势怎样浩荡，狂颠中却还隐不住忸怩、娉婷，一种女性的风度。看她由那丹紫色的石口涌出时是那般凶悍暴躁，泻下不几尺便为一重岩石折叠起来。中股虽疾迅不可细辨，两边却迸成透明的大颗水晶珠子，顺着那银白色的狂颠，坠入瀑下的青潭。

立在山道上"由此往雁湖"的路牌旁，我们犹豫起来了。忆起中学时候，在教科书里读到的"雁荡绝顶有湖，水常不涸，雁之春归者留宿焉，故曰雁荡"那段话，望望隐在云里的峰尖，觉得不一访雁湖真太委屈此行了。然而领队坚持雨后路滑，天黑才能赶回，万万去不得。为了使我们断此念头，还说那湖面积虽大，却已干涸了，下午可以拿仰天窝来补偿，我试着另外约合同志，终因团体关系，只好硬对那路牌阖上眼，垂头丧气地循原路下山。

记者萧乾

踏过一段山道，又听见猛烈响声了。这声音与另外的不同些它对我却并不生疏。在我还不知道已到了西石梁时，便断定这是悬濑飞流的瀑布声了。

梅雨潭的瀑布坠地时声音细碎如低吟，罗带瀑则隆隆如吼啸；为了谷势比较宽畅，西石梁飞瀑落地时嘹亮似雄壮的歌声，远听深沉得像由一只巨大喉咙里喊出的。走近了时才辨出，巨瀑两旁还有晶莹水珠坠下，在半山岩石上击出琅琅配音来。

太阳虽始终不曾探头看看我们，肚子这只表此刻却咕噜噜鸣了起来。算算离晌午总差不多了，便在瀑布旁吃了午饭。一顿饭，两眼都直直望着门外悬在崖壁上的“银河”。我吃得很香，很饱，但却想不起都吃些什么了；只记得很白、很长，滑下得很快。

饭后，还坐在正对着瀑布的那小亭子里啜茶。一个白须老者臂上挎着一篮茶叶走来，说他的茶叶是用这瀑布的水培养的，饮来可吸取山川的灵气，说得至为动人。

喝完茶，我们爬上那形状酷似芭蕉叶的西石梁洞。横在洞口的石梁真像一座罗马宫殿的残迹，幽暗、僻静，充满了原始气息，一只羽毛奇异的鸟，小如燕，翅膀抖颤如野蜂，叫出一种金属的声音，夹着洞旁隆隆的瀑布声，把这洞点缀得越发诡秘了。

洞旁有一座用石块堆成的小屋。墙缝隙里伸出一根剖半的竹筒，像只胳膊直插入由洞里流出的淙淙小溪。竹心仰天，水便沿了那竹筒缓缓流入屋里，竹心扣下，水依然流下山去。

我们正惊讶这聪明的发明呢，那小屋里走出一个道姑来，微笑地为我们搬来一条板凳。

道姑的住所很简单，三间矮房，檐下一堆干柴。一个七八岁的小道姑正抱着一束干柴走过，见了我们，眼皮即刻朝下，羞怯怯地忙躲了进去。准是个受气的小可怜虫！

到了大龙湫，数小时内连看四个瀑布，眼里除了“又是一片白花花”，已不大能感觉其妙处了。游山逛水原是悠闲生活，若讲起“时间经济”来，就有点像赶集的小贩了；东村没完又忙挑到西村，结果不过成为一个“某年某月余游此”式的旅行家而已。对于雁荡，我便抱愧正是这一种游客。

也许是因为水来自雁湖，论气魄，大龙湫比今天旁的瀑布都大（不幸是转到它眼前时，人已头昏眼花，麻木不仁）。而且，因为岩顶极高，壁成凹状，谷里透进不少风力。瀑布由岩顶涌出，便为风吹成半烟半水，及至再落下数丈，瀑身更显缥缈。落地时，已成为非烟非雾的一片白茫茫了；只见白烟团团，坠在潭里，却没有什么响声。

瀑布旁，褐黑岩上，刻着多少名士的题字：“千尺珠玑”，“有水从天上来”……然而最使我留意的，却是刻在“白龙飞下”旁的一句白话题字：“活泼泼地”。不说和其他题名比较，仅看看眼前的万丈白烟，再默诵那四个字，不免感到大煞风景了！

沿着大锦溪，走到能仁寺旁的燕尾瀑时，我只记得天上徘徊着一片灰云，山色发紫，瀑布挂在山麓，很小，像是燕尾，瀑布坠入了霞映潭。

来不及喘口气，我们又扑奔仰天窝去了。

虽然没缘看见雁湖，山上却有这么深一座小池也够稀罕了。然而它不止奇，还有它的险哪！

我甩下外衣，一口气由山脚领头跑上去，原想抢先看看这奇景。拄了根竹棍，我竟爬到了山顶。待将到仰天窝时，路忽然为一壁立千仞的巨岩截断了。俯身一看，啊，好一口无底的大陷阱。

池水是黄的，池畔的土绵软作朱红色。靠近崖角还放了张石桌，栽有两棵制造香烛的柏树。这“天池”的主人（也许是管家）是一位和善的老农，那正冒着白色炊烟的三间瓦房便是他的家。这时，他还为我们端出几碗茶来。

坐在那石桌边，仰首，周围环绕我们的净是暗褐色的山，只有玉屏峰下挂了几道银亮溪流。山谷里是一片稻田，深黄葱绿，田塍纵横，似铺在山脚的一块土耳其地毡。

虽是阴天，这却是个银亮亮的日子。躺在硬邦邦的床上，梦境挂满了长长白练。

七、一只纤细而刚硬的大手

由马家岭下眺南阁村，不过是叠铺在稻田中的一片栉比黑瓦，三面屏围高耸，一面直通远天。天空这时正有一程白云，折出灰色细纹，覆盖着这静寂的山谷。

走到山腰，渐渐可以辨出黑瓦下面乱石垒成的墙了，墙外是一片浅黄疏竹。一道白亮亮的小溪，接连着远天，蜿蜒钻来。它浸润了油绿的稻田，扶起金黄的大麦，沿途还灌溉了溪旁的桑麻，终于环村绕成一道水篱笆。

这时，黑瓦上面正飘了片片炊烟。

走进这村口，只见几个穿了花格短袄的女人正屈下腰身，在溪畔浣衣呢。身旁一个两三岁的孩子，伸出小指头向着岸上指点。迎头出现了一个男人，头上扣着一顶旧戏里丑角常戴的两牙青呢帽，背着一束熟麦，蹒跚走过来，看见那个小孩，脸上立即堆满了笑容。

隔着墙缝，我偷看这山村里农户的草垛堆了多高，我留心徘徊在道旁的水牯是肥壮还是瘦削；它摆摆那细得近于滑稽的尾巴，向我沉痛地叫了一声。我还同那赤脚在河滩上放羊的女孩坐了一阵。只听她抛着卵石，低唱着俚俗的小调。随了那懒洋洋的吟唱，落在溪里的卵石冒着泡，画起大圈套小圈的图案。

秋天，枫树一红，我们就把它比作火焰；我却不知道春天的枫叶也可以旺盛得像火焰，上浅下深，那么繁茂，那么升腾，真似谁在春色里放了把烈火。

我们走过人家，走过店铺，终于出了村庄西口。村口外，那片田野在迎迓着我们了。

和小溪平行着，这石子路也长长地伸入绿野里，接连着辽远的天空。雏燕在溪上轻佻地掠出诸般姿势，飞得疲倦了时，不定落在溪里哪块卵石上，听不见它的喘吁，却看得见那赭色小尾翅频频扇动。

流到章大经(恭毅)墓前，溪面展宽了。会仙峰由地平线上猛然跃起，隔着那棵硕大柳树看它，细长柳叶形成一个框缘。

当我们踩着溪里的乱石，奔向对岸的佛头村时，溪畔正停着一顶彩轿，周身闪出灿烂的珠饰。衬着四面素朴的山水，这华丽越显得鲜艳稀罕。一定是由老远抬来的，四个轿夫正歇在石上，擦着汗。几个短打扮的小伙子手里各摆弄着一宗粗糙乐器，两牙呢帽下面，是一张笃实的脸。

出我们意料之外，轿帘大敞着：那穿了宽松大红绣袍、胸前扎着纸花、头上顶了一具沉重冠盔的“俏人家”正大模大样地坐在轿里；前额一绺刘海儿下，滴溜着一对水汪汪的眼睛，望着隔岸的山丛呆呆出神。那里，谁为这个十八九岁的少女安排了一份命运，像那座远山一样朦胧渺茫，也一样不可挪移啊。

许多旅伴伸手向她讨喜果。她仰起小脸来茫然望着我们，机械地把那只密匝匝戴了四只黄戒指的手伸到身旁那布袋里，一把把掏出染红了的花生糖果，放到那些原想窘她的人们手里。

今夜，她将躺在一个陌生男子的身边，吃他的饭，替他接续香火，一年，十年，从此没个散。这人是谁呢？溪水不泄露，山石不泄露，她只好端坐在彩轿里，让头上那顶沉重家伙压着，纳闷着。

大家感到了满足，于是渡过溪流，直奔佛头村而去。

走出不远，一阵竹笛和二胡交奏声由隔岸吹来。回头一看，彩轿抬起来了，轿夫们正涉水渡着溪。

由佛头村沿山道前行，便到龙溜。这是湖南潭的出口。不知是千年山洪冲陷的，还是天然长成的，浩荡的潭水临到下山时却碰到这么一块古怪岩石，屈曲十数折，蜿蜒如游龙，下为石阈阻住，水不得逞，又逆流折回，飞卷起狂颠的水花，银亮汹涌如怒涛。掷下巨石，即刻便卷入湍流，看不见石块，只听得击碰如搏斗的响声。

湖南潭有三潭。据说上潭最为幽奇，只是天雨路滑，并且还得赶程去散水岩，便放弃了。

一个薄情的游客，离开雁荡可以忘记所有的瀑布，或把它们并了股，单独散水岩，它不答应。它有许多逼人惊叹的：背景那样秀美，竹林那样蓊郁，紫褐的巨崖拔地而起，瀑布悬空垂落，脚下那碧绿潭水里还映出一条修长倒影，摇摇晃晃，散水岩好像凭一道银流，贯穿了天地。

然而使人发呆的不是散水岩自身。几天来，说到瀑布，你都意识到一个“布”的观念，可是轮到散水岩，这布便为一只纤细而刚硬的大手搓揉得粉碎了。你只觉这只无名的手在一把一把往下抛银白珠屑，刚抛下时是白白一团，慢慢地又如降落伞般陡然分散，细微可辨了。半途如触着一块突出的岩石，银屑就迸得更细小了些，终于变成一种洁白氤氲，忽凝忽散，像是预知落到地上将化为一摊水的悲惨，它拽了孔雀舞裳，飘空游荡，脚步很轻盈，然而由于惊慌踌躇，又很细碎；越游越散，越下坠，终于还是坠入下面那青潭，有时触着潭边崖角，欢腾跃起，然而落到崖石上，崖石依然得把它倾入潭里。

走过佛头村一家门前，院里正挤着许多看热闹的乡民。我们好奇地探进身去，没人拦阻，于是就迈进门槛。供奉着祖宗牌位的客堂很窄小，两张方桌却围坐满了贺喜的戚友。看了我们十个人拄着棍子，一直闯进来，他们莫名其妙。

“看新娘子啊！”领头的那位在喜堂里嚷开了。大概是公公，一位颔下飘着一撮胡须的老人很恭敬又有点害怕地替我们推开东屋的房门。屋里很黑，新娘子穿了大红绣袍，直直垂立在墙角，旁边还有两个穿藕荷袄的小女孩陪伴着。

啊，新娘腼腆地抬头了，脸庞那么熟稔，不正是溪畔那乘彩轿抬来的姑娘吗？在黑黑屋角里，我依稀看见了一张泪痕斑斑的脸，喉咙里还不住哽咽着——

“新郎呢，我们也得见见！”那位不怕难为情的旅伴在门槛上敲着竹杖，又大声嚷了。幸好这时那公公已知道我们不是歹人，他很殷勤地着人招待我们了。

厨房里，这时正煮着一大锅红饭。大师傅在灶间锵啷地敲着锅边。铁勺一响，火团闪亮，他便又完成一碗丰盛适口的杰作。我们也嗅着了一股肉香。

随着伙伴，我也登上那窄小楼梯。浙东住家的房屋大抵都是两层小楼，如今才发见二楼低矮狭窄得很像轮船的统舱。走上楼口，由一堆稻草垛里闪出一个满面红光的小伙子，穿着一身崭新如纸糊的长褂，微笑地迎接我们。

“大喜，大喜！”我们齐向他拱手道贺。

然而他摇了摇头。顺着他的手指，我们又闯进另一间黑漆漆的小屋。在那里，才像捉蟋蟀般找到了那个新郎，年纪不过十四五岁，羞怯、呆板，而且生成一对残疾的斜眼！

一路上，我们都为那个姑娘抱屈，然而谁也无力挽回这刚刚拼凑起的安排。真似凭空落下块陨石，胸间觉得一阵郁闷。

瑰丽的山水，晦暗的人间。

一九三九年五月

（原载香港《大公报》，1937 年 5 月 20 日至 30 日）

剑桥书简

先得向您告罪。我实在没料到是这么趟旅行。满以为有许多收获，可是，繁华这一路已没有了，大惊大险又还没上场。有的仅是麻烦和委屈。到今天，一切算是略微安定了些。我是说，在不列颠上岸时，警察老爷原把我的护照由一年改成两个月，现在又改成无限期了。于是，买了两张桌子，两把椅子，一张白天当沙发晚上可以支成床的玩意儿，又叫了半吨煤——看，俨然在浓云密布下又搭帐篷。这是离剑桥镇还有四英里的密尔顿村，窗口对着一片草原，晨雾晚霞里都有着牛羊群在蠕动。地平线上的丛林灌木把天空嵌了道毛茸茸的边缘，远远可以望到镇上古建筑的塔尖钟楼。左边是一片农场，鸡鸣狗吠，和老家没有两样。右边是个古老的酒馆，叫“金鹿”。房子远看简直像个教堂……现在，我便坐在这椅子上，心浮在祖国。摊开我的“好友星散录”，摹想着每张熟稔的脸，炙热的手，我感到了温暖。

以前在书上读到的印度洋、地中海许多地理名词，一旦身临其境，很令人失望：海都是一样无边无际，颜色随天时而变。是的，到了阿拉伯海，觉得夜空特别干净，宇宙显得格外亲切，星星低到几乎举手可以摸到。那晚一颗灿烂流星拖了个尾巴横天掠过。我几乎想跳上沙漠，骑上骆驼，当仆仆风尘的东方博士。红海使人忆起埃及文明，苏伊士使人赞叹工程的伟大……总之，都是历史的联想给这些地方涂上了迷人的色彩。天气阴晴不定，海水也一听风浪的摆布，那魔术师的杰作终于还是生活在地面上的人。

这一路有许多事我后来才懂，有些到现在也还不懂。譬如泊在九龙的法国船不准送客登轮，却放进一批比老虎还凶的流氓，三五成群闯进单身的房间，用拳头对了鼻梁勒索没名目的钱。而且送走了一批，又来一帮。更不懂的是西贡那个看了中国人就冒火的港口警察长。谢谢他七天的款待，囚车、指纹、游街示众，还差点劳动了他的拳脚。船上理了回发。当我左边头发已剪掉时，忽然随了叩门声，扭进来一个买肥皂粉的妇人。那位热情的法兰西理发师立即丢下我头上那半壁未耕耘的荒田，去陪她聊了近一刻钟。话我没听懂，大约是很卖力气地演讲着肥皂粉的功用及其哲学吧。但我最大的谜是这个：无论船到哪个港口，亚洲或非洲，必即有一只水警船靠近。永远是十几个穿了半土半洋装的黑人，簇拥着一个肥胖傲慢的白种人。临离西贡，那港口警察长有意扣了我们二十张护照。东西就放在桌子上，我要那安南人去拿。他浑身颤抖起来，指给我看"Défense d'entrer"（法语："禁止入内"）的牌子。但这时走来一个法国人，听说在桌子上，为了省得我再纠缠，他进去就拿了出来。为什么让这些天之骄子在别人的土地上作威作福呢！

第一遭走进船上的饭厅，不免有些不自在。面包是硬邦邦的，茶房是蛮横的。低头吃完最后的点心，便走了出来。刚到门口，肩膀给拍了一下，回头一看，啊，有了张笑脸。而且，第一句是："你的指头好了吗?" 我想不起来了。亏了这好记性人的提醒，原来三年前在上海，一个黄昏，我因开罐头把小指割了半寸深，三个礼拜天天去广济医院换绷带。他便是那位看护。这时，我举起指头来自己一端详，那新月形的痕迹依然存在，即刻甚至疼痛的感觉仿佛也恢复过来了。

为了安全，我们净躲避直线航行，因此，由哥伦布到红海口的法属吉布提，竟走了八天，我们盼到第七天的黄昏，刚把希望熄灭，第八天早晨居然看到海鸥了，燠热啊，而且眼睛晃得睁不开。但甲板上还是挤满了船客。有的嚷着看到了鲨鱼，有的遥指秃田说是沙漠。

连船上的那只猫都闲不住脚了。它看到满天是白肚红喙的海鸥，哪儿来的这么丰盛的宴席。刚好救生船边落了两只，它局促不安起来。好容易跳到头等舱的走廊，又为那法父越母的美丽小姐抱住了。她以为这动物跳来是找她的。好容易它脱了身，攀到顶楼。水手们正布置抛锚，一个水手也以为猫是投奔他的。他伸手去抓。意志是舵，它终于跳上了救生船的边缘。衬了蓝天白云，那猫直攀到美丽境界，只是那海鸥却已鼓着翅膀，加入了同类的行列，飞翔到更飘逸的远方去了。

这时船四周已如苍蝇般聚了许多飘着红绸的舢板。这是墨索里尼当前扬言要法国让给他的那个港口，是埃塞俄比亚的近邻，我决定去看看。

远远地，我以为是兵营的帐篷呢，一个个尖堆，原来全是盐。走到哪里，脚下都咯吱吱地踩着盐粒。太阳把地面蒸出腥而且咸的气味。当地人兜售的扇子是芭蕉叶编的，柄在一边，握在手里就像一面小旗子。总督府在小丘上，宛如一座堡垒。挂着三色旗的岗楼并没有哨兵。

这是礼拜日，戏园子、邮局全关了门，我们在一家希腊人开的饭馆吃的饭，坐阿拉伯人的破汽车把这个弹丸之地转了一遭。看了回教清真寺和当地人的茅屋。灰瘦无毛的骆驼由我们身边走过，女人围了朱红披肩，头部包着，右肩扛了一只高瓮，窸窣走来，宛如小时看见的观音图。这以外，又看了一回当地人跳舞。腰肢和臀部摇颤着，用肋下挤出的脆响作节奏。

过苏伊士运河那天，是我们唯一大放光明的日子。白天，我们再不用担心鱼雷，晚上吸烟室、音乐间都灯火辉煌。这运河仅能容两条大船擦肩而过。因此，随了船的行进，平静的水面便被压成规则的花边，展到岸缘，拍波作响。两岸起伏的都是沙漠，荒凉、齐剪、沉默的大地。

在马赛的半天，除看了波兰被炸的新闻电影外，时间都用来逛马路了。但我更爱走巴黎的街道，那是微雨的早晨，落叶铺满道旁。我踏着落叶，沿了塞纳河畔散步。书摊都上了锁，许多店铺门口挂了牌："因被征调，停止营业。"拉丁区里的中国馆子到十二点还没人上座。

晚上，我登火车时，看到了更悲壮的一面。巴黎北站挤满了人。情人、母亲一个个挤在人群里，两腿僵直，紧紧抱住那全副武装的英雄，未来的马奇诺战士。我看到一个母亲送她的儿子。什么话都嘱咐完了，最后又递了一个小手巾包给他。儿子已消失到队伍里了，她还站在那里，大声嚷着，向他招手。

我的困难始自离开法境时。英、法间的轮渡共有三四条线，这时我不但不能考虑哪条安全些，甚而无法确知哪条还通。但巴黎郊外起伏的山冈、菜圃、枫林太媚人了，我一点没有考虑当晚该歇在哪里。快到布洛涅时，我才开始找去伦敦的旅伴。运气还不坏，因为走的刚好是仅通的路。经过三小时的盘问，我便登了海峡船。

海峡船上的乘客多半是去大陆消夏或上学的英国人。许多新由瑞士度假回来的家庭，母亲一路上还同孩子们说着并不高明的法语，为的是不白费这笔度夏花用。

在等候登记护照时，一个希腊籍的中年女人问起我是不是第一次看到物质文明的欧洲，便被它唬住了？我说，比我想象的要逊色。

在战争中，所有的人都憧憧如影子。一晃，便再也见不着了。

刚下了火车，我在车站上转了半天磨。终于，一个脚行把我带到一家“又好又不贵”的旅馆。

放下行李，我很想出门走走，看看星夜下的伦敦塔；但刚走不远，我便缩回了步。灯火管制下，伦敦街道一片漆黑。我没希望摸黑再找到这家旅馆的门。

而且，我才记起已经九点多了，我还没吃晚饭。我的午餐也仅是在巴黎车站上买的那一瓶柠檬水，两块夹心面包。

我刚坐下，走来一个黑皮肤的姑娘，斜坐在我对面。肤色使我们相互点了个头。这女人举止极文雅，点头时风度似贵妇人，直像用礼貌来遮掩她那厚厚的嘴唇。

饭后，我去听无线电时，她凑过来了。多巧，她也是刚落脚的客人，而且明晨就走，是来英国游历的。我问她是由非洲什么地方来的，她说是由美洲的巴哈马。我的地理知识太贫乏了，问她离哥伦布登陆的地方多远？她说，哥伦布就是在那个岛上登陆的。这以后她告诉了我许多巴哈马的故事。说本来电车上黑人坐后面，白人坐在前面，有一次电车出事故，前面的白种乘客全受了伤，后面的黑种乘客安然无恙。于是，就把次序调换过来了。

第二天早晨她走时，我看她上的车。她说由伦敦到利物浦的平安是保险的，那以后就只有听天由命了。

有一个早晨我在伦敦街上转。我不敢往远处走，大部分时间是围了威斯敏斯特教堂转。在“无名英雄墓”前，我立了好久，想看看那些有名的，被执事阻止了，说是正在做和平祈祷。

伦敦有了什么变化？这个我没资格说。和巴黎一样，只是很萧条。铺子有闭门的，堆沙袋的。一个不同点是，天空横了三排银白色大龙睛鱼，那便是保障伦敦天空的墙。我没看见过它们升起，但第二次去伦敦时，我看见它们落下了。那庞大银灰的怪物使我想到万牲园的巨象，庄严而且阴郁，脖颈下还垂着一串串肉铃铛。

一九三九年十月，于剑桥

科学在第二次世界大战中

去年十月十二日那天，记者走出伦敦维多利亚车站，第一件事就是买份《泰晤士报》，上面登的满是希特勒呼吁停战的演说。最后他说：如果你们要坚持打下去，我可也并不怕。我有宗秘密武器，一旦使出来，尔辈必大遭其殃。一年多来，记者并没有忘记希特勒的威胁。多少科幻小说家描写过机器人驾驶飞机，开大炮，还有死光什么的。我迢迢地从东方来到这西半球，对于究竟将如何断送我这条小命，倒也不免有些关怀。也许前头有什么厄运在等着，那没人能断言。但截至今日，这战争还是平凡的，有时甚至是枯燥无味的。去年十一月间希魔搬出来磁性水雷，但不久英国即有了万全对策；而且这里盛传中国在长江也要使用磁性水雷，其不新鲜可知。巴黎失陷前，德军进展的神速曾使我惊讶。看地图，一个急性子的旅客也能走那么快。但事后才知道那秘密实在于组织诡秘、动作敏捷和对方的愚蠢。夏天葡京里斯本曾经盛传有一种“光”，用无线电播送，顷刻间能使对方居民神经麻木不仁。我倒巴不得作第一个牺牲者，但等到今天，那光还依然藏在什么仙人的道袍袖筒里。飞机不是按电钮升起的，而最不可恕的拙劣，是为了毁灭一成军事目标，它依然得先杀害九成平民。也许到末了，要摧毁的那座桥梁或车站仍旧安然无恙。毒气未放，大概因为双方都有得是。

十月中旬，军需部宣布该部每周都收到“发明设想”近四百种。请看下列几件样品：军靴上绑刺刀，遇敌人可痛踢他一脚。来复枪上装电钮，拼刺时一按，刺刀即霍地突出来。地上撒网，降落兵跳下即就擒，且网上安有铃铛(像煞《七侠五义》)。往敌后方散布毒蛇和饿鼠。还有一位提议在英国与加拿大间筑起一座桥梁，上空用气球保护。该部科学研究组顾问安德莱教授说：四百种发明中，可采取的仅三四件，而大部分还出自有实际经验的工人头脑，如怎样堵上汽油桶漏孔，防坦克的油瓶等。

但科学在这场战争中，也并非完全无分。

八月间，英国航空设计专家肯尼迪少校带着一份“无畏空垒”的图样赴美。在纽约与工业家谈判竣事，即将图样存入银行保险库，赴华盛顿会晤政府要员。抵该城即下榻某旅馆。当晚在灯下还盘算次晨如何接头，但第二天早晨，茶房发现他已气绝身死了。医生验尸，诊断为“心肌梗死”。这自然是个谜。

科学在这场战争中，完全缺乏幻想的色彩。有些人必定很失望。但另一方面，科学也在悄悄地解决着生活中的实际问题。在德国，主要是用在“人造”这个，“人造”那个上。在英国，这活动不出航空、食物、医药范围。

前天航空生产部科学研究组主任裴亚君广播说，自开战以来，该组收到有关航空的发明不下两万件。其中荒唐的自也不少，如将云彩冻成固体，上架以高射炮之类。但这些来自英帝国各角落的、每周近三千条的建议，皆经专家缜密审查。如数周前投到敌方的“火叶子”，所采纳的即是民间设计。

九月间，伦敦高射炮屡中目标，美国军事家猜度英国必然有了紫外线高射瞄准器。路透社称此种武器在美已大获成功，不需听音，即能于十四英里外察觉敌机踪迹。美国国会宣称，如果英国尚无此种武器，美愿与“轰炸瞄准器”一并转让。

“轰炸瞄准器”据传这时已装在大西洋一条英巡洋舰上了。结果如何，还有待证明。但德国轰炸机缺乏瞄准设备则可断言。如不信，有记者住处附近为证。英国空军专家权威说，如无自动瞄准器，从三千英尺以上的高空，即使最熟练的驾驶员也无把握。因有气球，它们不能低飞，这么一来平民则倒了霉。

瞄准器有如照相机的镜头，它把风向、温度、气流、高度、速度统统算在一起，所以美国曾夸说他们的瞄准器能由两万英尺高空击中一酒瓶。这法宝也许将使战局起重大变化。

十月底又盛传发明出一种新式炸弹，其爆炸力远大于现在的，这是牛津大学的伯尔尼教授在一次科学家集会上所提出的，并谓政府仍无意采用。须记住这位教授在一九三九年三月间就曾预言，说现阶段的科学于两年内，花上五十万镑就足以扫除空袭威胁。

同时，一种新的警报器也在试用着了。只需一按电钮，六秒钟内，全市警报齐鸣。十秒钟内，空袭巡逻员及工厂的警报全响起来，街灯全灭，防空壕内灯光齐明。这一切同时完成的动作，都只需按那么一下电钮。

食物的发明还不多见。最明显的原因是还没有感到缺乏。上次大战至少给予交战国一个教训，空了肚子打不成仗；所以这次谁也不相信凭封锁可以迫使对方屈膝，因为谁的地窖里都藏着大量贮备粮。直到现在，食粮方面，科学显圣的还仅仅止于“含维他命B1”的面包。

七年前，维他命B1还没制成。五年前，只有百万富翁才买得起一钱半钱。最初一两需数万镑，全世界仅有数两。后来，五十镑可以买一两了。今天，三镑即可买到一两。一两足供一人一辈子或三万人一日之用。发明人爱丁堡大学的托德教授，苦苦研究了三年。如今英政府已决定每年拿出一百万镑，把它掺入面包里，以利人民的健康。

此外，维他命 C 也在大量制造了，为了弥补蔬菜、橘子、柠檬的缺乏。维他命 C 具防菌作用，缺之则必患坏血症。这教训也是上次大战得来的。据说墨索里尼入侵埃塞俄比亚时，特由伦敦召军医专家卡斯提里尼爵士前往。这老头到任，第一道命令便要求士兵每日食柠檬一枚。新近，营养学专家罗汶费尔德太太及食物部又广劝国民去食野蔷薇果实，并例举食法如做汤、布丁、果酱或冲蔷薇茶喝，因其中含有大量维他命 C，可预防感冒。

十一月初，皇家学会主席在《泰晤士报》上领导了一次叛变：他否定了维他命 B1 的奇妙价值，并根据十月二十六日医学杂志上刊载的某名生物学家的实验证明：两只老鼠，一喂维他命 B1 面包，一喂“全麸面包”，结果后者重量整整增加一倍。该主席认为三百年来，英国由“牛奶、水果、青菜、全麸面包”的食谱而改为“白面包、肉”，为一最可惋惜的错误。这叛变眼看就要推翻以前的营养标准。

医生(只要不乱开药方)，诚然平时是天使，战时是天神。前方少不了他们，后方短不了他们。救一条命，就多一名战斗员，是天底下的福星。有糊涂医生，这不假。如法国投降后，巴黎七十八高龄的名医贝斯坎说他的长生术是：“任性地吃，永莫运动，什么皆可饮，切莫饮水，且永勿洗澡。”他就四十四年没下过澡盆。但这是例外。一般医生的劝告都是济世救人的。

今年是欧洲的轮回年。照一般说法，是将百病丛生的啊。何况空袭把大半人口赶入阴湿的地下去睡，感冒势必大为流行。

但是迄今为止，这次大战中医学上最造福人类的发现还是固体血浆。旧日用来输血的“血浆”只能保存三周。新法系将红血球抽出，将血浆制成白粉。用时只需用沸水一沏，即可注射。这方法不仅注射方便，对输血者也容易得多。所以七月间卫生大臣麦唐宣称，不久将有大批血浆从美国运到。如果不是这新发明，大西洋彼岸的血是无济于事的。但这方面目前只限于对付少量失血者。至于出血症，依然非用鲜血不可。

记者写到此，不禁有点感触。试看人家的专家学者肯于对白面包黑面包呕心沥血，大科学家竟钻在试验室里研究如何捕鼠。但愿我国的大小研究机构，也能在玩赏金石之余，关心一下大众的生活。

一九三九年十一月十七日，于剑桥弥尔顿村

（原载重庆《大公报》，一九四〇年一月十四日）

战时英国印象

我统共在英国才住了两个月，这些印象自然是肤浅的。虽然曾两度专程访问伦敦，但那个城市对我这样一个新由东方来的，显得太大了。白天我老担心会把自己丢掉，晚上由于灯火管制，这大城黑得不如农村的一家留人小店，因为怎样破落的店家，总也还点得起一盏油灯呢！天下许多事都是令人捉摸不透的：唐宁街十号是大英帝国的政治中心，然而一个旅客如果不把这号码记准，包管他找不着。那不比香港坚尼地道或上海愚园路任何中产人家的住宅神气多少，而且是躲在一条荒僻的巷子里。距十号远远地，立了一个警岗，看样子他的职守是指挥交通多于守卫。但我得承认白金汉宫和议会大厦的气派还是很堂皇。那天刚好是纳尔逊打胜仗的纪念日（一八〇五年，纳尔逊率领的英海军击败了法兰西-西班牙联合舰队），特拉法尔加广场的石像脚下陈列着鲜艳花圈。历史的光辉照亮了灰暗的天。

在剑桥虽仅住了五十多天，我很快便同这座文化城结下了友谊。初到上海，初到香港，我都有过一段怅然若失的日子，但我对剑桥一直没有陌生感。并不是因为市里商店那些莫名其妙的“欢迎信”：裁缝的问候，书铺送来月份牌，每个陌生的客人都享受那一份；而是剑桥那种半都市半乡下的气氛令我感到亲切。在上海我曾想骑自行车，一个老上海笑着说，只有信差才骑车呢，你不如走路。于是，离开北平五年来，我和那匹“铁驴”就绝了缘。到剑桥的第二天，我便是一辆车的主人了，因为这里几乎每人都拥有一辆。而且车把上还都挂有一只十足乡巴佬气的筐子。每天，几百辆这样的车子由一家家学生公寓驰向城内二十二座学院，每辆车上的骑士都披上一件残破的黑道袍，冻得通红的脸上，扣着一顶黑方帽子。

大约是一种没出息的联想吧，一到剑桥我就马上想起北平来，只有像北平那样的古城才能比拟一座到处是古迹的地方。剑桥由远处看，一点也不神气。每次由伦敦坐火车来，我总得不时探头瞭望着，生怕坐过了站——因为除了一座座尖顶教堂外，它寒伧得如一乡镇。所有它的美，都不是为匆忙的旅人准备的。譬如剑河上游两岸的疏林小丘，学院后的叹息桥，王家学院的唱诗班和城乡的牛马市。这里，还时常路过食宿都在马车上的流浪家庭，吉普赛的孩子们在田野里低唱。

但这并不是说战争没有完全波及这座古城。第一，剑桥的每个居民，本国或异国的，出入都带着一张身份证，这是全国登记处发给的，不但领食物配给靠它，遇有空袭受重伤，也凭它来辨识，以便通知家人。每人都发了一具防毒面罩。很奇怪女人戴它远比男人更热心。自然，和巴黎一样，许多彩色“面罩匣子”已陈列在市面上，花上三五先令，便能把这副貌似猪八戒的玩意儿装饰起来，天蓝的，水绿的，橘红的，很富于个性。但最影响并改变了平时生活的，还是那严厉执行的灯火管制。很少有人没因疏忽而受过警告。笔者截至现在已挨过四五回训斥了。这实在很不便当，尤其是英国的冬天，下午两点出门就得带灯，因为三点多钟便暮色苍茫了。时常高兴地回到家，扭开灯，首先得喂自己口茶水，但正托着杯子时，门便叩起来了，外边那稽查厉声说：“你忘记这是战时了吗？”对了，每个人都得记住这是战时，特别到了夜晚。一个英国

萧乾(右二)与友人

朋友的四岁孩子对“灯火管制”这几个字记得比任何字眼都熟。本月内政部公布死于汽车肇祸的已超过一千人，其中六百多名是死于灯火管制下的夜间马路上(战前每月平均只有三百名左右)。很多人向当局呼吁放松些，但没人敢相信纳粹飞机不来乘亮打劫。于是，只好深居简出。时髦妇女的生活是在夜间，然而她们也有自卫办法。据说一种带灯泡的耳环已有人在试用，电池自然很小，电门大约藏在项链上。

物价的确在涨，电池和橡皮等似乎还很缺乏。但日用品价格的增加却极有分寸。开战一个月后，牛奶才涨了一个便士，黄油涨了，但出现一种价钱较廉的人造黄油。配给证虽已发下来，要到一月八日才实行。但“精神控制”却在宣战那天就实行，那就是多年锻炼出来的社会秩序；没有买者存心囤积，也没有卖者居奇抬价。伦敦因人口增多，街灯熄灭，水电和瓦斯从本月已增了价，但小城市并没有用过高的物价剥削避难者。走到肉店，水果店，依然挂着丹麦的小牛肉，耶路撒冷的橘子，南非的香蕉，中国的鸡蛋，齐备而充实。上礼拜我的伙食还是由隔壁警察太太包的，每天仅管午晚二餐，每周她要二十一先令。放假后我自己试做了一个礼拜，一天两个先令可以吃得很好。得感谢谁呢？英国那上千艘在地球各角落东飘西荡的商轮。

开战后，戏院生意反而兴隆起来。街上是黑了，于是，卖自动桥牌的，卖钢琴的，卖通俗书的反而走了好运。在过度紧张中，人们比平时更需要娱乐。但这里我并不想概括英国的一般情形，我只见到一角。一个主教一年五千镑薪俸，理发师侍候完一位顾客，只能挣八个便士，其中两个便士还是小费。

上礼拜我到离剑桥十四英里的一个小村镇去玩。这里我不想写景。两件事引起我的注意。第一，我们因遇雨躲进一个农家小茅屋。屋旁一张铁板棚下，停了一辆奥思丁牌汽车。第二，我们的车驶回剑桥后，我还不知又走回了大城。依我看，英国的乡村和城市的界限真算不上悬殊。在伦敦那大城里，却有座荒凉的海德公园。小乡镇也有讲究的茶馆。

自然在一个五镑可以购置一辆旧汽车的地方（我们的洗衣奶奶的车便是这价目买的），汽车实在不能作为阔绰的标志。所以在剑桥骑车，常常在街口同汽车彼此谦让上半分钟。在中国开汽车的眼睛好像只肯看天，压死白压，汽车时常快得把满街胆小的都吓得心跳，而它赶到戏院却离开场还有二十分钟。在英国，汽车是“市羊”，而不是“市虎”。

秩序，在战时真不失为胜败决定因素之一。譬如贴标语，他们设计得都醒目而色彩和谐，很稀疏很扼要地贴在全城各角，但笔者前年在湘西一小城浮住时，每天几乎都有新的标语贴在昨天的那摊上，原因是那城虽小，却是各地疏散来的学校机关必经之地。信赖、冷静、坚定、尽自己的一份责任，这比不上一个战士的英勇，却是个好公民的起码品德。所以在剑桥，学生依然在辩论、唱歌、赛船、抱书本。年轻的母亲们下午便把白嫩小宝宝推出来，晚上九点钟都围了无线电听当日的战况。

妇女也有从戎的。法国那边还驻着一批英国女飞行员。英国女权运动是上次欧战兴起的。战争是表现勇敢、克尽责任的好机会。两性之间，只有在同样负担下，才有同样权利可言。在疏散人口，保护学童，救护等工作上，英国妇女认为责无旁贷。在香港看到的英国人同我到这里以后看到的仿佛不大一样。欧洲男人原来并不都叼支雪茄，大拇指插在表袋里；女人也并不个个穿得像夜总会的顾客。老实说，在这里和巴黎，我没遇到过一个袒着半个胸脯的贵妇人，如我在港九轮渡上所天天遇到的。反之，这里我看到一般西洋人却都是过日子的老手。不但仆役很少人雇用得起，（人力贵得很呀！）许多轻微的劳动全是自己干。上礼拜我在“六便士商店”买了一对鞋掌。我看见许多人都围了那柜台，在用一张纸样比来比去。我也买了两块，六便士，外给钉子一包。我一生这是第一次当自己的鞋匠。这种商店在全英大城镇比比皆是，成天挤满了人，什么琐碎东西都有。另外一个现象，便是合作社组织的普及和规模之庞大。据说英国百分之十二以上的消费都在合作社手里，他们有机关报。

路过法国时，朋友嘱咐我千万莫谈国事。有一次正在旅馆打电话时，老板娘猛然由后面夺过我的耳机。她用法语对那话筒嚷了几句。然后厉声问我：“你刚才说的什么话？”我告诉她是中国话。她用指头对准我胸口说：“在这里只许说法国话！”这规矩那朋友可以从容遵守，但我却说了最后一句话，那就是：“再见吧。”

在英国，除了登岸时我和所有人一样都受了半个小时盘问（我坐在椅子上，三名警官各自审问一个），但那以后，我再也没受到什么特殊约束。当空中海上在激战时，共产党的机关报《每日工人》也照常出版，照常攻击现政府，攻击战争，并为苏联与纳粹德国签约而辩护，当局这点雅量不简单。

一九三九年十二月十六日，于剑桥

（原载重庆《大公报》，一九四〇年一月六日）

血红的九月

1　两种本能

大轰炸的次晨，我踏了满地的碎玻璃碴，到伦敦中心区去巡礼。三四辆救火车还在向一古老巨厦射水，许多工匠正在赶修马路旁被破坏了的水道、煤气管。停放救护车的小巷里，防空义务队员正在挖掘尸首。圣翟尔教堂诗人弥尔顿墓上的石像倒在地上，圣保罗这古老的拱形建筑，平时皇后雕像脚下总徜徉着无数野鸽，如今已被标为“危险地带”了——一只“定时炸弹”正落在它的石阶前。我在那一平方英里面积的银行区（英镑的堡垒）窄巷里徘徊，英格兰银行门前是一个丑陋的大洞，最带讽刺意味的莫如保险公司的门脸儿也为昨夜飞溅的钢铁穿个透天，斑痕满目的墙上，“火险”“寿险”的匾额还残留着。这个世界，保东保西，可是谁也保不了自己的险！

瓦砾的紧邻，才竖起钢骨的一座货仓，泥水匠又在操作了。另一家幸免的咖啡馆，女侍正屈了腰一丝不苟地揩拭门面上的灰尘。她那副神情有多么镇静、刚毅啊！

防空壕显然成为内政部的难题了。煞神没认真光临前，就是放了警报，壕里也仍是半空着，正如防毒面具还是少数人的随身装饰。没人相信“卐”字轰炸机会对这么古这么美的大城下毒手的。所以伦敦的“防空壕”，大半就是较大楼房的地窖，甚而第一层，比不上当日的南京，更不用说马德里。上礼拜晚报登出一个被炸巨厦的照片，一只弹穿透了九层楼，笔直到底。当局到今天还认为“深壕”没有必要，但民众的想法显然不同。“安德生钢板”（当时英政府发给民间的一种标准防空钢板，是以英国内政部长安德生来命名的）并不够搭个安乐窝。近十天来，守法的伦敦民众，不等擦黑（有的为抢地盘，甚而下午三点）即携妻抱子，买一张站台票到地铁的站台上等着过夜去了。一块块的毛毯上，爬着吃奶的小团团，手里打毛衣的妇人们攀谈着。许多年轻的母亲，上次大战就是在地铁里保存下来的；但杂在里面的，偶尔也有壮丁。

2　大轰炸前夕

战虽宣了一年挂零，但对伦敦八百万市民来说，这半个月仍不失为一场突如其来的噩梦。七号，东伦敦大轰炸的前夕，我还在这座古城里酣睡着。英国的天气虽是四季如秋，这颜色的深浅和月份终还是有关联的，没有栗子、白薯，伦敦自有其初秋的衣裳。六号早晨，我坐地铁去海德公园，又穿到肯辛顿花园。我踩了大半天的落叶，橙黄而脆响。园里清道夫正辛勤地耙着，每耙成一堆，即点把火，白烟带了牧草的气味在小树林间袅袅盘旋。贵妇人们的脖颈间已围起小狐狸了，她们随身不离的狗，在树根处嗅个不停。秋在四季里，是最富哲学意味的，风雅的工人也托了腮，对着树隙间银亮的巨象般的气球发呆。蛇湖边长板凳上坐了一些落魄的欧陆难民，望着湖面上悠闲游着的野鸭出神。一长条法兰西面包，一个苹果，便解决了一顿早餐。

下午我安闲地去寰球戏院看红极一时的《雷岩》（*Thunder Rock*），

写的是两个司灯塔的美国青年的苦闷，实在是两种世界观的对比。在第一幕里，那态度积极的终于动身到中国参加反侵略战争去了，另一个则在后两幕里受着心理的折磨。出现在台上的，是九十年前湖上沉船中维也纳一家人的鬼魂，缠了他，逼他恢复对世界的热忱。感人的是那个爱上了他的女孩，临回到鬼域前，抱着他说："我多么羡慕你这个活着的人！你有权利生活，有权利爱，有权利斗争……"

但刚演到第二幕，即隐隐听到外面放了警报，幕落下了，剧场经理由幕缝里微笑着出现，深深打一躬后说："请原谅我来打搅，官方规定的，真没奈何。我在这里报告外面正有警报，观众如有人要往防空壕的，请即刻退席。"观众纹丝不动，照例报以一阵自信的愉快的笑声。于是，幕一拉，世界又回到剧中去了。

看完戏，在地铁车站内候车时，人丛中，一个老太婆正在夸说她那飞将军女婿的战绩；扯住她手指的孙少爷不住地用尖声摹仿警报声，尤其煞尾那悠长的叹息，颇得神韵。

挤进车厢，唯一的空座是在一个中年妇人身边。我坐下不久，她突然在我耳边说："上帝祝福你！"我莫名其妙，就只好点头。她说："你得说呀！"红的眼睛，我嗅出强烈的酒味了。我想站起，但她把我盯得害怕起来。我只好敷衍地说："上帝祝福你！"她把手伸给我拉，拖了大舌头说："现在我已被祝福了。"招得同车的大笑。她又说："说，上帝祝福天下的母亲们。"我这时既挪不开身，而心理上已为她震慑住了。我也不能否认对这妇人的同情。我又说了。她又伸过手来，大家也又笑了。她说："我有三个儿子，你信吗？一个在海军，两个在陆军。"她说："我爱所有的人，英国人、美国人、德国人、比利时人……我都爱。"我只有苦苦地点头。她说：“哼，你一定没懂，我再说，我‘喜欢’一切人，你懂了吧!”……幸好她早我一站下车，但似乎刚下车，就是一阵纷乱，她大约晕倒了。我的车也驰入黑洞洞的隧道去了。

3 中古寺院

正吃晚饭时，警报又响了。我住的郊区汉普斯特德是伦敦地势最高的区域，市中心的警报照例先鸣，然后各区陆续响应，越鸣越近。但等我们紧旁的鸣起了，那声音才唤起死的联想：远东的，西班牙的，这回轮到伦敦了。

饭后上楼，把灯关上，推窗一看，探照灯的光柱像一只只细长的胳膊伸向夜空。这时正投下照明弹数枚，徐缓灿烂，宛如烟火，把伦敦这古城罩上了层淡黄光辉。云端银亮闪闪发光的是气球，翘出的是教堂尖塔，大伦敦幽静森凉，如一中古僧院。还正欣赏这幅画呢，咚咚咚，高射炮打响了。地上一股粉红色的光亮，到黑空就是朵橘黄的花。照明弹这时越降越低，也越暗了，终于缩成如刚熄的烛捻；随后又一阵光亮，这回花是开在地上了，而且带着猛烈的爆炸声。再一刻，地平线上烘起微紫色的光来，一撮红的火焰随之由地上腾起，火越腾越高；而左近新的火苗又冒了出来。这片红光把东南角圣保罗教堂的圆顶和“国王十字架”车站的尖塔都描画出来。起伏不定的火苗，说明着地面救防的工作。第二天才知道这便是东伦敦平民区遭殃的一晚。先说死亡四百，伤者数千，后又估计是三百八，其中有五人是中国水手。

4 地狱的夜晚

这是噩梦的开始。安全感的幻灭，席卷了全伦敦，贵族住宅区的南肯辛顿，作家猬集的布鲁姆斯伯里，以及我居住的这半旷野的汉普斯特德都掉了家伙。八号那天早上，房东太太费了好大工夫才为我泡出半壶茶，煤气微得像个临终病人的呼吸。当晚是一个地狱般的夜晚，炸弹三次掉在附近，人几乎被震下床去。电灯不着了，房东太太在楼下嚷："快逃下来呀!"第二天早上，住在离我仅五六分钟路的蒋、周二位来了："刚到楼下五分钟，就全炸了，有八家遭了殃!"随后，鲍觉民夫妇也提了包袱狼狈地来了，说昨晚外面闹得正凶时，他们本还在玩牌，十点多刚上楼，突闻巨响，灯灭了。这时巡警紧促地打门，要他们快逃，限五分钟，说这条街中了定时炸弹。他们还好，没脱衣服，很多邻居都瑟缩地披着单薄的睡衣，当晚被安插在一个学校里，席地打盹。清早公家还备了茶水面包。

我上海沃斯提克山街一看，家家铺伙都在扫门前的什么哪——不是落叶，是碎玻璃。下午同住的中国朋友回来说，中国银行一个女打字员昨晚被炸死了，另一个还在失踪。死者的胞姐正要去报领保险金时，突然又鸣警报了，本来逞了劲的她，这时睁大了眼，歇斯底里地嚷起来。直等把她拖到地窖，她才哭出声来。

5 牛津街的厄运

几天前，牛津街还是伦敦的繁华中心。由于十月一号消费税即将开征，稍有积蓄的人莫不争买过冬物品。杂在欧陆落魄者一张张愁苦的脸间，是一些笑容，胁下夹着大包小包的毛线、肥皂等“存货”，走路的姿态似表露出幸运者的踌躇满志。店铺也认真悬出醒目广告：“消费税即将开征，欲购各物从速。”我去买鞋，那售货员即劝我多买一双富余的。鞋油、鞋带，买一件，省一笔：“先生，省得交货价三分之一的税哪！”我心里怪不舒服的：所有的战事，出命的是穷人，出钱的也永是穷人！

然而，这闹市上摆摊的也不少。去年干电池缺货时，路旁净是卖电筒和防毒面具匣子的，另外有以卖火柴或拉琴作幌子的乞丐。大轰炸开始后，牛津街并未冷清，它还添了许多别致的生意，一种是“算命先生”。一个自称“精神学家齐卡拉博士”的印度胖子，披了件黄绫道袍，在一家歇业了的店铺门垛内，用恒河的智慧为伦敦时髦妇女们占卜起吉凶来了——而且准是吉多凶少。戴大耳环的吉普赛巫婆也坐在地上，夸说她洞知世界前后五百年。另一种生意是现实的——雕银业大约买卖不旺，几个雕匠摆摊，当场为人在铜牌银牌上雕刻姓名住址，戴在身上虽有“家犬”之嫌，但如果不幸被炸死，认尸时却便当多了，所以主顾们把摊子挤个水泄不通。

这条充满了生命的闹市，十七号夜晚遭到了一场浩劫。十八号早上，登在报端的牛津街被炸得稀烂，有如“一·二八”后的闸北，火在冒，救火车在激射。我赶去想抚摸一下它的伤痕，但已不准行人通过。

这厄运绝不限于牛津街。

6　阴险的玩意儿

死亡的恐怖，比死亡本身更为可怕。在这场屠杀里，“定时炸弹”比毒瓦斯来得还阴险。它也许掉在僻巷的垃圾里，也许是后园的榆树下；异于那种令人脊骨出汗的“呼哨弹”，它时常是人不知鬼不晓地落下。有人说是系降落伞上，徐徐飘降如同一个天使——黑天使。也许我执笔的这一刻身边就有一颗。昨天我们附近就先后有过七次“无来源的爆炸”。这晴天霹雳，使人不得不怕，又无从怕起。上礼拜这种玩意儿丢了不少，伦敦街道对我本来就是迷宫，那天到处都拦起绳来：“内有定时炸弹，行人止步。”书店街拦起了，外国饭馆区也拦起了（包括顺东楼、上海楼等三家中国馆子）。昨天中华协会一带也过不去了。

皇家工兵凭着胆略和机智来征服这些阴险的家伙，圣保罗教堂便是一位上尉和他的五个助手保存下来的。

定时炸弹的恐怖使我们这座百岁高龄的小楼的住客们也担忧起来，尤其我们住在顶层（三楼）的，每次这一带落弹，房子必大大打个冷战。前天去紧邻的一条街看被炸的一片房子。去看的多是附近街坊，只见个个不住地摇头，心下莫不生兔死狐悲之感。那以后，我们这位自称同当今首相是本家的房东丘吉尔太太就不准我们在楼上睡了。我们每人收拾了一只小提箱，捡出衬衫、袜子、牙刷等日用品及各人心爱的小物件；手提箱成天放在门口，准备那“限于五分钟内逃出”的通知来时好带出去。每天不等天黑，空中即动起手来。如果不想到结果，凭声音令人只能想到除夕：因为鞭炮不断外，还有剁白菜肉馅的。有一晚我们就真把它当成除夕，大开起音乐会。“我们”是指一个学法律的印度青年，一个皇家音乐学院的锡兰女生，一个匈牙利姑娘和我们三个中国人。死亡在窗外咆哮时，锡兰女孩正唱着弄蛇曲，继之以匈牙利姑娘的饮酒歌。另一位中国朋友蜷在楼角，膝盖上放了一具打字机，在打遗嘱。七个通宵，这四个国籍的六个游子就同滚在饭厅的地板上。午夜吵醒我的，不单是高射炮与炸弹的交响，还有那位睡在饭桌底下的锡兰小姐思乡的呜咽。

写至此，外面警报又号叫起来了，声音同炸弹几乎同时到来。听，救火车出动了，这是生死隔一层纸的日子，但是壮烈的。

我得钻洞去了，因为高射炮就在隔壁。明早又该抢着起早，去花园争拾碎片了，正像儿时除夕的次晨争拾祭灶神的青豆。但正如过了一年又一年，历史也是川流不息的啊！话剧《雷岩》里一个角色说："生命？在中国才有生命，因为善恶在搏斗着哪！"

一九四〇年九月二十三日，于伦敦

矛盾交响曲

当我认真画这幅“英格兰”时，我反而不知怎么落笔好了。宇宙果真永是阴阳两面，战争又具有放大作用。我知道在游览上我遭受着不少可憾的损失。但十三个月来，我观看着善与恶，忧与喜的交流，少年的激奋，中年的镇定，一个民族的灵魂各面，如走马灯般晃着，如怒潮般澎湃着。你问我，英国好吧？伟大吗？不好吗？我答不出。这没有军舰吨数来得省事。而且，这是怎样一个时代！一颗炸弹丢下来，十二世纪名教堂钟楼顶上的天马坠了地，一辆汽车可震上了屋顶。这是九月二十五日的事。一个叫约翰·雅各布的男子盼着入伍，可是报效无门。生他的是个糊涂的母亲，糊涂到把他登记为女性。妇人当时不过一时疏忽，但她不久即下了黄泉，如今这遗孤找不到谁作证人，来改回原来的记录。一个裁缝店老板被主顾控告，但他制成的那件值十三吉尼的衣服确实埋在炸毁的店里了。法院判主顾照付。过两天，那原告要求缓付，因为他的家也给炸成了废墟。

这是什么时代？这是英雄的时代！一座平民住宅眼看倒下来。十个壮汉用胳膊硬托住了三层楼，让救护队在瓦砾中抱扶老少。一个戏班子巡行了二千五百英里，为军队作义务表演，回程汽车周围落着炸弹，演员们在车里洗着脸上的油彩。空袭既制止不了生育，产婆也戴起钢盔。第一批就是两万顶。一个绰号叫老爹的义勇救护员，上次大战中他是炮兵，可是全须全尾儿由法国凯旋。这回他反而丢了只眼睛，是右眼，为了救他的邻舍。英雄不只属于七十高龄的老翁，某城防空壕里，就有一个四岁的管理员。

但这个时代还有另外的一面。征兵法案在英国刚一提出，婚姻登记所门前就挤得人山人海。两百八十二个男子想要速成为“已婚人”，以免被军役抽去。这是全民总动员的时代。苏格兰某城市议会有人提议，既然瞎子耳朵特别灵，不能任他们在战争中游手好闲。正好利用他们那官能敏捷监听来袭的敌机。孩子也不得光玩，既然他们爱在林间打手棒，东岸某城的战时农业委员会就组织了一个“铲除麻雀团”，农家按只付酬金。北英国的树丛里常满地滚着无人收捡的羊毛。孩子们每捡十五磅，即获一份饽饽钱，毛织业也就多一把原料。全国三分之二的理发匠不久就应征入伍，现有的理发匠正在把手艺传授给各自的媳妇，大批女理发师即将出现。妇女在这战争中，除了维持家小，还做着一切男人能做的事。地道车站的脚夫，军用车的司机，以至驾飞机，开高射炮。一个牙医生的太太，婚前在伦敦剧坛上颇享有盛誉。市议会出示征求开垃圾车的司机，专收废铁碎骨或烂纸。她应征了。谁都忙。坐落于英国中部森林区的一个大修道院，有修士六十名；地方偏僻得警报达不到，修士们日夜在塔顶轮流守望敌机的来临。

英国人是个好幽默的民族。在危机中，他们喜欢用幽默来表现镇静、沉着。《泰晤士报》上有读者提议说，上届大战，法境战壕上种的是红罂粟、白菊花，本届他主张马奇诺应遍种玫瑰，以示杀敌不忘自然美。六月二十三日，即法国投降那个晚上，无线电广播完这可怕的新闻，由作家 J. B. 普里斯特利作时评。他第一句说：“昨天我看了个电影。”敦刻尔克撤退那晚，他追忆他曾乘过的一条“小白船”。新闻部发言人哈立德·尼科尔森向全国广播征捐书籍，以备军队阅读时说：“未来的冬天，军营中势必无聊，枯燥得可怕。”在群情沸腾中，身边还有着无限闲情。屋顶为炸弹揭开，屋主说：“这下子谜底揭开了，原来冬天苍蝇藏在那儿。”一个停车的空场落了个炸弹，炸出了个大坑。次晨，有人把碎砖排齐，坑缘上栽了几棵绣球花，旁题“戈林花园”。闲情不难寻。昨天威尔士朋友还来信描写巴茂港的初秋，我们曾共看日落潮涨的山头。新近《泰晤士报》上还登了某贵族征求猎伴的新闻。就在纳粹对伦敦狂轰猛炸之际，女钢琴家缪拉·海斯等一批英国音乐家在市中心的国家艺术馆举办起一种“午餐时间音乐会”，入场券只一个先令。大家一边嚼着夹肉面包，一边站在那里(没有座位)听三重或四重奏的室内乐。我也是经常参加的一个。其实，外面炸弹与高射炮的“交响乐”音量太大了，与其说是去听音乐，不如说是一种精神上的示威运动。

太子剧院前，一个耳聋的街头卖艺人为门前排队买票的观客们演奏。警报鸣了，人们四散了。聋子还低首用帽子讨钱。一抬头，人不见了。他丧气地说：“嘿，票卖得可真快呀！”自从陆军部宣布军官禁挂腰刀后，七十六高龄的瓦铁尔先生，英国仅存的制刀剑匠人，也将发生面包问题。在战争中，你永不知道什么将告缺乏。不久，价值三十五先令以上的结婚戒指将由市上消失了。战时的戒指是划一的，越小，新夫妇越算爱国。但今天又发现缺一样东西，生理试验室里用的蛙大告恐慌。曼彻斯特大学动物学系主任说：对医学生，蛙的用处至广。最宜于研究心脏、肌肉、神经的构造。每年英国医学校的解剖室至少需要十五万只。去冬奇寒，冻死若干，如今大陆(法、比)来源又断，医学势必受一大打击。

这是什么时代？这是慷慨解囊的时代。莱斯特一个老樵夫，每周末把工资中省出的十先令交给红十字会，不等人追问姓氏，抹头就跑。一个伤感的老太婆，一九一八年为了庆祝停战协定，买了一瓶香槟酒。二十多年来她不忍碰那瓶塞，为了瓶上印着“此酒担保确为大战时在法国兰斯酒窖中所酿，地距德战壕仅一英里”。如今，这瓶宝贝酒她捐给第二次大战的红十字会拍卖了。在这个时代，不但人与人之间有着温暖，人对畜生的爱怜也倍于往常。一个农夫硬要领着一匹栗色牡马进防空壕。警察和纠察员不准，这农夫哀求着：“它曾经是一匹好马，我起誓它是。它见过大场面。”人们围上来。警察更坚决了。这农夫的大粒热泪落了下来：“你们多不讲理，它要是有个三长两短，我可怎么办呀！”还有一个六十五岁的老太婆，坚持要住在东伦敦炸毁的残屋。楼顶透了天，窗户揭了盖。但她是百多只无家可归的猫儿们的寄母。同她一样，这些猫也留恋着它们成天爬的台阶，攀的屋角，它们熟悉这条街的鼠洞。老太婆每晚特地生起火来，喂完了它们，就带它们烤火。一只只猫舐着周身瓦石的碎碴，望着火焰出神。遇有警报，她照例躲到楼梯下面，她还有大批客人们也跟了来——它们是五六十只无家可归的灰鸽。它们的家原在教堂，但教堂也一样化为废墟。

对于同类，对于小畜生，人尚且变得如此仁慈。至亲的骨肉，恩爱的男女，自更要加重一分。多少母亲在轰炸下，把身子覆在她们儿女身上，情愿代为受难。在人岛拘留中的德、意籍侨民，每月一次准许会见囚在女拘留营里的妻子。一个礼拜前，在做苦工之余，一个个便都采起野花来，预备在那甜美的一刹那奉献给自己心爱的人。

但这个社会也有冷酷的一面。住所被炸的房客彷徨在清冷的街头，房东还拉长了脸催付房租。爱丁堡一个印刷局老板，因为巨厦里收容了三对难童难母，竟起诉说有碍他独居的自由。而《法学杂志》警告塔桥一个仗义扶贫的地方法官说："只要合同未满期，无论房子全毁或半毁，房客须照付全租。如系每周合同，自可于周末退租。法律与人情绝不能混为一谈。"

我不是说过吗，这是个矛盾的时代，你有什么话可说！比方，下面这案子你怎么判：去年开战前夕，三条德国船载了值一千万镑的英国货。货在伦敦保了险。三条船在海上被英海军包围，自动沉了两艘，第三条逃回德国。保险商究竟应否负赔偿责任？这案子到一年以后的今日还未判决。案子明显到双方都不须证人，单由法官耗费唇舌。这案子的辩驳书已积逾五十万言。在罗马，古时用来囚基督徒（令与狮搏）的土牢，如今是法西斯意大利的防空洞了。希腊被侵前，英、美考古学者刚发掘出一批古希腊文化的遗迹。战争爆发，考古老头儿们又赶快把发掘出的玩意儿埋回土里去了。

一九四〇年十一月十四日

银风筝下的伦敦

照伦敦人口的密度，希特勒动用飞机的数量，这古城的遭劫还不能算严重。十一月六日丘吉尔首相公布的死亡人数，九月共四千五百名，十月三千五百名。然而这两个月里，大陆上几乎日夜派遣凶手过来，而且时常一天有十次以上的警报。是什么使伦敦的死亡减少了呢？哪个认真相信是威斯敏斯特教堂的祈祷！是那埋伏在全城各角落的高射炮手，放银风筝（气球）的和冒了枪林弹雨生命危险在黑暗中吹哨的纠察员，救护救火队员们。自然，主要是截击的战斗员。

我管它们叫银风筝，因为它们不但有风筝的庄严，飘逸，而且在秋风中也一样弹出铮铮响声。逢运气，黄昏时也许在什么空场上能够看到一个正徐徐下降。这些巨象偶尔也会如星球般逾出轨迹。九月底，德国电台即说有数只英国气球被飓风刮到瑞典，毁坏了二百五十座变电站，毁坏了一座无线电广播台，害得火车误了点。在哥德堡，气球的钢丝触着了该城无轨电车的电流，黑空中画出一线闪亮。后来又刮到丹麦某城，落到一列客车上。那一次我才知道银风筝如离开地上的执线人，能惹出多么大的乱子！幸好它们不常逃学。

当它们规矩时，它们保护伦敦不至于成为华沙。德机永远不敢低飞，因而也就无从瞄准。但这不是像放风筝那么容易。《新闻纪事报》一个记者说，在空袭伤亡单中，气球管理员占很可观的数目，一旦风筝断了线，他们得摸黑去找，不然那结果不堪设想。

高射炮手也在无名英雄的前列。

最初，德国也丢过数次传单。但这些传单发生的作用却正相反：它们变成了募捐救国的工具。八月六号德机在英国东北部丢下希特勒劝降演词的全文，红十字会把它们集起，卖一便士或两便士一张，不出数分钟凑了十多镑。在威尔士某地，行市每张贵到五先令。后来买者太多，幽默的英国人发起了“一便士看一眼”，这下集资更多了。一个人花两便士买上一张，竟募够买一百五十枝烟卷的数目，烟卷送给了军队。这不仅表现了英国人的幽默感，同时也表现了他们对战争结局的信念。到十月二十四日，当局开始警告传单收藏者，说敌机近日出一诡计，用小气球系传单一束投下，传单内藏炸弹一颗，拾者势必遭殃。

六月七号，我在英国第一次遇上空袭。那时我住在剑桥一位意大利人家里，距开战已八个月。那是我第一次欣赏剑桥的午夜，闪烁的星光，剑河的潺潺流水声，鸡叫，火车缓缓而行，花草馨香，人在篱笆下呢喃。个个抱了“未完成的杰作”的原稿，或什么纪念品，木乃伊般站在地窖里谈拖鞋，谈约翰逊博士。次早房东先生（意大利文学讲师）筑起防空壕来。每堆起沙袋若干，必跳上土堆，然后，突然跃下，把自己当作炸弹，试验洞口的安全。

但真正的空袭始自八月下旬，我刚由威尔士草原赶回伦敦后。德机丢弹的种类并不太多，不外乎立刻爆炸与慢性爆炸两种。立刻爆炸的有尖声嚎叫的，细声呼啸的，以及烧夷弹等数种。对付定时炸弹的是那英勇的“敢死队”，自抢救圣保罗教堂那一着，他们的功绩才彰显出来。实际上这些英雄们成天凭了机智和勇敢在同死亡开玩笑。今早我去荒原散步，湖旁草坡的树上用绳缆起了，黄牌子警告游人：“危险，内有未炸之弹。”然而，四五个小伙子正站在弹穴里，一锹锹地往外扬土。我们互招了下手。圣保罗那一弹，震惊了大西洋两岸。这拱顶教堂是伦敦有名的古建筑。那天定时炸弹丢了一大片。我不是兜了个圈子吗？圣保罗门前再也不罗鸽了。一道绳子后，是个阴森森的大坑。“未炸的”比什么都可怕。但三天后，九月十七日，德威思中尉亲自驾车，把那些炸弹运到郊区草地，炸了个百英尺深的大坑。从此，“敢死队”在伦敦成为人所共知的赫赫英雄，竟至有人在货车后写上那三个字来冒充，吃了一场官司！德威思中尉荣获了奖章，圣保罗教堂为他们举行了一次礼拜，并许下战后为他们立座石碑，与威灵顿和纳尔逊的灵寝为邻。一个受惠的电影院无以报答，赠之以“永远免票入座券”数张。

定时炸弹扰乱秩序的作用大于实际的危害，更头痛的是现丢现炸的家伙。究竟丢了几千几百吨，没人敢确言，说德国曾有过一分吝啬，那是扯谎。人的伤亡数目以外，建筑呢，丘吉尔说以眼前这比例，毁灭半个伦敦还需十年工夫。军火工业呢，军需部长莫理逊说，损失仅百分之一的四分之一。但市民遭遇的惨痛，却无法估计了，这方面，最凄惨莫如工人聚居的东伦敦。

越是工业国家，这越是注定的：穷人是战争的祭羊，因为他们的住处不是在铁道附近，便是靠码头货栈，要不就挨着工厂。东伦敦便是这么个地方。平时拥挤肮脏，战时遭殃。这一带除了英国工人家庭外，还是穷犹太人及中国水手工人麇集的地方。炸死了倒也干脆，惨的是那些遗孤。一个妇人由坍塌的房屋底下被拖出来了，她一直等到得悉自己那四岁的孩子安然无恙才断的气，把悲哀托给了从军队赶回的丈夫。在同一天，他没有了妻子，也没有了爹娘同兄弟，怀抱着那咧嘴哭的孩子。一个刚结婚三周的新娘，一手抓了只老鼠，直直在她被炸的家宅旁站了一天一夜，半疯癫地对那老鼠说：“你一定是他派来的。他埋在哪儿？啊，你会说话有多好！”她的新郎刨出时，样子够吓人的。她也是活埋了四十八小时后才被刨出的。但她丈夫刨出时，已没气儿了。记得一九四〇年春间肯特郡第一个被炸死的平民，画报上把他自幼的相片全登出，报纸当作头条新闻。东伦敦开始西移，中国餐馆大东楼听说还逞强开着，中国水手公寓也没移动，但华侨洗衣坊却大多关了张，至少十二个华侨已葬身在这场闪电战中了。

轰炸时，也有许多趣事。一个十四岁的女孩在乱砖中埋了四昼夜。刨掘队发现她后，问她痛吗，仰卧在重梁下的她，还照平时礼数说：“谢谢先生，我很好。”大家把砖石清理出点路子来，才问她要什么。他们喂了她五杯热茶。六小时后，横在她胸上的梁木才被移开了。她被抬上担架后还说：“瞧，我手表打破了，是过生日奶奶送的呢！”还有一对夫妇，带子女两人躲在防空壕里。一个炸弹刚好命中，后面的钢板都已震掉，所幸老少安全。那七岁的儿子被埋在土下五英尺深。他父亲把他抱上来，他揉揉眼说：“爹爹，你这个玩笑开得过分了。”他还以为是在闹着玩呢！还有一座教堂正举行婚礼，周围连落了三颗呼啸弹。新娘戴完戒指，得由客人扶出教堂。一看，停在教堂门口的汽车不见了。他们双双走回家去招待客人，后来才把汽车由旁边砖堆中刨了出来。那天，听说一个烧夷弹落在皇家战争博物馆，几乎把张伯伦与希特勒合签的《慕尼黑协定》烧毁。还有一对老夫妇的尸首掘出后，老太婆手中还握着一封信，日子是一八八二年七月某日，是一个教士道歉不能来赴她的婚礼。战争使老年人尤其感伤。

但炸后的伦敦难题太多了。活着的得吃，炊饭的煤气没了；得喝，自来水流成河；得住，房子成了瓦砾。那时伦敦乱成一团，而舆论界却并不放松政府。《新政治家》上有一长文描述难民之无助和官府办事之迟缓。譬如派来疏散的大汽车走错了地方，妇孺白白地鹄候了一天还不算，又挨了敌机的扫射。一位八十岁的老太婆，由市政府推到救济会，又走了三英里到另一慈善机构。她缺的只是一笔路费，乡下有戚友答应收容她。舆论界攻击的是难民不应靠慈善款维持，政府应负责任。到十月底，“难民救济金”分配办法规定了：一个四十岁以下的妇人如丧失丈夫，每周领十五先令六便士；年满四十岁以后，每周领二十二先令六便士。孩子的补助金，老大领八先令六便士，老二六先令三便士，余每名五先令。男子因空袭残废者，住院期间每周领二十五先令六便士，出院后为三十三个先令。据说随报随领，绝不迟延。难童的安插也有了办法。这些孩儿由戚友收养，由官家补助至十六岁为止。收养一名难童，每周可领十先令，余每名八先令六便士。在原则上，这里平民因空袭所遭损失，均由政府照数赔偿。不过除非赤贫的，余多展缓至战后赔。譬如我住处的玻璃窗、烟囱就全震碎。房东太太向区议所报告完才动工的。她希望不久就能收到公家一张支票。伦敦某区还倡议因空袭而丧命的市民，殡葬途中，应准许用国旗裹尸。总之，九月初的紊乱迟误，已在尽力挽救了。且有保险公司举办“一先令保一百镑”的空袭险。年收入四百镑以下的中产阶级，政府也给了损失赔偿的保障。

在最漆黑的日子，伦敦还能笑。破屋顶、送奶车、举重机上全悬着饱经风霜的国旗，颓壁上写着种种谐句。

街道下面埋有煤气、自来水种种设备，平时提供便利，遇到战争，也有麻烦的一面。一个未伤人的炸弹很可以使一可观的面积停了水电，断了电话，没了地道车。当伦敦上空在交战时，伦敦地面上，千百名管子工把身子半插在地下，耐心细致地修整地下那些复杂的管道。兵士们把枪架起来，跳进被炸的房舍帮忙拆卸清除——一种需要胆智的活儿。三个月来，伦敦不知扫出几千吨碎玻璃。有巨厦的贵重厚玻璃，有教堂的古老彩色玻璃，也有平民住屋的廉价普通玻璃，真是个大汇合。这些据说如清理重炼，人工需耗甚巨，所以大部分都抛弃了。而且眼前玻璃的需求并不太大。许多不需橱窗的店铺(如银行)多用木板搪起。牛津街的大百货店，浅黄木板中嵌以一方小小玻璃，像煞我们的宫灯。破房拆下的钢骨是有用的——铸成炸弹还敬柏林，也可制成防空壕里用的双层床。

警报的放送也经过几度周折。最初，很少有人理会警报的重要，而且，似乎越放警报，街上仰首观望的人越多。直到俯冲机到来，人民又开始怪政府放得迟。一个记者说，威尔士某酒馆有个穷酒徒，善学飞机丢弹声。说谁请他一杯威士忌，即学一次。学完人问他，警报声呢，他说，没放警报。《新闻纪事报》上读者来函栏登了许多质问的信。一个说："昨夜三点，我在床上足足听了二十分钟轰炸声，为什么一声警报也没放?"一个说："依常例，我们的警报总比炸弹迟二十分钟。这是否也得经过一番等因奉此才放?"又有人抱怨放解除警报时敌机正丢着弹。还有人嫌警报拉得太长，太难听。丘吉尔首相有同感，在下院说，得缩短这种鬼嚎。不久，当局又发现勤放警报对于生产——尤其军火制造损失太大。八月二十三日，安德生部长在下院宣布"屋顶巡风"办法。先拉预备警报，俟敌机临上空时，始由巡风人摇铃通知，作为紧急警报。如此，军火工人既不误工，又可保证安全。这些巡风人又是一批英雄。风吹雨打，他们得站在屋顶，眼睛不能离开天空。看着弹落，看着火烧，他们得负责下面数百名同胞的安全。某工厂便有这么个挡前阵的巡风人，不幸在一个阳光灿烂的下午殉了难。厂家通知死者妻子的信是这样写的：“你的丈夫是一位杰出人物，他事事跑在前面。他什么都先干后说。在工厂中，在运动场上，他都是第一。当本厂征求屋顶巡风人时，他自然又是第一个自告奋勇。终于，当一颗炸弹投下时，也是他第一个看到。”

另外，还有戴钢盔的“纠察员”，对他们的功绩报纸也是歌颂不尽，而且他们当之无愧。年在六七十的老头老媪也时常干这一行。当警报放了时，我们往地下室走，他们得在街头吹哨，促路人找掩护。“一个空袭纠察员必须勇如狮，强如阉牛，机警如枭鸟，耐烦如毛驴，辛勤如蜜蜂。”这是人们理想的“更夫”。他必须随时准备“挨炸，挨跌，活埋，粉身，压扁。他随时得当干奶妈，产婆，郎中，抬埋的，募捐的。他得活泼而驯顺，当人们抱怨时，甚至得学会装聋作哑”。想想冬夜的黑、冷，这些年迈市民的义勇实可佩服。自然，中年的纠察员占大半。譬如我们这条街上一位罗伯逊先生，他年纪是五十三，与老伴跟前有两男孩。早上七点半，他就到邮局上班，战前四点半即可下公事房，如今要做到五点。下了那个班，就值这个班。闪电战开始后，好些日子罗伯逊先生二十四小时内，仅睡上二三小时的觉。他巡街，扶老弱进防空壕。但有一天，他巡街回来，自己的房子炸完了，妻同一个孩子受伤，另一个孩子丧了命。悲痛自是当然，但第二天罗伯逊先生又去值班了，吹着哨，催人们掩蔽。

还有浇灭伦敦大火的英雄们。六万救火员中，截至上月底，殉职的已逾百名。这是既苦又危险的差使，烧死，砸死，种种意外都可能发生。伦敦市民对他们感激至深。

专职的纠察员，每周领三镑。因公受伤者，准许照支前二周薪，出院后，已婚者每周领一镑十三先令，单身汉每周领一镑。这总算是份保障，但舆论界认为太菲薄。尤其有些地方遇纠察员受伤，薪金立即停付。而且供职还须自备救火唧筒等，出差自备车费。至十一月初，政府动手改善了。殉职的每名准领葬费七镑半。受伤的准续领十三周薪金。政府并立即发给钢盔、雨衣等必需品。而且开始训练一批后备员，随时补充。

但开仗以来，英国空袭方面最棘手的莫如防空壕问题，即把这问题视作一个中心的社会问题，也不为过火。因为它涉及安全、健康、纪律、道德。

九月中旬安德生当内务部长时，大批伦敦市民携妻抱子，夹了被卷，佯买一站票往地铁里挤，而部长在警告着：地道车系交通工具，绝不容许人民当防空壕使用。两个月后，全市地铁每日下午刚过四点就成为合法的避难所了。再不需买票，有几条线还停了车专为避难用。这是人民的一大胜利。自十月十九号起，地道车站有夜宵早点卖了。次日，第一批两千只双层床架起了。于是，玩起纸牌来，难民带来种种乐器，地狱变成了天堂。十月底，威斯敏斯特教堂的地下室设起简易图书馆，放映起科教片，北伦敦一个地下室还有了一种报纸，名叫《瑞士茅屋人》，距我的住处仅隔一站。第一期社论是《论打鼾》。

美国耶鲁大学图书馆听说有这么一种别致的报纸问世，还特意从大西洋彼岸来函索取呢。

防空壕是怎样一个奇怪的生活场所！一个醉汉跑进某处防空壕，嚷道：“呔，我乃希特勒遣来的伞兵是也。尔等全已在我掌握

萧乾(左二)与友人在北平西山合影

中，谁敢动一动，小心吃我的子弹！”并在口袋中比画，把避难的妇孺吓得乱叫。还是一个熟识的妇人认出他来，打了他一巴掌。这人醒后被罚两镑，另付诉讼费十五先令。有一地发现成帮的流氓。还有一个难免的现象：小小窃案也是习见的，尤其每人手提包里必有点宝贝。这里躺着打大呼的男子。也难怪，他们白天开着货车或造着军火，晚上一伸腿，身子下面是硬邦邦的水泥地。但有三百难友，十个打呼的即可搅得全睡不成。所以难友们自动轮流派一个人负责“摇打呼者”，一闻呼声立即跑过去推他一把。这里也睡着国难不忘美容的女秘书、女店员。睡前照常用发夹把头发卷成乱蛇一般，用玉容油润了她们的粉颜，早晨上班前，还先染染手指甲。

打呼的少爷和染指甲的闺秀在一片地上起卧，故事自是难免了。“小姐，您睡得暖和吗？”随之，把自己的大衣盖在陌生女子的身上了。没有人拒绝殷勤，尤其头上雹子般落着炸弹时。伦敦已经流行起了“防空洞的情歌”。一首是：“当你来时，有如警报之狂歌。我心怀不住鸣着紧急。我爱，你把我惹得稀糟，非加救护不可，虽然我知道我未被损害。你可否以一愉快的解除招呼我？点上你眸子的蓝光？我爱，见你以后，我如何恢复常态！”

结果呢，是教堂生意兴隆，防空洞常常权充洞房。

纽约一个哲学家，立在大西洋那岸赞赏着：“汪洋那方是欧洲，也即是地狱。海水爬着涌着，填补着掘蛤者留下的足印。月亮由海面上升了。我确知地狱过后，宇宙的空间潮汐将梳平时间的沙滩。新的掘蛤者还将来到——也许还是更好的。”

一九四〇年十一月十六日，于伦敦

一九四〇年的圣诞

圣诞前夕的二十四号晚上，房东太太说：“老天爷会打扮他心爱的伦敦城，瞧，下起雪来啦。”随说，她手里握的一把就摊在盘子上了。我本来就预备夜游这受难的京城，如今就更受到了鼓励。罩雪的伦敦，一定不至于太漆黑吧。

这才是伦敦的气候哪。半小时后，我走出大门，四下依然漆黑得无空隙，我是说，连星光都没有一盏。再摸摸冰冷的台阶，融化的雪，把地面浸成微湿的了。我几乎想说那是我到英国以来最黑的一个夜晚。我摸着路灯杆、树干、栏墙如一盲人。直等出了巷口，偶尔天空才有一道闪亮。那是城里无轨电车划出的电流。山坡上的汽车，今晚异常稀少，一个老太婆在巡逻。她大概是空袭纠察员，在黑暗中还嘟囔着：“希特勒这小子也得过节吧!”我沿了山坡大道向城里走。过了铁道桥，从坎普顿镇传来了歌声。警察沿街用电筒照耀僻静的角落。那里不是醉徒，就是丘八鸳鸯。伦敦似乎已酣睡了，只剩交通灯在眏着彩色眼睛。

莱斯特方场是丘八爷活动的中心，毕竟有生气得多。伦敦有如一大黑海，这里偶尔也驰过一辆辆汽车了。尾后的红灯隐现如这黑海上浮过的流萤。未填竣的弹穴口上，红灯一明一暗着，有如灯塔。戴宽檐帽的新西兰士兵、空军、水兵，都挽了女人的臂，在这黑海里唱着儿时学来的圣诞曲。一个醉了九分挂零的女人，倚了路灯杆在唱，有男人凑过去同她瞎说一阵，然后就又耸耸肩走开了。轮到她过街时，如果不是司机眼快，还几乎当了今夜的祭羊。

在摄政街口一家大酒馆门口，一个瘦小的提琴师在拉着《宁静的夜晚》，那是我生平听到的最凄凉的《宁静的夜晚》了，伴奏的是妓女的嬉笑怒骂和路人在微湿的边道上走出的嚓嚓脚步声。那提琴师还有个老伴，她张了顶帽子在黑暗中乞讨，没牙的嘴里哼着圣诞曲。驰过一辆汽车，我看见了她脸上的皱纹，也看见那帽子里空空的。

几乎就在隔壁，便是皇家咖啡馆（以文人艺术家猬集著名的饭店），穿镶金红制服的门役为贵客开关汽车门，迎来送往。我由门边往里窥了一眼。皇家咖啡馆我是吃过一回的，但今晚它辉煌得如一座水晶宫。衬了门外无底的黑暗，我想到安徒生的《卖火柴的小女孩》。

我又沿了莎福资贝瑞路（伦敦的百老汇）踽行。大戏院门外照例都有伸长的玻璃遮棚，遮棚下溢满着欢欣。但越往街北走就越萧条起来。快到牛津圆场的时候，我又得摸着黑躲弹穴了。希腊街我原是熟稔的，因为常照顾中国餐馆上海楼。但仅仅半个多月，希腊街口我都不认得了。我直如到了圆明园，那么静，那么荒凉，走路得提防瓦砾。仅有的微光是由地窖的玻璃方砖透出来的。有了光，也就有了笑声。人和兽在受难中都会嚎哭嘶叫，但唯有人类会笑。这天赋的特权是了不起的。

归途我腿走乏了，且想看看伦敦地面底下的圣诞。

华伦路地铁车站下睡着的多是大陆来的难民。他们是由维也纳、柏林、北法兰西，由欧洲各角落逃来的。也许一个月前还关在人岛（宣战后，英国政府把有些德奥籍的外侨以及国内的纳粹分子，悉关到爱尔兰海峡中的人岛上）的拘留营里，如今总算是获得了自由。但他们实在打不起精神。才十一点，许多人就蜷在毛毡下睡去了，单剩下长舌妇们斜卧着用欧洲各种语言交谈。孩子们也倚在妈妈怀里，或紧紧抓着一只泥团团酣睡着。有个好心的手风琴家在拉着《圣诞曲》这调子只有更引起梦中的乡思，柳条摇篮里有婴孩酣睡如天使。

在较大的站上，如皮卡迪利方场，就热闹多了。墙上插着槲枝，枝上还卷着银链、纸圈什么的。地铁当局还给栽上一棵圣诞树。席地躺在站台上的老少都伸长了脖颈合唱着。站台太长了，声音有时杂得如幽灵在号叫，但热闹可是实情。一架为水浸了半截的破钢琴也奏出《牧人夜间看守羊群》来。钢琴盖上还贴着借主的姓名住址。孩子们骑在楼梯扶手上滑溜着，有些男女工人居然在站台的一端翩翩起舞。

你能怪这些人不知忧吗？没有比战时的圣诞更不可能而又不可少的了。不可能，因为灯火统制了，奢侈品缺乏，疏散使家庭分散了。还有难忘的，是空中威胁依然存在着。今年“圣诞休战”完全是个巧合，并不是取得了默契。当局先有意完全禁止伦敦的街头唱诗班，后来改为不准持烛或任何灯火，且“声调不得类似警报”。但一九四〇年这个圣诞也是不可少的。几世纪来，英国人民从没遭受过这么猛烈的轰炸。多少人的家成为瓦砾，多少家的子女分散或者死亡。活着的，有的飘在大西洋的军火船上，冒着被潜艇击沉的险；有的守在东岸，窥伺随时可进攻的敌人。节日使人忘怀地乐一次；即使是一次，对人民精神已是一大补剂了。所以连被炸得最惨的考文垂也大事铺张。那里的古老大教堂已被炸平了，居民在六百年前修成的教堂地窖里举行圣餐礼。圣诞礼拜是在客店里举行的。全城凡是房屋依然完整的，都对邻舍打开大门。各城空袭服务员里，有的是名伶；于是，今年的哑剧又照常上演，节目是《水晶鞋》或《神灯》。各百货商店都大做礼物生意。战时的礼物是牙刷、肥皂或刮脸具，一切都以实用为主。就这么省，十二月十三日英格兰银行还警告消耗者，说圣诞购物已由银行挤出六亿镑以上的通货。多少亲友生死不明，于是，今年的贺年片数目已剧增。为省纸张，政府要求人民少寄。由于工作人员被军役抽去许多，邮政局要求人民提前寄发。结果，邮局不但得请军队帮同清理，而且打破了邮政史的纪录，每个邮差都把太太带出来帮忙。十八日那天，伦敦街上就看到一对对夫妇，每人背个邮袋沿户递信。第一天是师徒二人，第二天拍门的就是邮差夫人自个儿了。想想看，即使年逾五六十，干起新差使终归还要脸嫩的呀。

我的节日虽然过得很寂寞，但不能说很苦。圣诞日吃的是一只五磅重的火鸡，第二天，“盒日”（圣诞节的次日。英国习俗，这一天主人要赠送仆人一笔礼金，放在盒内，故名）吃二十磅的大火鸡，是潮州朋友请的，我们戴纸帽子、玩气球、打扑克，很乐了一场。圣诞日的下午，英王由威斯敏斯特教堂对全国广播。那座教堂自挨过炸弹以后，许久没这么热闹了。圣坛扎了彩，白衣唱诗班的席上又点起烛光。同一时间，德国总司令由法国对德军广播说：“去年的圣诞，我们还守望在马奇诺防线那边。今日我们已到了英国水墙的这边，专等元首一声命令，最后一击即开始。尔等不可焦躁。”圣诞日的伦敦，天空还洒下一片阳光，伦敦似又回到深秋。海德公园游人很多，圣詹姆斯公园的天鹅用长喙梳拢着白舞裳。一个歪戴贝雷帽的法国兵把脚伸给擦皮鞋的孩子，吹着口哨：《从前有一只小船》。

这一天，全英格兰、威尔士、北爱尔兰的工人都有二十四小时的休息，苏格兰工人的假期是元旦。这一举也非同小可，二十四小时够生产不少军火的。军人除家住伦敦中心二十英里内的，一律不准假。而且生日在一九二〇年十二月的壮丁，有数千将在圣诞之夕被召入伍。但一名工党议员向首相书面抗议说："我们英国工人不能牺牲假期替希特勒在东亚的帮凶制造凶器。"他说，一部分军火工人拒绝为日本订货而干活。

一九四〇年十二月二十七日

疏散与失学

在这些柴米油盐式的通讯中，记者相信没有比这再能引起国内读者同感的了。战争虽在欧亚地球两端进行着，用的兵法也未必尽同，但许多战时的问题现象却并无两样。就中最普遍的，还是社会问题——由于战火蔓延而酿成的社会问题。

市民疏散终究不同于军队开拔。金窝银窝不如自己的狗窝。一所住过十年以上的房子可留恋处太多了。因此，东伦敦的难民，被收容到城西繁荣中心的大厦里，反倒抱怨“什么也买不着”。那正是我由平津搬到上海后的第一个苦恼。夏天在威尔士住时，我就不断听到大城市疏散到那个海口的人们抱怨当地的小电影院净是跳蚤，就盼着早日能回伯明翰——一个满是烟囱的工业城。而本地农家也不屑雇用由城里逃来的娇种。说一个十五岁的乡下孩子也比城里的壮汉有用。

但政府能把城里人劝下了乡，也是好不容易哪。多少免费车开着，逢年过节还发优待乘车证，以便让分散的家庭能团聚一下。同时还得一面为留在大城市的丈夫们开公寓，一面为妇孺在乡下安插住所。尽管布置得这么周全，落弹如雨的伦敦还有十三万五千名幼童拽了妈妈的裙角就是不走，其中四万六千名是五岁以下的。失学的有九万二千名左右。在实施义务教育的国家，这不能不说是非常严重的问题。失学的原因是多重的，有的孩子学校仍开着，家可炸光了；有的两头全炸没了。孩子们留下来好帮妈妈在地铁站上抢地盘，即是说，如果妈妈没炸死的话。

随着大轰炸而来的是房租问题。在英国租房，一般是订一年或数年合同的。被炸毁住所的房客，究竟还付不付房租呢？这比荒年的农夫还苦——他们本有的也被战争夺去了，从人情上讲，当然只应周济，谁还有心收这份租！而且即使房主有此心，房客也无此力了。一个好心的法官判这种案子时，就说出“理应豁免”。登时《泰晤士报》著名的“读者来函栏”即有房产投资者的怨言，而权威性的法律杂志也严责起那“大胆的法官”，说法律与仁慈是两码事。他们站在房主一边，不但要人民照交房租，而且还得负担投资者的“年息”。眼下房租飞涨（尤其在较安全地带）一时成为普遍现象。每周七先令六便士的租金一下子涨到四十先令。内地旅馆的房价多增加百分之十至百分之十五。

人口的流动不但使城里人与乡下人杂居起来，贫与富的界限也没平时那么分明了。记者每当看到英国富人的巨厦和一望无际的田地，即联想起中古的封建郡主。如今，英国政府把东伦敦挨炸的难妇难童安插到这些老爷们的宅第里。于是，有些大宅门的男女仆役就赌气递了辞呈。一时，疏散的穷人们都怕被派到富宅去住，他们怕的是冷遇和揶揄。殊不知肯接待他们的房主还算是好心肠的呢。许多房主就到处找医生开证明，想尽了方法回避容纳难民。要不就把应用的家具搬出，火也不给生一个。《新闻纪事报》的一位记者访问这些难民时，竟发现两位母亲率领二十个孩童，合用一只火炉。

难民本身自然也有贫富之分。正如八一三的上海难民，最初用汽车由市中心向租界搬场的都是巨商或豪富，快开火才喊辆黄包车逃出闸北的是中下阶层，光杆大众是乒乓动手之后，才黄水般由外白渡桥朝租界里涌去。有的露天席地卧在十六铺以至租界各弄堂的地上。这里，高级的疏散是撤往加拿大或美国。像十四岁的乔治贵族和十一岁的樱草贵族在美国上学，朝夕还有保镖、车夫、私人教师陪伴，住的是已故美国头号财主约·庇·摩根的私邸。以上是大富了。小康多疏散到湖区或德文郡去。钱能通神，他们肯出大租金，于是穷难民就得另找茅舍去住了。

由疏散而暴露出的社会悬殊，很激怒一些正直的人。伯明翰就有人嚷嚷："绞死那些榨取难民的房产主。"全英房客联合会要求政府明令规定房屋被炸，房租应立即停付。有些房客看到全国舆论界的同情，就要求退还以前被炸后已付出的房租。斗争持续到十二月四日，房客们大获胜利，卫生部大臣正式宣布房屋被炸，房客即不再交纳房租。

至于疏散到内地的妇孺的处境，该部也力谋改善。最初是发出通告，劝令主客彼此体贴，牢记国难当先。同时也劝难民们寄人篱下务必勤于洒扫，劝房主多多包涵，尽地主之谊。但这世界显然不是传教士的苦口婆心所能改革的。伯明翰首先硬征用空房百所，以便安插难民。同时政府对收容戚友的住房，一律付给津贴，成人每名每周五先令，孩童(十四岁以下)三先令。

以上种种纠纷，尤其房租飞涨，记者在国内都经历过的，譬如抗战后的沪、汉及内地。不同的是，英国政府通过法令来制止这现象存在下去，并不放任自流。

战时失学问题不限于伦敦一地，疏散到内地去的儿童也依然荒废着学业。舆论界力促当局设法解决。有的提倡在疏散区创办国家寄宿学校。大城市的督学都奉命出发挨户去督促。为使家长放心，教育部表示愿担负学校防空壕的建筑费。"卐"字号飞机虽然在伦敦一地即炸毁了学校多所，开着的仍有三百六十五所。许多热心人士自告奋勇到地铁站台去教难童们识字。昏暗的灯光，冰冷的站台，在这样的非常时期还能把教育下一代的任务坚持下去，此情此景，确实感人。

一九四一年，伦敦

（原载重庆《大公报》，一九四一年五月二十一日）

拟 J. 玛萨里克遗书

永别了，亲爱的手足：当你们看到这信的时候，我已经去了。到哪里去了呢？我不知道，因为去了的，从来也没有过回报。我可以说的，便是明晨萨宁宫的石阶上，血肉狼藉的那条尸首并不是我。好也罢，坏也罢，我留在你们的记忆里。那记忆，我相信愈冲淡，就将愈清晰。因此，明天不用浪费你们的泪水和鲜花，正如今日你们不必浪费有失自己身份的言词一样。时间会裁判我的，我逃不掉。

向来法官对自杀者的结论是“精神失常”，我愿意你们知道，有生以来，我没有比今日更清醒。刚才我还在汽车里和司机搭讪。晚饭我没喝一滴酒。我并且还在钢琴上奏了葛瑞克的一段夜曲。就算我的葬曲吧！你们尤其不可相信鲁斯先生的话，怀疑是共产党把我从窗口推下去的。他们能蠢到那个地步，自己拆联合政府的台，供给各地黩武政客以口实？你们也可以由我尸身上找指痕呀！不。今夜，房里只有嘀嗒嘀嗒的桌钟，但它是机械的，不足以影响我；窗外是一牙新月，照耀在布拉格的屋顶上，灰而忧郁；但对月亮出神是三四十年以前的事了，我知道它辽远，我也知道它圆缺是循环的，它影响不了我。我甚而清醒到能够预料到一小时后我必然会尝到的痛苦，很短暂，但那依然是痛苦的。（我已抚起脑袋了，这为母亲洗梳过、为情人吻过，如今已微秃了的脑袋，等下便砰然与硬石相碰，即刻脑浆便溅射到路墙上。）我既不够怯弱，也不够勇敢来自杀，然而我居然这么做了。我为什么？

一个人不适于离开本土过久。随着贝总统流亡在伦敦的那些年，我虽然自信代表的是捷克人民的利益，与那七八年的捷克，我终于还是脱了节。我不知道那期间的仇恨是怎样滋长的，一直到了不共戴天的田地。那时，做着民主国家永远联盟下去的好梦的，何止我自己？多少贤达不曾往还欧洲首都奔走吗？谁不珍惜人民的血？谁不认为苦战了十年的世界需要一点休息？谁愿意把世界分为两个，让佛朗哥之流还尸复活？司徒森、戴威思和斯大林不是始终表示世界可以兼容并蓄吗？而从美国施行新政以后，人类生活的社会主义化是已成为定局的了，资本主义早就挂了白旗。及至我由旧金山开会回来，便逢到英国保守党的空前惨败，我为欧洲的进步、光明是抱了怎样的热望啊！和多少人一样，我是痴想着欧洲可以来一场不流血的革命。

终归有人会写出一部希可斯基元帅坠机殒命以后的欧洲——或者说世界外交史，然而在第三次大战以前，这本历史书不见得能出现。敢写不敢写还是另一回事，多少档案根本摸不到。等能写的时候，世界上还有什么存在，那就不知道了。然而我认为欧洲的分裂，也即是盟国的破脸，是由那时候开始的。当时伦敦、波兰的死硬派如果把公道看得比西方支持更重，至少一个祸根可以除去了。为了中欧命运，当时我曾坦白写过一文，还惹起波兰大使的抗议。这文章是不难找出的。请你们参照那个去研究一下。当伦敦与鲁布林同时有了两个政府时，欧洲的和谐早已不存在了。等到原子弹及跟在后面的“原子外交”出现，两极化的大势便已完成。两年前的盟友，今日是敌人了；两年前神圣的“是”，今日是不可恕的“非”了。英国的贝文不必死，因为他从始便看清了这个厄运，而且已“适应”了。铁托及摩尔那也不必死，因为他们始终稳站在河的一岸。我却是个梦想者。我父亲多玛士的梦想完成了，因为那时世界是错综复杂的，而不是单纯两极化的。你们放心，有千贯家财万军人马的“第三”方面失败了的，天底下怎样的白痴也不会梦想担当那蠢务。我不够聪明，但还知自量。和平需要桥梁，厮杀当儿是用不到那个的。今日是不许想，不许犹豫，是脱下外衣投入战团的时候了——无论投入哪边，生活都比我的有意义。我的死，是由于一个政治哲学的碰壁，一个和平理想的破碎，是和衷共济走不通的承认啊！

我既然委托时间来仲裁，就不必再饶舌了。我流亡前后，及在伦敦期间的演讲信札是已印行了的，我为公事投票的记录你们是有的。根据那些，裁判我。没有署着我名字的，我不能负责。我信任你们那份公平。现在整个民族是在拭目抉择中。对于左右我愿同时进一句逆耳忠言。纵使发泄了一时的私怨，恐怖性的谣言攻势，即便成功了，还是得不偿失的，因为那顶多造成的是狰狞可怕，作用是令人存了戒心。为了不替说谎者实证，为了对自己忠实，为了争一点人的骨气，被攻击的人也不会抹头就跑的。你们代表的不是科学精神吗？你们不是站在正义那面吗？还有比那个更有力、更服人的武器吗？今日在做“左翼人”或“右翼人”之外，有些“做人”的原则，从长远说，还值得保持。

桌钟嘀嗒嘀嗒着，时间已晏了。我还可以写很多很多，但广场的钟，沉痛地响了。夜空浮动着远地的舞乐，让青年们能享受时先享受吧！小时候，我挟了书包不知走过那座钟多少趟。它看见过奥匈殖民地的捷克，它看见过慕尼黑前后的捷克，经过八年的沦陷，它也看见了新的捷克，也看见了一个捷克人的死。然而它始终是叮当当当，当叮叮叮地敲着。愿祖国捷克和时间一样永恒。祝福捷克人民。

J. 玛萨里克

（原载《观察》，1948 年 4 月 16 日第 4 卷第 7 期）

大象与大纲

寓言里讲的事，一般都是编造的。这里讲的，大部分可都是我亲自经历的事实。不过正像寓言家一样，我也是“醉翁之意不在酒”。

前些日子，我有过一趟不平凡的火车旅行。不平凡倒还不是因为坐的那列火车是最新式的，而是因为同车的都是生产阵线上光芒万丈的先进人物。我的那节车离餐车隔得很远，每吃一顿饭总得穿过七个车厢：这是电机工业的工人，那是冶金的，然后又是纺织的，我简直不是在坐火车，而是在巡礼祖国的工业巨厦——只是呈现在这里的不是数字，不是机器，而是创造数字、掌握机器的人。

有些工人同志摊开随身带来的文化课本在埋头学习，有的从窗口出神地望着远方的景物，也有些用羡慕的心情琢磨着车上的一些电气设备。整个列车都是民主德国的出品，我坐过不少次的火车，有些设备对我也是蛮新鲜的。

在我那节车厢里，有个青年工人，看样子年纪不过二十三四，他对车上的一只真空吸尘器特别着了迷。他时常蹲在这个玩意儿旁边，贪馋地望着它，抚摩它，向乘务员打听着它的构造和性能。终于，他得到了乘务员的同意，就替代乘务员在寝车里干起清洁员的活儿来了。这个穿花道背心的小伙子虔诚地攥着这条“电蛇”，看着地毯上的碎纸头和火柴棍儿果然嗞嗞嗞地都给这东西吞了下去，他那张颧骨微高、红润结实的脸上就闪耀出惊奇和喜悦来。他一边儿侍弄，一边儿自己咧嘴赞叹着："科学，这玩意儿可省老了鼻子事啦！"

晚上，大家常凑帮到一起，有的跨在上铺，两条腿像秋千一样吊在半空，有的像虾米一样弓着腰坐在下铺，那个青年工人盘着胳膊倚在门口，然后大家就扯开啦。这叫作什么会呢？有时候他们津津有味地谈起技术，听起来有点像经验交流，过一会儿又扯到广和楼的戏上头去了。从那兴奋的谈话里，我听出他们大半都是头一回到北京，首都一些名胜在他们依稀的记忆里自由搬着家。忽然，北海的白塔好像上了景山，祈年殿和佛香阁的位置似乎也不那么稳固了。然而要是把他们那席你一嘴我一嘴的谈话记录下来，一定是一篇清新别致的文章。

说得顶热闹的是那个青年工人。他说话的特点是随说随指手画脚地比方着，而且惊叹字眼儿特别多。说起天安门，他先"哎唷"一声，然后把它形容成"一座老高老高的红城"。谈起中央体育馆，他也是先叫一声"好家伙"，然后把它说成是"一只能盛一万个人的大海碗"。他人年纪不大，可是说话最好用"老"字，尤其好用"老了鼻子"这个词儿，我听了好半天才明白那就相当于北京话里的"厉害"，或者"到了家"。譬如形容起动物园里象的鼻子，他就用手在下巴颏底下做了个卷动的姿势，然后说："喝，那鼻子长得可老了鼻子啦！"

也许因为他住的招待所离动物园很近，两个星期他连看了三回大象，临走还告了趟别。我始终没有机会去了解为什么那只庞然大物对他有这么大的吸引力。他勾起食指来比划它那"还没枣核儿大的"眼睛，然后弯下腰去，用一双巴掌学着它扇动那两片大耳朵。饲养员可能跟他谈了不少大象的来历，这小伙子滔滔不绝地讲着胡志明主席送的大象怎样突破法国侵略军的火线，又说印度、缅甸都送大象，看起来亚洲人跟咱们都很有交情。他还讲起：连大象住的房子都砌得那么考究，处处都是钢骨水泥的，咱们的工业可真叫棒。

夜深了，火车离终点越来越近了。这时候，机车鼓起丹田之气，在黑空里长啸一声，趁着那片火光望去，地平线上已经看到他们那座城市的剪影了。大家整理起在东安市场给老婆孩子买的一些蜜饯和泥人，看一下在新华书店给老师傅买的“手册”还在不在，手脚好像一下也安顿不下来。当然，真正叫他们坐立不安的不是这些，而是他们走了一个月，到过北京，见到那么多叫他们激奋的人和事物，如今，又回到原来的岗位。

晚十一点半，列车在一阵热烈的掌声里进了站。许多位领导同志已经等了好半天了。月台的柱子上横挂着红色的欢迎标语，记者同志的镁光灯在人丛里像萤火虫一样闪亮着。熬了这么久，他们也该抢几个好镜头了。车站栅栏外头还有代表们的家属和伙伴，不断听到有人扯开粗细嗓子嚷着“老李!”或者“爸爸”！从声音来判断，他们也直直等了好几个钟头。

大家没来得及跟栅栏外头的人们好好打个招呼，就背着包袱，提了行李卷儿，被领进车站上一间特别宽敞的休息室。休息室里靠墙放的全是皮沙发，在水月灯底下，滑溜得像刚从水底钻出来的水獭。

一位首长拍了拍手，非常殷切地说：“请同志们坐坐，好好休息一下，喝点儿水。”于是，穿白色制服的服务员开始给大家倒茶，那位首长接着讲下去了。

从前总以为“专车”开的一定特别快，这回才领略到：“专车”

既然是额外加的，凡是火车时间表上的班车，它都得毕恭毕敬地让路，所以误了好几个钟头。在代表们全部行程里，几个钟头占的比重确实不算多，然而摆在“归心似箭”的最后一段，连那样舒服的皮沙发好像也不能减轻旅行疲乏。况且有些代表心里还牵挂着等在栅栏外头的人。

“……最后，我代表市总工会向同志们致以衷心的慰问!”

大家以为讲话结束了，呼啦一声就站了起来，这时候，一位嗓门儿特别大的负责同志赶快宣布：“现在请咱们宣传部部长讲话。”

宣传部部长诚恳地向大家道了辛苦。(这时候，有一位上了年纪的代表刚好用手遮着上唇，小声打了个哈欠，好像在证实部长的话。)部长手里拿着个鹿皮的小本本，大约是发言大纲。他第一点、第二点，提纲挈领地把大会的意义讲了一遍，他讲到先进要带动落后，号召大家展开社会主义劳动竞赛，向科学进军，要为了提前完成五年计划而奋斗。尽管这些话在小组里、在大会、在报刊上已经听到看到好多遍了，然而在大家回到原岗位以前重复一遍，这也是必要的。

慰问完了以后，车站的大钟早已敲过十二点。各个单位用车子把代表们分别送回住处去了。

第二天早晨，厂里活跃起来了。打开报纸，头一版上登的就是代表胜利归来的消息。更引人注目的是办公室楼底下黑板报上的通知：今日上午九时，由本厂代表报告赴京观感，请全体职工准时出席。

不到九点，大礼堂就挤满了人。会场虽然是大清早才突击出来的，可是布置得满像个样子：柱子上横挂着红色的欢迎标语，词句跟车站上的大同小异：欢迎代表们胜利归来，号召大家向他们学习。

1980 年代萧乾与屠岸

两个月以前厂里就掀起了“选模运动”，所以大家对这些代表的先进事迹都是熟悉的；在“选模”过程中间，对于北京这次会议的意义也都有了一定的认识。在会议期间，许多重要报告他们不是在报上看到，就是在广播里收听了。代表们到过北京，见过大世面，还跟毛主席握过手。如今，他们回来了。最吸引大家的，当然是代表们的“观感”。

九点半了，代表们还在二楼厂长室里开着小会儿，会场里看不到处一级以上的干部。正副厂长、办公室主任和工会主席全哪儿去啦？参加会的，有人好像预先估计到这种情况，就带书来看，或是掏出毛线来打。生产科科长带着“消息灵通人士”的神情小声告诉大家说：领导正在下面跟代表们研究发言大纲呢。

又过了一刻钟光景，坐在后排的同志有人稀稀拉拉拍起巴掌，他们听到水泥的楼梯上响起脚步声。随后，代表们进了会场，有的胸脯上还挂着一排排琳琅满目的奖章。

大家轰地站了起来，使劲地鼓掌。我又看到那个青年工人的脸了，还是那么红润，那么顽皮，那么精神抖擞，并且叫人快乐。有个跟他也许特别熟的工人还趁火打劫，从座位上伸出手来，在他肉厚的地方亲热地挠了一把，小伙子立刻摆出应战的架势。

会是厂长主持的。首先由工会主席把这次会议的意义重新第一点、第二点地讲了一遍——内容尽管跟头天晚上在车站休息室里讲的差不多，但是作为代表们谈各人观感以前的一段序言，这还是必要的。

在主席讲话的时候，台底下的注意不是顶集中，一则他们对那些话太熟悉了，二则他们急着听代表们讲话。

第一位代表站起来了。在火车过道里，我明白记得他是有说有笑的，可是一到台上，他好像完全变了个样儿。他很严肃地从口袋里掏出个红皮的小本本来，非常周到地说了“各位首长，各位同志”，并且随说随朝有关的方向分别点了点头。那以后，他的眼睛就再也没离开那个红皮的小本本。他没提到中央体育馆，没提到怀仁堂，没提到见毛主席，没提到遇见的同行，他只是把那些抽象的话重复来重复去，说得有人掉过头去朝外头望，有的失望得皱起眉毛来，大家都把希望挪到第二位代表身上去了。

第二位年纪比较轻，一开口只说了声“同志们”，而且说得很冲，他这股朝气燃起了大家的希望。可惜这股朝气没继续下去，因为很快他也从口袋里掏出个本本来，那以后，他也照样第一点、第二点地讲开道理了。我记得在火车上谈起“五一”节的天安门的时候，他是十分兴奋的，如今那片红旗的海、鸽群和五彩缤纷的气球好像都从他的脑子里消失得一干二净，眼前他只看得见那个本本，所以他的声调是平稳的，听不出心的悸跳，血的沸腾。

好容易轮到那个青年工人了。我晓得他最近才开始学习文化，到现在写起自己的名字来还很吃力呢。他手里倒是没拿本本，可是站起来他却把他那张顽皮、活泼的脸绷成个本本。他僵直地站在那里，像背书一样地重复着旁人说了几遍的话，那些话看起来对他比对旁人还更吃力一些。他红涨着脸，偶尔还把个常用的名词说倒了，台下不免引起一阵笑声。这么一来，像三伏天闷热的晚上刮了阵风似的，会场上倒是有了些生气，然而这种生气只不过叫他心里更加紧张起来。

他紧张什么呢？这时候也许那只大象正在他肚子里跟他的大纲打着架。它扇着那两片大耳朵，抡着老长老长的鼻子，在他眼前晃悠着……

水烧到沸点总要开花的，那只大象终于从他嘴里冒出头来了。

从那以后，他的眼睛睁大了，亮了，脸上的筋肉也活动起来。他挥动起胳膊，比这比那的，他那些熟稔的惊叹词儿也回来了。用书籍来打比方，刚才他说那些大道理就好像是书前的“出版例言”，现在正文才真正开始。当他提起（正如我所预料到的）那架真空吸尘器的时候，他缩了脖子，突出下巴，学着它那嗞嗞嗞的声音，模仿着它怎样吞下纸屑，说得大家又是惊奇，又是笑。

就在会场这种热烈的气氛里，他谈起他对“向科学进军”的体会。“科学——这玩意儿省老了鼻子事啦！瞧，又干净，使的人又有时间去学习……”

他讲的当然不止是大象和真空吸尘器，可是他是从那些开始的。如果他是一只帆船，那以后他才真正启了碇。

会后，不少人夸他讲得好，可是对他的发言难道就没人有意见吗？当然有喽！很明显，他这个发言是“十分不够全面的”。

第二天，我看到厂里出版的一种三日刊，那一期还是“欢迎代表返厂专号”。打开报纸，我很自然地先去找那个青年工人的发言。你猜怎么着？大象自然不见了，真空吸尘器也消失得无踪无影。换句话说，正文给删得一个字儿也没有了，只剩下一篇光杆儿的“出版例言”。

写到这里我必须重新声明一下，我想谈的绝不是厂矿领导应该怎么组织劳模做报告的问题。

那天坐在会场的一个犄角，我脑子里拉拉杂杂转的尽是一些关于文艺工作的念头。

尽管种子是地地道道的种子，可要是不把它种到地里去，没经过阳光的照耀，雨露的滋润，也仍然开不了花。

大纲——正如写作上的主题思想，就像种子。我们不能端着一盘种子对客人说：“看哪，请赏花吧!”要是客人掉过脑袋去，这也不能怪他们：不论盘子里的种子多么地道，它总归没有香味，也没有色泽。

大象当然是十分不够全面的，用肉眼看到的东西，时常就不很全面。大象只是一个花蕾，或是一片花瓣，然而它毕竟经过了感觉的滋润，给想象的阳光照耀过，在情感的土壤上扎下了根。它能叫大纲放出光彩，像花朵能叫种子放出光彩一样。而大纲呢，它却不能代替大象，正像种子不能代替花朵一样。

如果已经长成了花蕾，再去缩成种子，那就更痛苦、更傻、更冤了。

一九五六年五月十七日

餐车里的美学

天还没亮，穿青色短皮大衣的画家上厕所，顺便朝餐车里探了探头。回到车厢，他小声地，然而却像是发现了宝山那么又惊又喜地告诉穿蓝棉袄和穿西装的两位画家说："喂，有宵夜吃。"其实，已经快五点啦，有也只能说是"早点"。三个人于是就揉着又干又涩的眼睛，走进了餐车。

这里，墙是白色的，灯光比车厢里多少总亮些，旅途的倦意登时消却了不少。

叫的汤面还没来，穿皮大衣的画家兴致特别高，提议买一瓶葡萄酒。论理说，这可不像个喝酒的时辰，可是塞外的秋夜已经够凉的了，列车又是在九月的劲风里奔驰着，蒙古的风不断嗖嗖地从四面缝隙袭来，所以谁也没反对这个突兀的提议。

随着列车的行进，窗外那片漆黑渐渐溶成灰色了。掀开窗帘，甚至可以看到卵石垒成的坡道下面一条土黄色的河滩——虽然只是一条细流，河床本身却不算窄。再往远处凝视，分明还可以看见一些庄稼。再过一阵，银灰色的烟雾里钻出了一个奇丽的山峦。

"米芾真不愧是位大师!"穿蓝棉袄的画家慨叹说，"晨烟就像是条白色的长带，横在山的半腰。瞧！云山衔接的地方不正是像阴了的墨迹吗?"

穿西装的画家口音是江浙的。他觉得还有些美中不足。"要是这道河不是这么泥浆子似的，再清澈一些多好呵!"

这意见马上受到批驳。反对的意见是：要是把江南那种小桥流水搬到塞外来，就不典型了。

这时候，服务员把热腾腾的汤面端上来了。可是他来的又多么不是时候！谁也没心吃面，因为窗外出现了奇迹。

云雾后面，忽然又钻出了个峰尖，这峰尖给朝阳镀得比金子还要亮，有棱有角，衬着四下的灰云和褐色的山峦，灿烂得真是只有梦境或者神话里才会有的色彩。

画家们面对这片奇景，赞叹之余，就议论开了。一位认为该用鹅黄再微微加点红，一位主张用赭黄，最后穿青色短大衣的画家很有把握地说："我看，只有雄黄才能把它表现出来。"

"唉，你们都是白费脑筋，"穿蓝棉袄的画家带着无限感慨地说，"要是你在一片灰灰的云朵里，画上这么个山头，我管保批评家不会答应的。他们一定会说：这不是国画，这是西洋画！"

"可是齐白石这老头子真敢用色！批评家也拿他没办法！"穿西服的反驳说，听起来论据显着弱了些。

"因为大自然是敢用色的。"穿短皮衣的画家赶紧来支援说，一面仍然望着那片越来越远、越淡的奇景出着神。

"可是，我问你们，"穿蓝棉袄的画家不服气地说，"理论是理论，你们回去敢这么画吗？"

这显然是个挑战，可是并没有人马上出来应战。它像个不散的烟圈儿一般，在他们头上旋转着。

这时候，服务员彬彬有礼地走过来说：

"同志们，快吃吧，我们马上就要打扫餐车交班啦！"

由窗口探头一看，远方那片灿烂的色彩大部分已经给云雾浸染成灰色了，只残剩下几小块在烟雾后面隐约闪烁着，像是昭示着光明的存在，又仿佛遥遥地向列车里的三位画家召唤着说：勇敢点儿，把我画出来吧。

一九五六年九月五日，于呼和浩特

草原即景

火车在赛汉塔拉把我们抛下，就仆仆风尘地继续朝蒙古人民共和国的方向开去了。列车开出去很远，静寂的空气里隐约还可以听到车轮在铁轨上转动的声响，尖细的汽笛声回荡着，好像在殷切地叮咛我们什么，又像是用依依不舍的心情祝福着我们这次深入草原腹地的旅行。

集二线是从锡林郭勒盟草原的西部直穿过去的。如果草原是片汪洋大海，赛汉塔拉就是浮在这片海上唯一的码头。在旱地上住惯的人们，出海以前心里多少总有些异样的感觉，望着海，又好奇，又是担心害怕。这时，车站后边一家新成立的合作社里挤满了人，有的举着胳膊，神色慌张地喊着："同志，给我两瓶清眩丸！"有的往鼓鼓囊囊的口袋里塞着最后一包饼干。一个梳双辫、穿蓝制服的瘦小姑娘挤了好半天，终于买到一小盒清凉油。

坐惯了有固定座位的交通工具就像用惯了有格子的稿纸。如今，我们八个人乍上了这辆有框无格的卡车，还真有些不知道该怎样安排自己好，尤其车上挤得好像怎样安排空间也不够周转的。一个简单的办法是八个人围坐在卡车的一个角落里，把十六条腿折折叠叠堆在当中。

这样安排定了，我们才腾出闲心来望望同车的旅伴。车上有位胸脯上闪着金晃晃勋章的军人，有穿制服的男女干部，也有一位穿绛色长袍的蒙古老乡，看光景大部分都跟我们同样是初次走草地的。未来的两天，我们将同在这辆卡车上，横跨将近九百里草地。

想到这个，大家不免都亲热地点了点头。

这时候，我问一个跟我背抵着背的青年说：

“你也是到锡林浩特去的吧?”

“是呀，我们这几个全是刚毕业出来，先到锡林浩特，然后等着分配到队上去。”

随说，他随指了指挤在一堆的男男女女，年纪都在十八九的光景；其中还有那个买清凉油的姑娘。她紧挨着蒙古老乡坐，头上包了一条白色的丝巾，长得白白嫩嫩，很秀气。这时候，另外一个姑娘正跟她开着玩笑，说她昨儿夜里说梦话，直妈呀妈呀地叫。那个姑娘就半嗔半笑地撅起嘴巴，从人缝里抽出小拳头，咚咚咚地捶着那个“癞皮”。

“你们是什么队呀?”

“什么队?”女孩子们咯咯咯笑起来了，笑得我怪不好意思的。但是我这个问题问得的确拙笨，背后那个青年只朝腿底下努了努嘴，那里横七竖八地塞着的正是一些钻探用的工具。

车上的旅客不耐烦起来了，有的急着在草原上奔驰，有的担心草原荒凉，开晚了车子也许会上不着村下不着店地困在半路上。

终于，矮个子的公路站长走了出来，很认真地望了望腕子上的表，吹了声哨子。一片荒芜的草原上，哨子的声音实在尖峭得可怜，然而站长那直直站立的神态却叫我们肃然起敬。他好像是说：车子虽然是辆卡车，设备差一些，这毕竟是个起点站，你们可小看不得。

司机助手开动机器了，插着“安全行车”小红旗的卡车震响得就像一匹催着主人撒开缰绳的烈马。车上人人都亢奋起来。想想看，每个人在脑子里都翻腾了许多日子，费了多少周折，终于才到达这个起点。如今，我们将要享受旅行家最大的乐趣了——那就是奔向遥远的、从来没到过的地方，而这地方，在地理环境上，在民族习惯上，又跟我们生平所经历的完全不一样。心灵整个被一种新鲜的感觉激荡起来。

草原给我的第一个印象是：它有多么像海啊！只有在海上，天和地才能像接到一起的两匹布这么完完整整，没有间隔。只有海才这么寂静，这么广漠得望不到边际，它永远像一幅没有框子的画。而只有在海上，人才会感到这么没有遮拦，自己这么渺小，以至潜意识里会莫名其妙地发生怕把自己遗失了的恐惧。

风呼啸起来，像千军万马，奔腾而至。穗头已经发黄了的草上就掀起一阵波浪，草梗闪出银白色的光亮。天边时而也会出现一根细小的像桅杆似的东西，走近了才知道原来是背了枪、骑的马上的穿着高粱红长袍的牧民，那杆子是用来套马的。看到马背上的雄姿，心里油然兴起敬慕之感。

从赛汉塔拉到东苏尼特这段，走的正是过去被称作“旱海”的塔木钦草原——几十万年以前，它也许就是一片道地的海。过去，这两百里没有水，也没有人烟，牧人旅客都视为畏途。在这一望无际的草原上，找不到什么可以作路标的东西，只是公路旁边偶尔出现一座土丘，那也许是汉人的坟，要不就是为了搭篝火堆起的石头。从远处看去，黑黝黝的石堆时常会引起人们的错觉，以为公路旁边伺伏着什么野兽；而那些牛群、马群从远处望去，斑斑点点，却又像是什么巨石。

也许是因为这地方海拔接近一千尺的缘故，天低得好像可以用手摸得到，因而，人们对云彩的变幻也特别留意。衬着青石板一般的蓝天，云彩有时候团团飞卷着，像一簇狂舞着的雄狮，可是顷刻之间又会化成黑乌乌的一片煤层。这时候，汽车声嘶力竭地跟云彩赛起跑来了，随后，煤层上吧嗒吧嗒地掉下雨点。可是把脑袋从帆布里钻出来，朝四下里一望，乌云罩不到的地方仍然是黄澄澄的一片阳光。骤雨还没住，太阳又嬉戏地从云隙里投下一道微光，就像悬在半空的一匹薄纱。

这时候，一个奇丽的景色在我们面前呈现了：一道完整的虹，衬着天空和草原，从地面拱了起来。我说“完整”，因为我们可以清清楚楚地看到虹的两端跟地面衔接的地方。

不一会儿，风把云彩吹散了，雨自然也就停了下来。云彩又驯善地变成了白色，有的化成一棱棱，好像透视像上的肋骨；有的散成一座座岛屿，上面影影绰绰似乎还辨认得出一些苍松古柏；也有的吹成细长条，好像半透明的银鱼，在蓝空里逍遥自在地漂浮着。

蓝空下面，公路就像一条叠成无数折纹的黄色带子。每逢汽车呜呜地向上爬行的时候，我们就好像是朝着一条通天的大道开去。不过爬到顶端，仍旧是一片无边无际的草原。

“看，黄羊！”有人激动地喊了。

抬头一看，公路右边果然出现了几百只浅褐色的小动物，用细碎、疾速的脚步在草丛里窜跳着。车上一位汉族干部说：锡林郭勒草原乍走汽车的时候，黄羊不晓得汽车是什么东西，见了总是好奇地追过来，并且像农村的顽童一样，喜欢在车子前头横跑过去，有的跑一回不够，还要回过身子来再跑一回。近来它们不追车子了，也许因为吃过苦头，要不就是对汽车习惯了。那个军人插嘴说，黄羊也立过功。在抗美援朝的时候，内蒙人民打黄羊做了几万斤肉松，支援前线。我们听了，对这些属于鹿类的野生小动物更感到兴趣了。

不多时，卡车忽然缓慢下来，机器的声音嘶哑了。再过一会儿，随司机怎样扳闸，它再也不肯动弹了。

抛锚总归不是好事情，可是稍稍停一下车却是大家心里早就盼着的。

草原像海，但是在海上船长能把船停下来，叫旅客们下去欣赏一下景物吗？从疾驰的卡车眺望草原，跟踏在地上可大大地不同！在车上，我一直以为草原上干巴巴的只有一种草。其实，这里有羽状的小麦草，也有比枫叶还要红一些的蒿子；有银灰色的羊胡子，红绿间杂的狼针草，一种杏黄色的什么草，还有像芦苇般丛生的内蒙古著名的芨芨草，是造钞票纸的上好原料。如果早些来，遍地还可以看到盛开着的野百合和马兰花。我掐了几种颜色悦目的草，经行家一指点，才晓得哪种是骆驼顶爱吃的，哪种是马喜欢的。牲口原来也各有各的胃口。

很快我们就在草地上发现了宝石，大家就都弯下腰去忘情地拾。那真是宝石，形状奇巧，色泽晶莹可喜，其中有一种乳色的，迎着阳光还透明得可以看到里面的花纹。于是，草丛里不断听到“瞧，一块真玛瑙”或是“可找到水晶了”的惊呼声。

这时候，一只雄伟的苍鹰正在我们头上盘旋，它也是在寻猎。草原上没有遮挡，一切动物都靠洞窟来保护自己，所以草丛里洞洞特别多。我们看见蛇、田鼠、蜥蜴，还瞥见到北国来避暑的燕子也从洞里飞出来。苍鹰的眼睛大概就对准了草原上的那些洞洞。

远远听到一阵马达声，另一辆货车开过来了。我们放下宝石，也像黄羊般迎了上去。草地上最可贵的是人与人之间的互助，前边车子要是掉了东西，后边的一定刹住车子，给拾起来。一辆车子抛了锚，别的车子路过照例要帮上一把的。那辆货车果然就停下来，跳下一个青年司机，随后又跳下个助手。于是，四个人——好像两个大夫和两个护士——就围着揭开汽箱罩的卡车，“会诊”起来了。

往车上一看，原来不是所有旅客都下了车。那个跟我背抵着背的青年这时候正蹲在车上，手里托着一只水壶在倒水，旁边躺了一个人。仔细一看，正是那个买清凉油的姑娘。她的头发凌乱，眉头紧皱着，脸上是一片土色。

刚好又一辆货车从后边开过来了，车上的货物垛得比司机台高出总有半头，到跟前，那辆车子戛然停住了。车门一开，跳下一个打扮完全不同的司机。她穿了一件男用的鹿皮短大衣，脖子上系了条豆绿色的绸围巾，帽子看来是太小了些，盖不住她那一头蓬蓬的黑头发。

“出啥岔儿啦?”她那张还带着不少稚气的脸笑着走过来，用纯朴的山西口音问。

“快修好啦，开你的吧!”两个会诊的“大夫”坚决地向她摆了摆了手。

女司机还不甘心地犹豫了一阵，才又爬上驾驶台，呜呜地朝着天边开去了。

宝石可爱，然而大家毕竟更急着赶路。有人不耐烦地问起“车子究竟出了啥毛病”，司机幽默地回答说：“心脏病!”本来嘛，汽车要是发动机上出了故障，那还不就是心脏病!

对于走远路的旅客，什么是最美妙的声音呢?我说，那是汽车抛锚后，经过很长一阵检修，终于修好，汽箱罩砰的一声合上，然后，发动机发出的雄壮的响声。

我们的卡车还是一匹满有威风的健马，经过一番治疗，它又在草原上驰骋起来了。

大概是已经走出了“旱海”，地平线上忽然出现了水，长长的一条，似乎是个面积不小的湖，在阳光底下像一顷白银那么闪亮着。随着水出现的，有牲口群，还有一簇簇灰色的蒙古包。同时，鸟儿也多了起来。三三两两的信天翁时常踞守在道旁，斜着头对着蓝天冥想。总是等车子开到跟前它们才呼啦一声飞起来，好像故意要炫耀一下那鲜艳夺目的羽裳。另外还有一些叫不出名字来的小鸟儿，也喜欢在我们头上掠空而过，啾啾叫着，露出它们那雪白、绵软的肚皮。远处，又有人发现一棵树——而且的确是一棵树。塞外的烈风已经把它刮得佝偻了，然而它仿佛是在坚持一种崇高的气节，仍旧挺立在草原上。

天边有一排像牙齿那么整整齐齐的东西在蠕动，那长长的行列是草地上运盐的牛车队。

大概因为雨水的关系，这一段公路特别坎坷不平，有时候人颠得好像在半空停留了好几秒钟才坠落下来——紧跟着也许又是一颠，大家谁也不敢担保自己的五脏还在原来的地方了。半晌工夫风把我们一个个都刮成了泥人儿。有些一直挺过来的，也到处摸索起仁丹来。

只听哇的一声，那个买清凉油的女勘探队员吐了，吐的东西随风刮到我们脸上，大家赶紧掏出手巾来擦。可是因为地势关系，大部分都吐在那位蒙古老乡身上了；他那件绛色袍子的前襟黏糊糊地沾了一大片。

在车子上，蒙古老乡面对着草原那些瑰丽景色，脸上一直没有一点点表情，一切在他看来都是很当然的。我想要是这位老乡坐在电车上，走过北京的长安街，他也许同样会纳闷我对车窗外的景物居然没有一点点表情。现在呢，他从容不迫地从长袖筒里掏出一条白手巾——他没去管自己身上黏糊糊的那片，却先去替可怜的姑娘擦抹。

同行的勘探队员们可忙了，这个递药，那个给倒水——车快，风力大，水没倒到碗里，却又溅到大家的脸上。

那位姑娘很过意不去地望着蒙古老乡（我想，这时候她心里已经没有了蒙族、汉族的区别了，坐在她身边的就是她的亲人），试着用手里捏成一团儿的手帕去替他擦，同时，她一边喘气，一边小声地向周围那些安慰她的人说：“嗯，这下儿可痛快啦！”说的时候，小脸蛋儿还坚强地使劲做出个笑容。

“前边有帐篷啦！”

有人这么喊，那真就像在海上发见了灯塔那样叫人高兴。

搭帐篷的地方是个中间站，叫东苏木，也叫二道井子。这时候，白帐篷前边已经停了一辆货车。这地方离我们当天的目的地就只有百十多里了。在这里，车子加水，司机打尖，旅客们也可以好好松动一下了。

司机下来，先扒着槽帮子慰问了大家一下。他一面擦着脸上混了沙土的汗水，一面豪迈地说：

“放心，颠不上几天啦。新的公路已经在测量着了，带篷客车已经运到了赛汉塔拉。今年冬天草地上就走带暖气的客车啦！”

本来嚷着“脊椎骨差不多脱了节”的人们，也给这个灿烂的前景说得笑逐颜开了。

这时候，停在帐篷前面的货车开动了。我们的司机像是有点儿失望似的追了上去，前边那辆车从驾驶台里探出个脑袋来，女司机挥了挥手，细声嚷道："东苏尼特见吧！"

二道井子地势很凹，四面都是丘坡，天然是个避风的地方。帐篷中间，一口铁锅正烧着开水，用白瓷缸子舀起来，那颜色是土黄的，底儿上还有一层泥沙。可是在草地上，这夹杂着泥沙的水已经是无价之宝了。离帐篷二三十米有一口井，方圆百十里的牧民和他们的牲口都靠它生存。这时候，井台上正有两个蒙古姑娘用布兜子汲着水，旁边停着一辆牛拉的水车。她们也许是从很远很远的地方赶来的，所以水车装满了，一定还要把带来的几头牛都饮个饱。

帐篷后面正有一些汉族工人在搓土坯子。司机同志端着只海碗站在帐篷门口，热腾腾的水汽润湿了他的脸。他一面很有滋味地咂吮着开水，一面指着那堆土坯子说："草原上的事儿难说，这趟是布帐篷，你瞧吧，下趟这儿就许盖起大房子来啦！"

他那副焕发着乐观情绪的笑容和他那坚定的语气使我们这些初到草地的人鼓起了勇气。车再启程的时候，草原上断断续续飘起歌声了，连那刚才呕吐过的姑娘也咧着嘴，跟大家一块儿唱起《草原上升起不落的太阳》。

蒙古庙照例是盖在一座山的阳面，山顶用石头垒成几座石堆，上面各插些树枝，叫作"敖包"，大约就是祭祀山神的意思。庙的正殿梁脊上必有个尖尖的金顶。离东苏尼特旗还有二十来里地，我们就遥遥望到那座"敖包"了，随后，也看到那金顶在阳光里闪亮着。

像天下的小孩子一样，蒙古的红领巾也喜欢追在汽车后边，使出幼小肢体里的全部气力来跟这个古怪机器赛跑。跑在最前边的一个穿着一身藏青长褂，上襟镶着一排四个杏黄色的纽袢，脚上是鲇鱼头式的长靴，腰里系着根水绿的绸带；然后，红领巾上头托出一张红涨、顽皮到了家的笑脸。他一边追，一边用蒙古话得意地嚷着，真是个充满了生命力的小家伙。

一位同来的旅伴(这次担任翻译)下了车，发了怔。他第一句话是："一年多没来，全认不得啦!"其实，就连我这个初来乍到的也能看出：除了那座古老的喇嘛庙，举目都是一排排新砌的房子。规模虽然只能说是雏形：三间土房也许就叫作"百货公司"，两间门面也会挂上"新华书店"的牌子，几间很原始的土房，房顶上已经架起了新式的气象观测设备，然而可以看得出现代化的经济、文化和控制大自然的科学都已经在这里扎下了根。下回再来，我也会用同样惊愕的神情脱口说出"全认不得啦"的话来。

把行李卸下来，擦了擦脸，我们就去食堂了。说来有些奇怪，怎么走了这么远，还没走出食堂制呢？在草地上，同样是先买饭票，然后在座位上等着。不同的是，这里买饭票的时候不但蒙汉服装挤成一堆(我初次闻到了浓烈的奶食味道)，而且那片嘈杂的喊嚷声，已经辨不出是哪个民族的语言了。

食堂一个角落里坐着个女同志，面孔好像有点儿眼熟，她面前放着老高一碟子馅儿饼，制服帽推到后脑勺上，一只脚跷在凳子上，一边掠着垂下来的头发，一边津津有味地吃着。跟她分坐在一条凳子上的还有个蒙族姑娘，穿着深棕色长袍，腰里系着鹅黄色绸带子，脚上蹬着长统靴，胸部还系了个牛皮的文件袋，那东西好像个吃奶的娃娃似的，总绊住她的胳膊，叫她吃不利落。看样子，是个民族干部。

那几个勘探队员好像在当地碰到了老同学，就一齐围着停在食堂前面的一辆大车聊开了。那个路上吐过的姑娘又洗得白白净净的了，这时候也若无其事地坐在车辕子上，指手画脚地又说又笑。他们谈的也许就是路上的事，也许是在向先到的同学了解着队里的工作。

等坐在犄角的女同志把一碟子馅儿饼吃光，我们才认出那正是路上遇到的女司机。我还暗自盘算着：晚上要是歇在同一个招待所，去访访她哩，谁料到她走出食堂，抹了抹嘴，就又爬上了货车的驾驶台。登时，马达开了，她从车窗里探出头来，按了下喇叭，一面小心翼翼地朝后望，一面倒车。

“歇在这儿吧。”一位蹲在台阶下面吸着旱烟袋锅子的老汉用怜惜的口气挽留她。

“不啦，老大爷，”她朝老汉妩媚地笑了一笑，“多走一站，汉碑子庙歇去啦!”

回过身来一看，那个背文件袋的蒙族姑娘也跨上了马。

那辆后边垛得比驾驶台高出半个头的货车又摇摇晃晃地朝着铺满了金黄色的夕阳的草原开去了。望着车子的背影，我心里琢磨着：装的是日用百货呢，还是建筑器材?

但是朋友，重要的不是它装了些什么货，而是车里头悸跳着的那颗年轻、富有理想、热衷于征服草原、建设草原的心。

一九五六年九月廿六日，平地泉

（原载《人民文学》，1956年第11期）

万里赶羊

内蒙古锡林郭勒盟国营牧场场长额日和对刚从新疆运到他场里的那群细毛羊，真不知道怎么爱惜好了。他用贪馋的眼睛凝视着它们，用手指头轻轻梳拢着那毛色分外白的身子，拍着它们细长结实、活像一根根棍子的腿。这当儿，要是旁边有人搭讪一句，譬如说“好羊呀”！喝，你瞧吧，这位热情的场长嘴就开了河。他先给你背一通羊的祖宗三代：它们本来叫“兰哈羊”，是苏联兰布利特羊跟咱们新疆的哈萨克羊杂交成的，然后，不等你插嘴，他就赞叹开啦：“哪儿找体质这么棒，经得起‘粗放’的羊呀！多么大的风雪也不怕，青草干草都一样吃，难怪牧畜专家们都认定这是顶合乎咱们国家当前需要的羊了。它们出的毛，包你织得出细哔叽！转年清明前后，咱们就可以用人工授精的办法，繁殖它一百多万只来。”

这种细毛羊是新疆西部巩留县的巩乃斯羊场出的。把它们从那么远运到内蒙古来，这件事本身就不简单，而它们走的又是一条特别不平凡的路。

过去从新疆西部运羊，不是用飞机就是由伊犁装汽车。这批羊可不是那样运的，它们是先被“吆运”（人赶着羊走）到乌鲁木齐，然后才装汽车、搭火车运来的。运羊的同志们从羊场出发，先是徒步赶着那一千四百只羊爬过十二座高达四千米的大雪山，渡过一百多个山洪肆虐的河口，踏过苇塘和沼泽，穿过人类很少到过的原始森林，穿过毒蛇区、毒草滩，战胜了狼群和熊群，七十五天，到达了乌鲁木齐。然后，又在汽车和火车的运输过程中克服了重重难以想象的困难。他们走过五个省、两个自治区，经历了一万一千五百里的路程，才把这些细毛种羊“运”到了内蒙古草原。

为什么要这样做呢?

这样做，比用飞机运，给国家节省了二十多万元；比用汽车运，节省了将近五万元。这样做，使羊的体质受了一番锻炼，并且平均每只羊加了五公斤膘。

我在呼和浩特访问了内蒙古自治区畜牧厅派到新疆去买羊的干部，特别是领队哈迪同志。他们的谈话，真是令人感奋的诗篇。这件事的整个过程充分表现了在我们的国家里，有怎样忠于职守的干部，怎样热爱祖国的人民!

“走天山!”这是个大胆的决定，豪迈的决定。在拿定主意以前，六个干部和二十七个临时找来的工人心里不是没有好嘀咕一阵。好家伙，从来没有人赶这么多细毛羊走过一千四百里终年不化的雪山！人病了怎么办？羊要是拐了腿怎么办？许多疑难纠缠着他们。

天平总是有两端。一端是难以估计的困难(有些困难是现实的，有些是化装出来的)；另外一端呢，是“吆运”对国家、对羊的好处。这具天平就在他们每个人心里摆上摆下。新疆畜牧厅厅长达夏甫说：“干吧！羊是结结实实的羊，你们中间又有放羊的老手，场里给你们找个好向导。”羊场的哈萨克族同志不容分说就动手替他们画起了路线图。

好吧，走天山。

于是，他们先把一千零五十只母羊和三百五十只公羊分成三个

1980 年代萧乾重回剑桥大学与朋友见面

赶运组。每组一个兽医干部，四个工人，负责大约五百只羊。公羊喜欢彼此顶撞，撞出伤来转天就会生蛆；一般人宁愿管三只母羊，不愿管一只公羊。可是，兽医辛仲直主动提出来要负责这一组。这以外，还有炊事组。队里有蒙古、汉、回和哈萨克四个民族，大家同意一路上全跟着回族同志吃，炊事也完全由他们管。炊事组不但管做饭，还管拣柴和拉病羊。另外有个驮运组。行李、帐篷和粮食都得想法运。最初他们想雇几个新疆老乡赶着牲口驮，可是一划算得花五千元，还得给他们回去的盘费。不行，还是花三千来块钱买了二十四匹马。估计到了乌鲁木齐可以原价卖出去，不是又给国家省了一笔钱吗？

为了保证病人不至于掉队，病羊不至于损失，他们还买了两辆大车。天山上赶马车，这是没听过的奇闻。许多当地老乡都拦他们，说山路窄得连两只羊都不能并着走，怎么能走车呀！可是他们决定还是带上。当然，他们一点也没料到这两辆大车会给他们造成多么大的困难。

六月十四日那天，他们就跟着羊场的老工人乌木耳浩浩荡荡地出发了。

头一关就是毒蛇。从六月十四日到二十七日，他们走的全是毒蛇区。哎唷，那真是个蛇的世界，没腰的草棵里，遍地都是几尺长的花蛇，曲曲弯弯地蠕动着，有时候还挺起长颈子来朝人险恶地吐着芯子。一个赶羊的工人热了，把大褂脱下来放一放，等会儿去拿的时候，已经沉甸甸地钻进好几条蛇了。一天晚上有匹马挨了一口，不大工夫它浑身发黄，接着就踹腿了。

过毒蛇区，他们心里只有一个念头：随便怎样也不能叫羊给蛇咬住。他们挺着胸脯儿走在羊群前头，眼睛向四下里怒视着，手里攥着把鞭子，一路上抽得山里发出尖峭的回响。

白天好办，晚上一宿营就困难了。他们总是很小心地侦察地势，看蛇窝多不多。二十日那天，他们挑了个非常漂亮的地方，叫伊士布拉克（“三个泉眼”），以为可以受不到毒蛇的威胁了。谁知道，刚搭好帐篷，一个哈萨克人气喘喘地跑了来，说：“啊呀，这儿山根儿底下全是蛇窝，可搭不得帐篷！”

那十几天的日子过得心里可紧得慌，毒蛇的影子日日夜夜一直也没离开过他们。

天山这个“天”字叫得可是真妙，高得人张嘴喘不上气来，腿沉得就像挂了个秤砣。往上看，石头跟石头、树跟树就好像接起来似的那么陡，上面还常掉几百斤重的大石头下来。过阿优达板（山口子）的时候，有人眼睁睁看见一只旱獭子给砸得脑浆迸裂。往下看呢——谁敢往下看呀！万丈之下净是冰窟窿，窟窿里是滚滚的黑水，丢一块石头要好半天才能落地；喊一声，回音要比自己的声音大多了。他们头晕，心噗咚噗咚地蹦……

可是有一天，就在这样陡的山上，他们遇见一群牛。放牛的是个哈萨克女人，她骑在马上，怀里抱着个刚满周岁的娃娃，另一只手还从容地理着头发。女人后边坐着个八九岁的女孩，她一手搂着妈妈的腰，一手还在玩着什么。另外有个十来岁的男孩，他骑着马，腋下夹着一只雪白的羊羔。大约是在换牧场，马背上还驮着帐幕。这下队上的人可觉得惭愧了，大家都说：只要自己不泄气，多么高也用不着怕。

光不怕还不成，那三群羊呢？羊最喜欢爬高。它们不知道这山高得多可怕，不懂得体贴放牧的人，照样爬上爬下。只要羊群里有一只爬上去了，管羊的就得跟上去，把它叫回来，不然的话它越爬越高，就更不好找回来了。高处的羊还会用蹄子往下蹬石头。可是，刚把这只叫回来，那只又上去了。一天要是走六十里路，实际上就等于走一百二。

羊就怕把蹄子磨烂了，一烂自然就拐。可是走那样的山路，蹄子怎么能不烂呢？想办法呗。过山的时候就给羊“穿鞋”，用一种皮套子裹在羊蹄子上。这种套子用不上一两天就磨通了。后来没皮子做套子了，大家把自己的衣服割下来。

车呢？那两辆车一点儿也不比羊省心。本来嘛，天山上从来没走过大车。山太陡了，能走的路不到二尺宽，下面就是悬崖和冰窟窿。不能用马拉，怎么办好呢？先是用人抬，抬的人头发晕，脸吓得惨白惨白的。这时候有人说出一路上唯一的一句泄气话：“运得过去吗？运不过去临完再把命送在这儿！”旁边有人听见，赶快说：“山再怎么陡，旁边总没有敌人的炮火吧！可是咱们志愿军怎么把大炮运到上甘岭上去的，还不是就靠股干劲儿！”

这么一说，大家的情绪扭转过来了，于是，办法也就想出来了。

他们把五六十米长的绳子拴在车辕上，从上面拽着它；车往前移动，上面慢慢捯绳子。为了怕马往后一退，车翻了，领队的哈迪自告奋勇来驾辕，让马在前头拉，这样就不怕它退了。遇到特别窄的山路，像腾格尔达板，就把车拆开，抬过去。

车在天山深谷里可出风头啦，当地人谁看见了都觉得新奇。车走过去了，牧民还弯下腰去细细察看大车留下的印迹。

内蒙古够冷的了，可是比起这地方来显然还差得远。大六月天，有人耳朵都冻坏了，每天早晨起来，帐篷总冻上一寸多厚的霜雪，敲起来梆梆响。为了怕弄坏了帐篷，驮运组总是等太阳出来才敢拆。

柴火的问题也不简单。一下雨，马粪湿了，开不了伙，大家爬了一天山，还得饿肚子。

水难得看见，而且看见了也不一定喝得到，因为有一种沼泽差不多是陷阱，连羊踏在上面，腿也会拔不出来。过牙克斯台达板的时候，人走在平坦的草原上，会像玩什么舞台特技似的，忽然陷进半截儿去。

一到渡口，水倒有的是，就是太多了。

内地下雨的时候闹山洪，新疆有雪山，天一放晴，有山口子的地方必然有山洪奔下来。那是怎样的山洪啊！力量大得什么都挡不住。河并不大，一般也不过三五丈宽，三尺来深；顶宽的拉坦河有十二丈宽，四尺多深。可是，走在河里，骑在马上，马不用迈腿，人、马就会移动。十几斤的石头，丢下去立刻就打转。有一回他们看见一对夫妇坐着辆大车，两个人各搂着个娃娃。山洪来了，立刻把大车冲翻，那个女人怀里的孩子给冲走了，她自己在漩涡里打转。男的撒开怀里的娃娃，抱住一棵漂下来的大树，拼命想挣扎过来救他的妻子。大家看见，登时奋不顾身地把孩子从激流里捞上来，放在马鞍子上，搓揉了好半天他的小肚子，才醒过来。

这样的激流要是羊跳下去，一万只也给冲没了。一路上总得先派人前头去采路，找水窄而缓、河底不扎脚的地方走。找好了渡口，用套马杆子探探深度，然后动手给羊搭“桥”：把卧牛石一块块排在河当中，再从原始森林里扛来一些掉下来的干树杈，把它们绑在卧牛石上。这还不够。石头旁边一排站上十六七个人，形成一道肉桥。于是，一千四百只羊就一只只地从这十六七个人的手里传递过去。一千四百只哪！起码要站上四个钟头。四个钟头人的腿都泡在冰雪化成的水里，腿肚子像针扎似的。有时候水流得太急了，站在河中间的还得把自己绑在干树杈上。羊传递完了，人的腿也冻麻了，浑身哆嗦；手脚在传递的时候给羊犄角撞得青一块紫一块的。

有一回，正传递的时候，一只羊从人缝儿里窜下水去了。这时候，跟工人一道站在水里的兽医辛仲直就不顾一切地蹚到激流里去，一把抓住那只羊的犄角。山洪太猛了，眼看辛仲直也要给冲走，另外的同志又蹚过来抓他的手，后边的人又赶忙抓那个人的手……这样，大家就连成一道锁链，山洪才没得逞。事后，有人对辛仲直说："真险哪！"可是，这个素寡言笑的青年兽医只说了声："够本啦，羊总算没给它冲走。"

狼真是很凶恶的动物。七月十二日那天，走过通格力戈达板的时候，离他们宿营的地方不远有个哈萨克牧人，头天他还是一百多只羊的主人，可是过了一夜，那一百多只羊却变成了一堆烂骨头，狼只给他剩下一只山羊。

走过牙克伯地区一道森林的时候，他们远远瞅见一群狼在追两只羚羊。不一会儿，它们都消失到森林里去了。从那以后，他们对狼更加注意提防了。每天到宿营地头一件事就是数羊。一千四百只羊，真够数的，而且随数随提心吊胆。数完了，就交给夜里打更的同志。打更是很吃力的活儿，可也是件非常重要的活儿。他通宵冒着高原的风雪守在羊群旁边，扯开了嗓门吆喝——吓唬狼。

天山里头常起风暴。天上一出梯云，就要来风暴。狼这时候趁火打劫，在风暴里猛扑过来。羊这当儿也最容易羼群。每天选择宿营地，总要看暴风雨来了有法儿掩蔽没有，周围狼多不多；还有，人如果从山上掉下去，有法儿救没有。

真是磨难重重呀，眼看就到乌鲁木齐啦，还过了两天毒草滩。这种草牲口一吃就没命。怎么办呢？只好连夜赶，一口气走了一百多里。也只有体格这么结实的新疆细毛羊受得了！

宿营总是三座帐篷布成三角形，把羊圈在中间。马夜里不睡觉，它们在周围守卫着。有个蒙古族工人叫吐克吐，他平常不许别人放枪，可是有一天看见狼，他放了一枪，把马惊了，还跑掉一匹。吐克吐这下可急了。他摸着黑儿连夜满山找呀找呀，什么也顾不得怕了。到天亮，居然把马找回来啦。

单靠内蒙古干部的工作热情还克服不了这么多困难。在这首天山赶羊的光辉诗篇里，比什么都动人的是各兄弟民族之间深厚的情谊。一路上只要听说是内蒙古自治区政府为了改进畜牧业派来买种羊的，这个说明本身就是最吃得开的“护照”。什么样的要求对于哈萨克人都不是太大的，他们什么都肯拿出来。

六月二十七日那天，他们走到伊犁哈萨克自治州的阿拉图地区。那一段路乌木耳不大熟，需要一位临时的向导，区政府替他们找了半天没找到。这时候恰巧山里头来了个哈萨克小伙子，头上扎着块布，样子看来挺壮实，名字叫阿克巴尔。他们把原由告诉了他。这小伙子大概十分孝顺，他说：“成，等我回去跟我爸爸说说去。”大家也跟着他去了。小伙子的帐篷就扎在巩乃斯河的岸上，那里的树大得两个人也抱不过来。老汉瞧见来了稀客，立刻端出马奶子来请大家喝。听到要叫他儿子去领路，老汉沉吟了一下，满脸慈祥地说：“我这小子新近‘抢羊’（哈萨克人中间的一种游戏）的时候，马鞍子坏了，从马上摔了下来，脑袋受了震动，在家里我一直不大让他干什么吃力的活儿。可是你们各位做的是咱们政府的工作，随他怎么病也不能推辞，一定要送一送。”

走的时候，老汉看到驮运组的牲口身上压得太重了，还拉出自己的两匹马来说：“你们拿去用吧！”然后又提了两皮口袋的奶子，每个总有四五十斤。他说：“我没什么好东西，这个你们带去路上喝吧！”

这小伙子送了多少路程呢？送了整整八天的路。临分手塞给他点钱，瞧他这个着急劲儿！他涨红着脸说：“不，不，爸爸走的时候嘱咐了，绝不能收你们一个钱！”

一路上替他们画路线图的、带路的，送胡桃、马奶子、牛奶酒的，数起来太多了。兽医文清有一回过河的时候，河边上刚好有个八九岁的孩子，一只手还领着个四五岁的。瞧见他们，两个小家伙立刻跑掉了。文清还以为是吓跑了呢，谁知道过不大一会儿，那个大的一手提了桶马奶子，一手拿着个茶杯，羞答答地走过来了。文清一口气喝了好几杯。孩子还用小手指了指前边，意思是要他把同行的伙伴也叫来喝。

大队走到扎根朱娄地方，随身带的肉羊(他们当然不能吃种羊)吃光了。这时候，远远望见个帐篷，就走进去。主人名叫耿珂。这是新疆境里的蒙古族地区了，所以他们彼此可以通话。这位老汉听说他们需要两只羊，就说：“可我圈里的羊，随你们挑吧。”他们就挑了两只顶肥的，准备第二天牵上路。

第二天大清早，老汉请他们喝酒。这个时辰请喝酒，必然有个原由。老汉拱手很抱歉地说：“诸位，很对不起呀，我老汉先向你们赔礼。昨天晚上我答应羊随你们挑，我没料到政府收畜牧税的人会来。我老汉从来没失过信，可是现在政府收税的人来了，得尽肥的先给毛主席，然后才能给客人。我要求你们把挑好的搁在圈里，等我纳完了税，剩下的羊随你们挑。”

老汉为了表示衷心的歉意，还提了一筲子马奶子、一筲子牛奶酒和一筲子牛奶，他一定要大队二十几个人每个人都喝足。老汉一边儿望着大家喝，一边儿充满了幸福地自言自语着：“没别的好东西，就是这么点心意！”

然后，他很认真地向哈迪打听内蒙古牧业合作化的情况，现在一共有多少个社，互助组是怎么转社的，牲口怎么入社等等。走的时候老汉站在帐篷门口，拱着手，再三托付说，回去不论怎么样也别忘记给他寄一份章程来。

这种深厚的民族友谊并不是单方面的。

从羊场出发的第二天，过的正是毒蛇区，一路上提心吊胆地走过没腰的草，没有水喝，可还得大声吆喝着，不然羊就可能走失。到了宿营地已经晚上九点了，人累得骨架都快散啦。

这当儿，一个哈萨克老汉跑来，说他家儿媳妇难产，娃娃生下来，胎盘还在产妇肚子里头。其实，队里只有兽医，并没有大夫。但是老汉这么远跑来，能叫人家失望着回去吗？不能。已经歪下了身子的辛仲直二话没说，站起来，背上腰包就走。走多远呢？来回足有三十里山路，到半夜一点多才回来。可是三点钟就又得出发。

从那以后，大概乌木耳见人就宣传他们队里有“名医”，一路上不少人要求治病。他们给许多哈萨克老乡打了盘尼西林，留下了消炎片。不论人多么累，路多么不好走，他们从来没拒绝过一次。

有这样一场出生入死的战斗友谊，分手当然不是件容易的事。可是，他们已经平安到达了乌鲁木齐，非分手不可了。那个老工人乌木耳在乌鲁木齐有家。分手的时候，他留下了地址，约大家到他家去吃吃东西。可是在地球的屋脊上奔波了将近五十天，每个人躺下都懒得再爬起来了。晚上十一点，乌木耳两眼通红地跑来，很恼火地说："我宰了只大肥羊，专诚等着你们，一直到这个时辰，你们怎么还不来？如果你们还把我乌木耳当作人看的话，那么就来吧。"

这么一说，怎么累也只好去喽。

原来乌木耳和他的老爹把他们哈萨克亲友全邀到帐篷里来了，直直等了一个晚上，他要他们也见见他这些亲密的内蒙古弟兄。帐篷中央咕嘟咕嘟地烧着只大铁锅，老远就闻到香喷喷的肉味，那只羊早已煮得烂熟，就等着下刀了。

那么，来吧！于是，猜拳呀，干杯呀，两个民族的弟兄足足狂欢了两夜。

大队快到乌鲁木齐的时候，先从伊犁搭汽车到达的内蒙古自治区的畜牧处处长到城外头十七八里来迎接他们。处长提议大家轮流进城休息休息。其实，一路上这么辛苦，这是很应该的。可是大家谁也不肯走开，说：一路上羊幸好没出点乱子，还是求个万全吧。

后来有些人怎么进的城呢？为了装羊，卡车上头得钉些木架子，免得羊半道上窜下去。找木工一核计，一辆车得花二十五元，不又是一千多元吗？处长抄起斧子来说："好，咱们买点木料，自己来钉。"

处长干得非常起劲。他身体胖，汽车站上的人因为不晓得他是处长，大家都叫他"胖师傅"。一天站上有个好打听事情的人小声问哈迪说："嗨，你们这位胖师傅是哪儿找来的呀，这么不要命地干？他一个月挣多少钱呀？"哈迪就把处长的薪金数目告诉了他。他说："怎么，内蒙古的木匠工资有这么高？"哈迪这当儿才说，咱们这位木匠是处长。

五十辆卡车，每辆车都配备好了负责人，就浩浩荡荡从乌鲁木齐向火车的起点酒泉出发了。

上了汽车，磨难是不是就都过去了呢？才不是呢。

羊不像货物，捆到车上就没事啦。汽车走七天，羊就得装卸七次。车走的时候，管羊的人就像个顽童学校的教员，时刻得照看着，生怕调皮的羊起哄，一乱就会发生弱羊被压死的事。有些羊中了暑，喝不下去水。怎么办呢？管羊的就把水装在自己的帽子里，喂它们喝。车停的时候就更忙了，先得找地方放牧。这么搞，人在路上是睡不到觉的。

为了怕羊吃老百姓的庄稼，凡是有店、有人家的地方，反而不好停，一定要停在野外，可是到了酒泉，灰天灰地，举目都是戈壁滩，骑马走出二十多里也找不到一点草影儿。羊饿得咩咩叫，啃着管羊人的衣服，有的甚至叫不出声来啦。工人搂着咩咩叫的羊说："可怜呀，我有啥办法呢！"

傍晚时分，有个五十多岁的老汉背着手，站在汽车队旁边观望。这位老汉一看就是个行家，他大概很喜欢这种细毛羊。望着望着，他赞叹说："这么标致的羊，哪儿找去呀！"听说是从天山上赶下来的，老汉更惊讶了。可是他说："你们要是再不喂，羊就要死啦。"

领队哈迪赶紧上前行了个礼说："我们正在为这件事着急哪！您有什么办法吗？"老汉说他叫马洛桑，藏族人，是这里自治县的副县长。哈迪就把他请到帐篷里去。老汉说："文殊庙那边有块牧场，来，我给你们写封信，你们到区上一说就行啦。"老汉还很关切地问了问内蒙古的情形，说他虽然没去过那里，可是听到过参观访问团的传达报告。

哈迪掖好介绍信，跨上马，赶紧跟赶羊组组长照直奔文殊庙去了。一路上这个开心呀！区政府是在山上一座大庙里。区长姓刘，看见他们高兴极了，就招呼人帮助他们搬到山上一座大庙里去住。

刘区长说："今年雨水稀，草干了。这边也有些牧户找不到草。我们这山沟儿里倒是有些好草，本来想调剂调剂这里的牧户。你们既是远客，就尽你们先用吧，我通知牧户们晚几天来就是。"

这样，饥饿的羊群赶到文殊庙的草场上来了，它们足足吃了三天三夜，掉的膘总算又长上啦。

在酒泉，铁路上给他们调来二十二个车皮，七上八下地足足装了三十六个钟头。买的是联运票，要经过兰新、陇海、京汉、京包、集二等五条干线，完全不需要换车。这下可舒服些了吧？谁知不然。

今年夏天不是特别热吗？他们坐的是闷子车，人热得浑身没劲儿，羊从上火车，十一天就没闭上过嘴。它们一个个搭拉着舌头，烦躁得蹄子乱跺。

一只羊一天要喝上大约五公斤水，可是有的车站有水，有的没有。还有，照行车表看，他们有七天就可以到锡林郭勒盟的赛汉塔拉站了，可是四十辆车皮才能编成一列车，二十二辆车皮够不上一列，结果连耽误带走要用十一天。这可严重啦。他们只给羊准备了十天吃的干草呀！

于是，火车只要一停，即便是一二十分钟，大家也分头想法替羊奔走。有的拔回一抱草来，拔得手上都出了血。有的提着能装三十斤水的桶，到老远的地方给羊弄水去。

羊呢，可不知道甘苦，它们在闷子车里照样顶来顶去，力气小的总吃不到草。又得想办法呗！他们把草捆成小把小把的，吊在闷子车的四面，把羊群散开，叫它们跳着吃，这样，就好单独喂那些力气小的了。

有些胆小的羊，大家一挤，它就不喝水啦，不喝慢慢就没了气力，又得想办法。干部用自己的被子把不喝水的羊隔开，然后再用自己喝水的缸子一点点地喂。端着缸子在闷子车里，一蹲就是三四个钟头。顽皮的羊还从被子底下用犄角相互顶撞着。

就这么样，好几只羊还病倒了。

过郑州那天，天气特别热。走过悬崖壁立、毒蛇遍地的大雪山的时候，他们从来没沮丧过。可是到了郑州，羊却病了几只，他们心里再恼火没有了，每个人都垂头丧气的。

这时候，货栈上来了个神色悠闲的老头儿，他好像很厌弃那股气味，可是又对这二十几辆车皮的羊感到好奇，就用雪白的手帕堵了鼻孔，走了过来。他望到这些人浑身滚的都是羊粪蛋儿，说了一句话，这句话可伤透了大家的心。他说："喂，你们这几个小伙子什么不可以干，为什么单单要干这一行呀?"为了羊生病，哈迪正老大地不痛快，他狠狠地瞪了老头儿一眼说："你这辈子穿过毛哔叽吗？我们是要全国人民都穿上毛哔叽，所以才干这一行的!"

就在那天，死了一只羊。他们给它打了一天的盘尼西林，也没救活。羊死了以后，兽医把它解剖了，发现它的肺本来是烂的，又中了暑，才死的。

在整个行程里，那是大家情绪低落的唯一的一天。

在天山里，一个看见他们在悬崖边上运大车的新疆老乡说："哎唷，共产党一来，全变啦，连天山的石头也给你们让了路。"

也有人说："天山的石头硬，可是共产党的干部比石头还要硬。”

羊在乌鲁木齐过秤的时候，一个哈萨克老汉说：“咳，羊是长了膘，你们可瘦了，你们的肉长在羊身上啦。”

在呼和浩特，当队员们开鉴定会的时候，有一个同志半开玩笑地说：“咱们大家这回是冒了性命危险运来的羊，我觉得咱们主要的方面是优点。”别的队员听了，一个个地都站起来，很严肃地表示：“天山的石头没挡住咱们，更不能让自满情绪挡住咱们。”

一九五六年十月十二日

（原载《人民日报》，1956 年）

初冬过三峡

一

听说船早晨十点从奉节入峡，九点多钟我揣了一份干粮爬上一道金属小梯，站到船顶层的甲板上了。从那时候起，我就跟天、水以及两岸的巉岩峭壁打成一片，一直伫立到天色昏暗，只听得见成群的水鸭子在江面上啾啾私语，看不见它们的时候，才回到舱里。在初冬的江风里吹了将近九个钟头，脸和手背都觉得有些麻木臃肿了，然而那是怎样难忘的九个钟头啊！我一直都像是在变幻无穷的梦境里，又像是在听一阕奔放浩荡的交响乐章：忽而妩媚，忽而雄壮；忽而阴森逼人，忽而灿烂夺目。

整个大江有如一环环接起来的银链，每一环四壁都是蔽天翳日的峰峦，中间各自形成一个独特天地，有的椭圆如琵琶，有的长如梭。走进一环，回首只见浮云衬着初冬的天空，自由自在地游动，下面众峰峥嵘，各不相让，实在看不出船是怎样硬从群山缝隙里钻过来的。往前看呢，山岚弥漫，重岩叠嶂，有的如笋如柱，直插云霄，有的像彩屏般森严大方地屹立在前，挡住去路。天又晓得船将怎样从这些巨汉的腋下钻出去。

那两百公里的水程用文学作品来形容，正像是一出情节惊险，故事曲折离奇的好戏，这一幕包管你猜不出下一幕的发展，文思如此之绵密，而又如此之突兀，它迫使你非一口气看完不可。

出了三峡，我只有力气说一句话：这真是自然之大手笔。晚餐桌上，我们拿它比过密西西比河，也比过从阿尔卑斯山穿过的一段多瑙河，越比越觉得祖国河山的奇瑰，也越体会到我们的诗词绘画何以那样俊拔奇伟，气势万千。

二

没到三峡以前，只把它想象成岩壁峭绝，不见天日。其实，太阳这个巧妙的照明师不但利用·出峡入峡的当儿，不断跟我们玩着捉迷藏，它还会在壁立千仞的幽谷里，忽而从峰与峰之间投进一道金晃晃的光柱，忽而它又躲进云里，透过薄云垂下一匹轻纱。

早年读书时候，对三峡的云彩早就向往了，这次一见，果然是不平凡。过瞿塘峡，山巅积雪跟云絮几乎羼在一起，明明是云彩在移动，恍惚间却觉得是山头在走。过巫峡，云渐成朵，忽聚忽散，似天鹅群舞，在蓝天上织出奇妙的图案。有时候云彩又呈一束束白色的飘带，它似乎在用尽一切轻盈婀娜的姿态来衬托四周叠起的重岭。

初入峡，颇有逛东岳庙时候的森懔之感。四面八方都是些奇而丑的山神，朝自己扑奔而来。两岸斑驳的岩石如巨兽伺伏，又似正在沉眠。山峰有的作蝙蝠展翅状，有的如尖刀倒插。也有的似引颈欲鸣的雄鸡，就好像一位魄力大、手艺高的巨人曾挥动千钧巨斧，东斫西削，硬替大江斩出这道去路。岩身有的作绛紫色，有的灰白杏黄间杂。著名的“三排石”是浅灰带黄，像煞三堵断垣。仙女峰作杏黄色，峰形尖如手指，真是瑰丽动人。

尽管山坳里树上还累累挂着黄澄澄的广柑，峰巅却见了雪。大概只薄薄下了一层，经风一刮，远望好像棱棱可见的肋骨。巫峡某峰，半腰横挂着一道灰云，显得异常英俊。有的山上还有闪亮的瀑布，像银丝带般蜿蜒飘下。也有的虽然只不过是山缝儿里淌下的一道涧流，可是在夕阳的映照下，却也变成了金色的链子。

船刚到夔府峡，望到屹立中流的滟滪滩，就不能不领略到三峡水势的崄巇了。从那以后，江面不断出现这种拦路的礁石。勇敢的人们居然还给这些暗礁起下动听的名字：如“头珠石”、“二珠石”。这以外，江心还埋伏着无数险滩，名字也都蛮漂亮。过去不晓得多少生灵都葬身在那里了。现在尽管江身狭窄如昔，却安全得像个秩序井然的城市。江面每个暗礁上面都浮起红色灯标，船每航到瓶口细颈处，山角必有个水标站，门前挂了各种标记，那大概就相当于陆地上的交通警。水浅地方，必有白色的报航船，对来往船只报告水位。傍晚，还有人驾船把江面一盏盏的红灯点着，那使我忆起老北京的路灯。

每过险滩，从船舷俯瞰，江心总像有万条蛟龙翻滚，漩涡团团，船身震撼。这时候，水面皱纹圆如铜钱，乱如海藻，恐怖如陷阱。为了避免搁浅，穿着救生衣的水手站在船头的两侧，用一根红蓝相间的长篙不停地试着水位。只听到风的呼啸，船头跟激流的冲撞，和水手报水位的喊声。这当儿，驾驶台一定紧张得很了。

船一声接一声地响着汽笛，对面要是有船，也鸣笛示意。船跟船打了招呼，于是，山跟山也对语起来了，声音辽远而深沉，像是发自大地的肺腑。

三

最令人惊心动魄的是激流里的木船，有的是出来打鱼的，有的正把川江的橘麻往下游运。剽悍的船夫就驾着这种弱不禁风的木船，沿着嶙峋的巉岩，在江心跟汹涌的漩涡搏斗。船身给风刮得倾斜了，浪花漫过了船头，但是勇敢的桨手们还在劲风里唱着号子歌。

这当儿，一声汽笛，轮船眼看开过来了。木船赶紧朝江边划。轮船驶过，在江里翻滚的那一万条蛟龙就成十万条了，木船就像狂风中的荷瓣那样横过来倒过去地颠簸动荡。不管怎样，桨手们依旧唱着号子歌，逆流前进。他们征服三峡的方法虽然是古老过时的，然而他们毕竟还是征服者。

三峡的山水叫人惊服，更叫人惊服的是沿峡劳动人民征服自然、谋取生存的勇气和本领。在那耸立的峭壁上，依稀可以辨出千百层细小石级，蜿蜒交错，真是羊肠蟠道三十六回。有时候重岩绝壁上垂下一道长达十几丈的竹梯，远望宛如什么爬虫在巉岩上蠕动。上面，白色的炊烟从一排排茅舍里袅袅上升。用望远镜眺望，还可以看到屋檐下晒的柴火、腊肉或渔具，旁边的土丘大约就是他们的祖茔。峡里还时常看见田垄和牲口。在只有老鹰才飞得到的绝岩上，古代的人们建起了高塔和寺庙。

船到南津关，岸上忽然出现了一片完全不同的景象：山麓下搭起一排新的木屋和白色的帐篷。这时候，一群年轻小伙子正在篮球架子下面嘶嚷着，抢夺着。多么熟稔的声音啊！我听到了筑路工人铿然的铁锹声，也听到更洪亮的炸石声。赶紧借过望远镜来一望，镜子里出现了一张张充满青春气息的笑脸。多巧啊，电灯这当儿亮了，我看见高耸的钻探机。

原来这是个重大的勘察基地，岸上的人们正是历史奇迹的创造者。他们征服自然的规模更大，办法更高明了。他们正设计在三峡东边把口的地方修建一座世界最大的水电站，一座可以照耀半个中国的水电站。三峡将从蜀道上一道崄巇的关隘，变成为幸福的源泉。

山势渐渐由奇伟而平凡了，船终于在苍茫的暮色里，安全出了峡。从此，漩涡消失了，两岸的峭岩消失了，江面温柔广阔，酷似一片湖水。轮船转弯时，衬着暮霭，船身在江面轧出千百道金色的田垄，又像有万条龙睛鱼在船尾并排追踪。

江边的渔船已经看不清楚了，天水交接处，疏疏朗朗只见几根枯苇般的桅杆。天空昏暗得像一面积满尘埃的镜子，一只苍鹰此刻正兀自在那里盘旋。它像是在寻思着什么，又像是对这片山川云物有所依恋。

一九五六年十一月十五日

（原载《人民日报》，1956 年 12 月 16 日至 17 日）

“上”人回家

“上”人先生是鼎鼎有名的语言艺术家。他说话不但熟练，词儿现成，而且一向四平八稳，面面俱到。据说他的语言有两个特点，其一是概括性——可说是听起来不怎么具体，有时候还难免有点儿空洞啰嗦；其二是民主性——他讲话素来不大问对象和场合。对于学习马克思列宁主义，他自认有一套独到的办法。他主张首先要掌握的是马克思列宁主义语言。至于马克思列宁主义语言究竟与生活里的语言有什么区别，以及他讲的是不是就是马克思列宁主义语言，这个问题他倒还没考虑过。总之，他满口离不开“原则上”、“基本上”。这些本来很有内容的字眼儿，到他嘴里就成了口头禅。无论碰到什么，他都“上”它一下。于是，好事之徒就赠了他一个绰号，称他为“上”人先生。

这时天交傍晚，“上”人先生还不见回家。他的妻子一边照顾小女儿，一边烧着晚饭。忽听门外一阵脚步声，说时迟，那时快，“上”人推门走了进来。做妻子的看了好不欢喜，赶忙迎上前去。

故事叙到这里，下面转入对话。

妻：今儿个你怎么这么晚才回来?

“上”：主观上我是希望早些回来的，但是由于客观上难以预料、无法控制的原因，以致我实际上回来的时间跟正常的时间发生了距离。

妻(撇了撇嘴)：你干脆说吧，是会散晚啦，还是没挤上汽车?

“上”：从质量上说，咱们这十路公共汽车的服务水平不能算低；可惜在数量上，它还远远跟不上今天现实的需要。

妻(不耐烦)：大丫头还没回来，小妞子直嚷饿得慌。二丫头，拉小妞子过来吃饭吧！

(小妞子刚满三周岁，怀里抱着个新买的布娃娃，一扭一扭地走了过来。)

妞：爸爸，你瞧我这娃娃好看不？

"上"：从外形上说，它有一定的可取的地方。不过，嗯，(他扯了扯娃娃的胳膊)不过它的动作还嫌机械了一些。

妞(撒娇地)：爸爸，咱们这个星期天去不去公园呀？

"上"：原则上，爸爸是同意带你去的，因为公园是个公共文娱活动的场所。不过——不过近来气候变化很大，缺乏稳定性。等自然条件好转了，爸爸一定满足你这个愿望。

妻(摆好了饭菜和筷子)：吃饭吧，别转文啦！

妞(推开饭碗)：爸爸，我要吃糖。

"上"：你热爱糖果，这是完全可以理解的。这种副食品要是不超过定量，对第二代也可以起良好的作用。不过，今天早晨妈妈不是分配两块水果糖给你了吗？

妻：我来当翻译吧，小妞子。你爸爸是说，叫你先乖乖儿地吃饭，糖吃多了长虫牙！(温柔地对"上")今儿个合作社到了一批朝鲜的裙带菜，我称了半斤，用它烧汤试一试，你尝尝合不合口味？

"上"(舀了一调羹，喝下去)：嗯，不能不说还有一定的滋味。

妻(茫然地)：什么？倒是合不合口味呀？

"上"(被逼得实在有些发窘)：从味觉上说——如果我的味觉还有一定的准确性的话——下次如果再烧这个汤的话，那么我倾向

萧乾与夫人文洁若

于再多放一点儿液体。

妻(猜着)：噢，你是说太咸啦，对不对？下回我烧淡一点儿就是喽。

(正吃着饭，一个十五六岁的姑娘推门走进来，这就是“大丫头”。她叫明，今年上初三。)

明：爸爸，(随说随由书包里拿出一幅印的水彩画，得意地说)这是同学送我的，听说是个青年女画家画的。你看这张画好不好？

“上”(接过画来，歪着头望了望)：这是一幅有着优美画面的画。在我看来(沉吟了一下)，它具有一定的吸引力。这一点，自然跟画家在艺术上的修养是分不开的。然而在表现方式上，还不能说它完全没有缺点。

明：爸爸，它哪一点吸引了你？

“上”：从原则上说，既然是一幅画，它又是国家的美术出版社出版的，那么，它就不能不具有一定的艺术水平。

明(不服气)：那不成，你得说是什么啊！(然后，眼珠子一转)这么办吧：你先说说它有什么缺点。

“上”：它有没有缺点，这一点自然是可商榷的。不过，既然是青年画家画的，那么，从原则上说，青年总有他生气勃勃的一面，也必然有他不成熟的一面。这就叫作事物的规律性。

明：爸爸，要是你问我为什么喜欢它呀，我才不会那么吞吞吐吐呢。我就干脆告诉你：我喜欢芦苇旁边浮着的那群鸭子。瞧，老鸭子打头，后边跟着(数)一、二、三、四……七只小鸭子。我好像看见它们背上羽毛的闪光，听到它们的小翅膀拍水的声音。

“上”：孩子，评论一件完整的艺术品，你怎么能抓住一个具体的部分？而且“喜欢”这个字眼儿太带有个人趣味的色彩了……

明(不等“上”说完就气愤愤地插嘴)：我喜欢，我喜欢。喜欢就是喜欢。说什么，我总归还告诉了你我喜欢它什么，你呢？你“上”了半天(鼓着嘴巴，像是上了当似的)，可是你什么也没告诉我！

妻：大丫头，别跟你爸爸磨嘴皮子啦。他几时曾经告诉过谁什么！

（原载《人民日报》，1957年3月28日）

往事三瞥

语言是跟着生活走的。生活变了，有些词儿就失传了。即便是土生土长的北京人，要是年纪还不到五十，又没在像东直门那样当年的贫民窟住过，他也未必说得出“倒卧”的意思。

乍看，多像陆军操典里的一种姿势。才不是呢！“倒卧”指的是在那苦难的年月里，特别是冬天，由于饥寒而倒毙北京街头的穷人。身上照例盖着半领破席头，等验尸官填个单子，就抬到城外乱葬岗子埋掉了事。

我上小学的时候，回家放下书包，有时会顺口说一声：“今儿个(北新)桥头有个‘倒卧’。”那就像是说“我看见树上有只麻雀”那么习以为常。家里大人兴许会搭讪着问一声：“老的还是少的?”因为席头往往不够长，只盖到饿殍的胸部，下面的脚——甚至膝盖依然露在外面，所以不难从鞋和裤腿辨识出性别和年龄。那是我最早同死亡的接触。当时小心坎上常琢磨：要是把“倒卧”赶快抬到热炕上暖和暖和，喂上他几口什么，说不定还会活过来呢！记得曾把这个想法说给一位长者听，回答是：多哪门子事，自找倒楣：活不过来得吃人命官司，活过来你养活下去呀?

难怪有的人一望到“倒卧”，就宁可绕几步走开。我一般也只是瞅上两眼，并不像有些孩子那么停下来。可是有一回我也挤在围观者中间了。因为席头里伸出的那部分从肤色到穿着(尽管破烂，而且沾着泥巴)都不同寻常。从没见过腿上有那么密而长的毛毛，他脚上那双破靴子也挺奇怪。“倒卧”四周已经围了一圈人。一个叨烟袋锅子的老大爷叹了口气说："咳，自个儿的家不呆，满世界乱撞！"

不大工夫，验尸官来了。席头一揭开，我怔住了。这不正是我在东直门大街上常碰见的那个"大鼻子"吗：枯瘦的脸，隆起的颧骨，深陷的眼眶，脖子上挂根链子，下面垂着个十字架。那件绛色破上衣的肘部磨出个大窟窿，露着肉，腰间缠着根破绳子。

验尸官边填单子边念叨着："姓名——无；国籍——无；亲属——无。"接着，两个汉子就把尸首吊在穿心杠上，朝门脸抬去。

那时候我只知道"大鼻子"就是"老毛子"，对他的来由却一无所知。

后来才明白：十月革命一声炮响，沙皇的那些王公贵族挟着细软纷纷逃到巴黎或维也纳去当寓公了，他们的司阍、园丁、厨子和仆奴糊里糊涂地也逃了出来。有些穷白俄就徒步穿过白茫茫的西伯利亚流落到中国，到了北京。由于东直门城根那时有一座蒜头式的东正教堂，有一簇举着蜡烛诵经的洋和尚，它就成了这些穷白俄的麦加。刚来时，肩上还搭着块挂毡什么的向路人兜售；渐渐地坐吃山空，就乞讨起来。这个"大鼻子"就是他们中间的一个。

我最后一次见到"大鼻子"是在那两天之前的黎明，在羊倌胡同的粥厂前面。像往日一样，天还漆黑我就给从热被窝里硬拽出来。屋子冷得像北极，被窝就像支在冰川上的一顶帐篷，难怪越是往外拽，我越往里钻。可是多去一口子就多打一盆子粥，终于还得爬起来，胡乱穿上衣裳。那时候胡同里没路灯。于是，就摸着黑，嚓嚓嚓地朝粥厂走去。那一带靠打粥来贴补的人家有的是。黑咕隆咚的，脚底下又滑，一路上只听见盆碗磕碰的响声。

粥厂在羊倌胡同一块敞地的左端。我同家人一道各挟着个盆子站在队伍里。队伍已经老长了，可粥厂两扇大门还紧闭着，要等天亮才开。

一九二一年冬天的北京，寒风冷得能把鼻涕眼泪都冻成冰。衣不蔽体的人们一个个跺着脚、搓着手，嘴里嘶嘶着；老的不住声地咳嗽，小的冷得哽咽起来。

最担心的是队伍长了。因为粥反正只那么多，放粥的一见人多，就一个劲儿往里兑水。随着天色由漆黑变成暗灰，不断有人回过头来看看后尾儿有多长。

就在两天前的拂晓，我听到后边吵嚷起来了。“‘大鼻子’混进来啦！中国人还不够打的，你滚出去！”接着又听到一个声音：“让老头子排着吧，我宁可少喝一勺。”

吵呀吵呀。吵可能也是一种取暖的办法。

天亮了，粥厂的大门打开了。人们热切地朝前移动。这时，我回过头来，看到“大鼻子”垂着头，挟了个食盒，依依不舍地从队伍里退出来，朝东正教堂的方向踱去。他边走边用袖子擦着鼻涕眼泪，时而朝我们望望，眼神里有妒忌，有怨愤，说不定也有悔恨——

一九三九年九月初。

法国邮轮“让·拉博德”号在新加坡停泊两个小时加完水之后，就开始了它横渡印度洋六千海里的漫长航程。离赤道那么近，阳光是烫人的。海面像一匹无边无际的蓝绸子，闪着银色的光亮。时而飞鱼成群，绕着船头展翅嬉戏。

船是在欧战爆发的前一天从九龙启碇的。多一半乘客都因眼看欧洲要打大仗而退了票。“阿拉米斯”号开到西贡就被法国海军征用了。这条船从新埠开出后，三等乘客就只剩下我、一位在阿姆斯特丹中国餐馆当厨师的山东人和一个亚麻色头发、满脸雀斑的小伙子。餐厅为了省事，就让我们也到头等舱去用饭。

在我心目中，一艘豪华邮轮的餐厅里应充满欢快的气氛。侍者砰砰开着香槟酒，桌面上摆满佳肴和各色果品。随着悦耳的乐声，男女乘客像蝴蝶般地翩然起舞。乘客中间如有位女高音，说不定还会即席唱起她的拿手名曲。

很失望，这是一条阴沉的船，船上载的净是些愁眉苦脸的人。在餐桌上，他们有时好像不知道刀叉下面是猪肝还是牛排，因为他们全神几乎都贯注在扩音器上，竖起耳朵倾听着他们的母亲法兰西的战争部署：巴黎实行灯火管制了，征兵的条例公布了——是的，这是对大部分男乘客切肤的事，因为船一靠码头，他们就得分头去报到，然后，换上军装，进入马其诺阵线了。女乘客也有自己的苦恼：得忍受空袭，物资的短缺，守着空帏去等待那不可知的命运。他们的眼睛是直呆呆的，心神是恍惚的。一位女乘客碰了丈夫的臂肘一下，说：“亲爱的，那是胡椒面!”他正要把小瓶瓶当作糖往咖啡杯里倒。

正因为大家这么忧容满面，就更显出三等舱里那个有雀斑的小伙子的与众不同了。他年纪在二十岁左右，是个最合兵役标准的青年。可他成天吹着口哨，进了餐厅就抱着那瓶波尔多喝个不停。酒一喝光，他就兴奋地招呼侍者：“添酒啊!”船上虽然没举办舞会，他却总是在跳着探戈。

每天早晨九点，全船要举行一次“遇难演习”。哨子一吹，乘客就拿着救生圈到甲板上指定的地点去排队，把救生圈套在脖颈上，作登上救生艇的准备。我笨手笨脚，小伙子常帮我一把。因为熟了一些，一天我就说："这条船上的乘客都闷闷不乐，就只有你一个这么欢蹦乱跳。"

"是啊，"他沉思了一下，朝印度洋啐了口唾沫说，"他们都怕去打仗。我可巴不得打起来。我天天盼！从希特勒一开进捷克就盼起。唉（他得意地尖笑了一声），可给我盼到了。"

我真以为是在同一个恶魔谈话哩，就带点严峻的口气责问他为什么喜欢打仗。

"你知道吗？我是个无国籍的人，"他接着又重复一遍，"无国籍。我妈妈是个白俄舞女，（随说随在胸前画了个十字。她可能已不在人世了。）我爸爸吗？（他猴子般地耸了耸肩头，然后摊开双手）不知道，他也许是个美国水兵，也许是个挪威商人。反正我是无国籍。现在我要变成一个有国籍的人。"

"怎么变法？"他肯于这么推心置腹，使我感动了。于是，对他也同情起来。

"平常时期？没门儿。可是如今一打仗，法国缺男人。他们得召雇佣兵。所以（他用一条腿作了个天鹅独舞的姿势）我的运气就来了。船一到马赛，我就去报名。"

我望着印度洋上的万顷波涛，蓦想着他——一个无国籍的青年，戴着钢盔，蹲在潮湿的马其诺战壕里，守候着。要是征求敢死队，他准头一个去报名，争取立个功。

然而踏在他脚下的并不是他的国土，法兰西不是他的祖国。他是个没有祖国的人——

一九四九年初，我站在生命的一个大十字路口上，做出了决定自己和一家命运的选择。

其实，头一年这个选择早已做了。家庭破裂后，正当我急于离开上海之际，剑桥给我来了一封信：大学要成立中文系，要我去讲“现代中国文学”。当时我已参加了作为报纸起义前奏的学习会，政治上从一团漆黑开始瞥见了一线曙光。同时，在国外漂泊了七年，实在不想再出去了。在杨刚的鼓励下，就写信回绝了。

一九四九年三月的一天，我正在九龙花墟道寓所里改着《中国文摘》的稿子，忽然听到一阵叩门声。哎呀，剑桥的何伦[1]教授气喘吁吁地来了。他握着我的手解释说，是报馆给的地址。然后坐下来，呷了一口茶，才告诉我这次到香港他负有两项使命，一个是替大学采购一批中文书籍——他是位连鲁迅这个名字也没听说过的《诗经》专家，另一项是“亲自把你同你们一家接到剑桥”。口气里像是很有把握。他认为我那封回绝的信不能算数，因为那时“中国”（他指的是白色的中国）还没陷到今天的“危境”（指的是平津战役后国民党败溃的局面）。他估计我会重新考虑整个问题。

在剑桥那几年，这位入了英籍的捷克汉学家对我一直很友好，我常去他家吃茶，还同他度过一个圣诞夜。他一边切着二十磅重的火鸡，一边谈着《诗经》里“之”字的用法。饭后，他那位曾经是柏林歌剧院名演员的夫人自己弹着钢琴就唱了起来。在她的指引下，我迷上了西洋古典音乐。

可是当时他所说的“危境”正是我以及全体中国人民所渴望着的黎明。我坦率地告诉他说，我是个土生土长的中国人，中国在重生，我不能在这样的时刻走开。

---

① 何伦（Gustav Haloun），英国剑桥大学中文系教授。

两天后，这位最怕爬楼梯的老教授又来了。一坐下他就声明这回不是代表大学，而是以一个对共产党有些“了解”的老朋友来对我进行一些规劝。他讲的大都是战后中欧的一些事情：玛萨里克[①]死得“不明不白”啦，匈牙利又出了主教叛国案[②]啦。总之，他认为在西方学习过、工作过的人，在共产党政权下没有好下场。他甚至哆哆嗦嗦地伸出食指声音颤抖地说：“知识分子同共产党的蜜月长不了，长不了。”随说随戏剧性地站了起来，看了看腕上的表说：“我后天飞伦敦。明天这时候我再来——听你的回话。”对于我说的“我不会改变主意”的声明，他概不理睬。他只伸出个毛茸茸的指头逗了一下摇篮里的娃娃说，“为了他，你也不能不好好考虑一下。”

西方只有一位何伦，东方的何伦却不止一位。有的给我送来杜勒斯乃兄写的一部《斯大林传》，还特别向我推荐谈一九三五年肃反的那章。有的毛遂自荐当起“参谋”：“你进去容易，出来就难了。延安有老朋友了解你？等斗你的时候，越是老朋友就越得多来上几句。别看香港这些大党员眼下同你老兄长老兄短，等人家当了大官儿，你当了下属的时候再瞧吧。受了委屈不会让你像季米特洛夫[③]那么慷慨激昂地当众讲一通的，碰上了德雷福斯那样的案子[④]，也不会出来个左拉替你大声疾呼。”

于是，“参谋”出起主意了：“上策嘛，接下剑桥的聘书，将

---

① 捷克解放后第一任外交部长，跳楼自杀。

② 匈牙利红衣主教敏岑蒂被控叛国，株连多人。

③ 保加利亚共产党员，三十年代在柏林国会纵火案中被诬陷，他在法庭上慷慨激昂地痛斥诬陷者。

④ 德雷福斯是犹太血统的法国军官。一八九四年被法国军事当局诬告。作家左拉因而写了《我控诉!》一文。一八九九年德雷福斯被政府宣告无罪。

来尽可以回去做客。当共产党的客人可比当干部舒服。中策？当个半客人——要求暂时留在香港工作，那样你还可以保持现在的生活方式，又可以受到一定的礼遇，同时静观一下再说。反正凭你这个燕京毕业、在外国又呆过七年的，不把你打成间谍特务，也得骂你一顿‘洋奴’！”

那一宿，我服过三次安眠药也不管事。上半夜是那一句句的“忠告”像几十条蛇在我心里乱钻。后半夜我只要一阖上眼，就闪出一幅图画，时而黑白，时而带朦胧色彩，反正是块破席头，下面伸出两只脚。摇篮里的娃娃似乎也在做着噩梦，他无缘无故地忽然抽噎起来，从他那委屈的哭声里，我仿佛听到“我要国籍”。

天亮了，青山在窗外露出一片赭色。我坐起来，头脑清醒了一些。

两小时后，我去马宝道①了。临走留下个短札给何伦教授：“报馆有急事，不能如约等候，十分抱歉。更抱歉的是害你白跑三趟。我仍不改变主意。”

八月底的一天，我把行李集中到预先指定的地点，一家人就登上“华安轮”，随地下党经青岛来到开国前夕的北京。

三十个寒暑过去了。这的确是不平静也是不平凡的三十年。在最绝望的时刻，我从没后悔过自己在生命那个大十字路口上所迈的方向。今天，只觉得感情的基础比那时深厚了，想得积极了——不止是不当白华，而是要把自己投入祖国重生这一伟大事业中。

一九七九年五月

（原载《人民日报》，1979 年 5 月 28 日）

---

① 《中国文摘》编辑部所在地，在香港北角。

美国点滴

差　距

在美国，即便是中等城市，给自己的汽车找个合法栖所也不是容易事。好几次，汽车明明已经开到要去的剧院或旅馆门前，只是由于车场没有空位，朋友只好眼睁睁地开过去，然后焦灼地围着这地方转，直到为汽车寻着一席之地，才好下车。

可是那天开进德梅因市中心时，情景大不一般，足有半个足球场那么长一块空地，却一辆汽车也没有。

朋友像中了头彩那么高兴，他灭了火，正要打开车门，交通警过来了。他挥了挥手，蹙着眉头说："这儿停不得呀！"朋友问："为什么?"交通警指了指空场尽头一座二十来层的灰色建筑物说，再过两个小时它就不存在了——那时是十一点半。

我们只好另外找地方停了车，才去赴宴。

多巧，宴会厅正对着那座灰楼。

一点钟左右，我们吃完甜食，只见空场两边人行道上已经聚拢了一簇簇路人，都驻足望着那幢即将消失的建筑物。一时，空地俨然成了刑场，高楼宛如一名待上绞架的犯人。骑了摩托车的交通警开始沿着白色安全线巡逻起来，特别约束着好奇的娃娃们。

灰楼两边的市廛还在若无其事地照常营业着。

我边呷着咖啡，边盯着腕上的表针。同来赴宴的宾客们议论开了，有的追溯那座楼的历史，有的讲起"定向内爆"的科学原理，何以一块砖头也飞不出圈去。这时，灰楼里边自然早已空无一物了，全座楼的窗玻璃却都整整齐齐。围观的人们在那里指东画西。我们个个则在庆幸着：多巧，宴会厅坐落在奇景的正前方，相当于电影院中央的前七八排。

一点一刻，摩托车巡逻得更加紧了。灰楼前面一片沉寂。电子表的秒针在人们腕上有节奏地跳跃着：一点二十……一点二十五……一点二十九。当分针指到三十时，只见——因为并没有我所预料的一声震天巨响，只有一声沉沉的震响——那座灰楼的每块砖好像同时都裂了缝，驯顺地、有条不紊地在我们面前酥了、散了、瘫了下来，紧跟着一股蘑菇云就遮天蔽日地朝半空滚滚升起，活像银幕上的世界末日。十来分钟后，尘埃落尽，躺在那里只剩高高一堆废墟。

据说那废墟不要几天就会消失，因为从拆旧楼到建成新楼，期限都是严格规定的，迟误要按日罚款。

八月底过广州时，住所旁边正在拆一座三层楼房。一月上旬回来时，已经拆到基础部分了。一位叼了烟斗的老师傅带领五六个小伙子在拆，工具是两把十字镐。

抡十字镐确实是把力气活儿。地基是砖石同混凝土的结合体，顽强极了。看那穿蓝色运动衣的小伙子双手把镐举到半空，然后使出吃奶的力气朝下猛砸。一镐下去凿不多深，迸起的渣屑兴许还会擦破同伴的眼皮呢……

联想到在美国机场、公寓、街上所见过、使用过的一些用电子或激光控制的自动化设备，我不禁出了一身冷汗。

枣　核

动身之前，旧时一位同窗写来封航空信，再三托付我为他带几颗“生枣核”。东西倒不占分量，可是用途却很蹊跷。

从费城出发前，我们就通了电话。一下车，他已经在站上等了。掐指一算，分手快有半个世纪了，现在都已是风烛残年。

拥抱之后，他就殷切地问我：“带来了吗？”我赶快从手提包里掏出那几颗枣核。他托在掌心，像比珍珠玛瑙还贵重。

他当年那股调皮劲显然还没改。当我问起枣核的用途时，他一面往衣兜里揣，一面故弄玄虚地说：“等会儿你就明白啦。”

那真是座美丽的山城，汽车开去，一路坡上坡下满是一片嫣红。倘若在中国，这里一定会有枫城之称。过了几个山坳，他朝枫树丛中一座三层小楼指了指说：“喏，到了。”汽车拐进草坪，离车库还有三四米，车门就像认识主人似的自动掀启。

朋友有点不好意思地解释说，买这座房子时，孩子们还上着学，如今都成家立业了。学生物化学的老伴儿在一家研究所里搞营养试验。

把我安顿在二楼临湖的一个房间后，他就领我去踏访他的后花园。地方不大，布置得却精致匀称。我们在靠篱笆的一张白色长凳上坐下，他劈头就问我：觉不觉得这花园有点家乡味道？经他指点，我留意到台阶两旁是他手栽的两株垂杨柳，草坪中央有个睡莲池。他感慨良深地对我说：

“栽垂柳的时候，我那个小子才五岁。如今在一条核潜艇上当总机械长了。姑娘在哈佛教书。家庭和事业都如意，各种新式设备也都有了，可我心上总像是缺点什么。也许是没出息，怎么年纪越大，思乡越切。我现在可充分体会出游子的心境了。我想厂甸，想隆福寺。这里一过圣诞，我就想旧历年。近来，我老是想总布胡同院里那棵枣树。所以才托你带几颗种子，试种一下。”

接着，他又指着花园一角堆起的一座假山石说：“你相信吗？那是我开车到几十里以外，一块块亲手挑选，论公斤买下，然后用汽车拉回来的。那是我们家的‘北海’。”

说到这里，我们两人都不约而同地站了起来，穿过草坪旁用卵石铺成的小径，走到“北海”跟前。真是个细心人呢，他在上面还嵌了一所泥制的小凉亭，一座红庙，顶上还有尊白塔。朋友解释说，都是从旧金山唐人街买来的。

他告诉我，时常在月夜，他同老伴儿并肩坐在这长凳上，追忆起当年在北海泛舟的日子。睡莲的清香迎风扑来，眼前仿佛就闪出一片荷塘佳色。

改了国籍，不等于就改了民族感情；而且没有一个民族像我们这么依恋故土的。

疑　案

倘若把这个农业州的衣阿华城比作人的话，应该说它是一位正襟危坐的“老古板”——也就是说，它一点也不轻佻。这里几乎处于半禁酒状态，超级市场上只有度数很低的啤酒供应，休想买到一滴烈性酒。星期天打开电视，从早到晚，随便哪个频道都在虔诚地传着福音。犯罪率很高的芝加哥虽然近在咫尺，这里却像是清教徒的故乡。

1985 年萧乾(中左二)、绿原(后右二)、冯宗璞(前左二)等应武汉作家协会邀请，参加黄鹤楼笔会

我是个惯于迷路的人，住进衣阿华城的五月花公寓之后，我总想看到一张标明这座小城里纵横交错街道的地图。一天走出电梯，看到大厅布告牌上赫然贴出一张这样的地图，上面还密密麻麻画了许多黑点，远看酷似围棋谱。

仔细端详，这张地图原来是本城“强奸受害者协会”绘制的，上面标志着一年来市区发生过强奸事件的地点：大黑点中央有五角白星的，代表已遂案件；没有白星的，代表种种猥亵行为。地图旁边有十几点受害者“须知”，如为了便于进行法律诉讼，如何保留证据等等。

这个居民自动组织起来的协会日夜均有义务人员负责接待，并保证接到电话立即派人前往救援。协会除备有电影及录像供学校及团体借用外，还开设了“自卫训练班”，专门向妇女们传授护身拳术。

在另一栏里，是受害者来信(当然略去姓名)的摘录。一个十四岁的女孩谈到一个男人夜晚怎样假装护送她回家，“中途他忽然变成了恶魔”。一个三十一岁的妇女叙述她工作地点的上司对她的秽行。一个六十五岁的老太婆在信里这么写道：“我一辈子先是为我的女儿担心，后来为我的孙女担心。但是我万万也没料到这种事会落到我自己的头上……”

望着那招贴牌，我一方面钦佩美国妇女急公好义的精神和周密的组织能力，钦佩她们对这种伤天害理的暴行所作的坚决斗争，另一方面心里又不禁产生一种疑窦：几乎所有较大城市都有一条像旧金山百老汇那样的大街，那里兜售着淫书、淫画和淫器，昼夜不停地放映着色情电影；中等城市还有用“丹麦图书馆”那样文雅字号开的春宫电影院(美其名曰“成人电影院”)，可以说是在不遗余力地宣扬、纵容，甚至教唆色情狂。一方面听任洪水泛滥，可另一方面，又让几只瘦弱拳头去堵口子，这是何苦来？

这样的“自由”，我实在不羡慕。

面向顾客

从旧金山动身回国之前，朋友劝我说，倘若你拿不准行期，倒不妨先向公司预订两个日子。我问，那岂不多花一笔预订费？他说，预订不收费。预订了，公司就有义务给你准备座位，但乘客并不是非搭乘不可。

顾客同售货员之间的矛盾，往往发生在一个“挑”字上：一方希望拣自己合适的挑，另一方则怕挑，讨厌挑，因为一挑就增添劳动，甚至造成管理上的困难。

比起一九四五年我所见到的美国，这个国家的变化真不小，其中之一是超级市场的出现。它消除了顾客与售货员之间的矛盾。

一进市场大门，拉过一辆铝制的轻便小货车，你就开始了在三四个篮球场那么大的“商品世界”里的旅行。要是食品市场，堆积如山的水果蔬菜任你挑选，瓜随你拍，苹果桃李任你拣。走到肉类部，一盒盒用塑料薄膜裹着、标明价码的鸡鸭牛羊肉，切成块块，任凭精细的主妇们去挑肥拣瘦。要是百货，鞋袜衣帽随你试穿，领带牙刷任你挑选。你尽可以在里边漫步半日，一件不买，也不会有人责怪一声。更难得的是，买回家去，只要收款单在，随时可以退掉。朋友的女儿告诉我，有一回她买了一汽车的东西；过几天家庭计划有了变化，又整车拉了回去。售货员照收照退，毫无难色。

尤其令我羡慕的是图书馆。在美国，我参观了东西岸及中部十几家大学的图书馆；在费城，还在市立公共图书馆盘桓了大半天。相形之下，咱们有些图书馆理应改名为藏书楼，因为在管理上，它主要立足于“安全保管”，至于使用者的便利，那就在其次了。

那里，读者可以自由进出书库。试想，一个主妇上街买菜，尚且要挑那肥嫩的吃；书的内容就更有可讲究的了。有时乍看书名，觉得很合用；及至借到手，却同自己所要的南辕北辙。谁不曾有过这种不愉快的经验：查卡片，填表格，花了大半天时间，借到的书却用不上。退回去？那是自找训斥。即便出纳员有那种雅量，不又得花半天时间，而且依然毫无把握?!

其次是编目。编目工作可粗可细。粗的，一书两卡（书名、作者），那实际上是登记。当我在一家美国大学图书馆的分类卡片里翻看关于亨利·菲尔丁的著作时，不但各种语言有关菲尔丁的专著一览无余，而且还包括了所有涉及菲尔丁的文学史以至文人札记的“交叉卡”，并一一标出页码。这样，卡片箱就成了读者的耐心而渊博的向导。

“可是也不能听任书籍丢失呀？”对。但也绝不能为了防止个别雅贼，就捆起大多数读者的手脚。

美国图书馆不因噎废食。有的在出口检查书包，有的根本不用检查：谁要偷一本书，跨过“铁十字”的时候，红灯就会亮起来，要么警铃就响了。这可要靠电子的本事了。

至于还书，那里根本不用排队，甚至不用进馆。还者只消把书放进大厅里一个洞口，借书的记录就自会注销了。

上与下

朋友说，她妹妹听说是北京来的客人，诚心诚意要请我们去吃顿饭，不去她会难过的。于是，就由她开车陪我们去了。

一路上举目都是熟透了的玉米，迎风摆动，等待收割。穿过一段幽林，就来到一座座围成马蹄形的两层楼房，颇像英国贵族在温泉胜地巴茨修建的那种雅静住宅。原来每幢楼都分成各自独立的公寓房，朋友领我们进了其中的一套。

把衣帽挂在门道的衣架上后，就走进一个长方形的宽大房间，一端是客厅，圆桌三面都是沙发，靠墙有一架钢琴。另一端是餐厅，隔着一段短墙就是厨房。卧室两间，贮藏室一间，浴室里，澡盆上头装有淋浴设备。

饭后喝咖啡时，不知怎么就扯到房租上了。女主人告诉我，这么宽绰的一套住宅，租金却同我在五月花公寓的不相上下。我正在纳闷，朋友用羡慕的口气向我解释说，这种便宜事可轮不到她。这是政府出钱盖的房，只有收入低于××元(具体数字记不清了)的家庭才能申请呢。她妹妹嘴也不饶人，说福利本来应该从底层开始嘛。

接着又谈起子女教育问题。女主人指着初中生的儿子和还在上小学的女儿说，中小学是义务教育，家里基本上只管吃住，不交学费。将来上不上大学，那就看他们的本事啦。考上奖学金，或者找到工读的机会，就去深造；不然，就工作去吧。大学可供不起。好家伙！名牌大学一年一万块也下不来。

随着，她问起我家的情况。我告诉她，幼儿园以至中小学，都得交保育费、学费。一上大学倒省了。老三念师大本科，不但不收学费，还供膳宿。老大带着工资念研究院。

孩子们听了拍起手来，说还是中国的办法好。那个做妈妈的撅嘴说，中小学交学费，我可吃不消！

我笑了笑说，国情不同，办法只好各异了。

美国社会生活是够乱的，吸毒、乱婚等等，人们好像可以为所欲为。然而从政者看来却没那么自在，报纸揭起老底儿总是从上头开刀，而且没完没了。那里，每四年必打一次“派仗”。平时，力求轰动的舆论界对于不见经传的彼得、约翰并不那么感兴趣。可是水门事件至今余波未已。离一九八〇年大选还差一年呢，揭老底儿就已开始了。十月间，卡特总统任命哈米尔顿·卓顿为白宫总管，还没上任，就有人出来弹劾了，说一九七八年某月某日有人亲眼看见卓顿吸过一次毒品。还有人要求调查卡特乃兄经营花生的账目。关于同卡特竞选的爱德华·肯尼迪，报上则揭出一件丑闻：几年前他驾车不慎，坠入河中，淹死了车里他的女秘书。又有人检举他在大学考试时作过弊，还有人控告他有逃税行为等等。

当然，这些的背后动机不外乎职位的角逐，报纸的积极性也不过是来自销路的追求，然而对于从政者却也不期然而然地起了些警戒作用。

制　约

安眠药和心得宁眼看快用光了，想请朋友托位熟医生给开个方子买点。他说：“哦，那可不行。没经过门诊，谁敢开！好家伙，查出来就会吊销他的医生执照。懂吗？破坏点规章制度，这儿可罚得凶哩。”

可不，从旧金山通往蒂尔伯恩的公路上有个吓人的招贴：扔垃圾者罚款五百元。我心里一核计，够二级工一年挣的了。

衣阿华州每年冬天必下大雪，往往达数尺之厚。扫雪可是件浩大工程。然而靠推雪机的帮助，家家户户门前都扫个精光，还铺了沙子；而且随下随扫，绝少积存。原来这个中西部的农业州有一条法律：任何人(例如邮差或送奶的)要是在谁家门前滑个跟头、摔伤了，医药费全部由那个户主负担。

最容易挨罚的算是交通问题了。

同一九四五年相比，美国的另一显著变化是：火车不再是交通命脉了，铁路大部分都已拆掉。无论从能源危机还是从环境污染来说，看来这都是失策。现在全国汽车成亿。公路设计师用高架或隧道，尽量让汽车单线行驶。从空中看，纵横交错的公路像蛛网。在美国不需成年，十六岁就可以考驾驶执照。

那一百二十天里，我们坐了不止一千英里的汽车，然而不但自己没遇过一次事故，也没看见一桩——只见过一辆汽车在高速公路上停下来，但那也许是机器出了故障。

据说，关于汽车驾驶和停车等规章制度，订得可周密具体了。在什么条件下才可以超车，什么地点才可以停车，以及违章的罚金，全有明文规定。考执照不仅仅考驾驶技术，还得把规章制度背得滚瓜烂熟。高速公路上不仅对最快车速作了限制，也有个最慢的限度。公路上不大看见交通警的摩托车，监视工作主要靠电视。那里的汽车不论是什么牌子的，都不显示车主的地位身份。触犯规章，掏名片是不管用的。

制约主要来自立法，但是还有个无形的制约力量，那就是社会风尚。以吐痰为例，这么做在美国究竟罚多少钱，不清楚——在香港是每口两元。走在华盛顿的宾夕法尼亚街上，我忽然给自己来了个心理测验，自问敢不敢吐上它一口。我鼓不起那勇气。一是因为街道光洁明净，吐上去太显眼；二是周围有这么一股气氛，仿佛这就是文明与野蛮的界限。

看来立点“法”还容易，培养这种风尚却不是一朝一夕之功。“四人帮”干得彻底，他们把两种制约力量都给毁掉了。

大 课 堂

走进博物馆，不是看最新发明，就是看老古董。芝加哥的科学工业馆却巧妙地把过去、现在同未来的远景结合了起来。

这里，同最先进的登月艇和气垫船并列的，是一九一七年的双翼飞机、十九世纪的汽船，以至一八九三年创过世界记录的火车头。观众忽然走进一条芝加哥古老的街道：用砖铺成的坎坷不平的窄巷旁边，竖着昏暗的瓦斯灯。一排单间门面、小本经营的店铺就是本世纪初的繁华中心。街旁还停了两辆福特早期的那种笨重的敞篷汽车。对照起今天摩天楼林立的芝加哥，观众心目中就呈现出历史的进程，激发了对明天的信心。

博物馆里最习见的布告是“请勿动手”，而这里，有些模型允许观众走进去，有的还可以用手操纵。当我直着腰跨进那十六英尺高的心脏模型时，两个娃娃正在左右心房玩着捉迷藏。抚摸着那隆起的红色冠状动脉，我对心脏的唧筒作用有了更清楚的认识。在水利部分，一批小观众正在拉着把手开启堤坝的闸门。更具吸引力的是那台巨大的孵卵箱。孩子们屏息凝神地望着大玻璃罩下，从鸡蛋里面先后破壳蹦出的一只只小雏鸡儿。展览馆就是用这些引人入胜的方式，把观众带到声学、力学以至十分抽象的数学世界里去。

这里，人们可以从最原始的耕耘看到靠电子计算机操作的农业；从遮天蔽日的森林，看到木材的伐锯、运输、加工的全过程。馆里还有座矿井，坐升降机下井之后，有矿工表演最现代化的掘煤技术。

实物总是比模型更吸引人。

一九四四年六月，第二战场开辟的前夕，美国舰队在西非海岸“活捉”了纳粹德国的潜艇 U−505 号，并从艇上搜到纳粹海上指挥的密码，从而保证了诺曼底的安全登陆。十年后，这条二百五十二英尺长、二十二英尺宽、一千吨重的战利品，成为这个馆最引人注目的陈列品了。

我随一帮学童从艇尾鱼雷室走进，穿过它的主舱，来到引擎室。一位黑人解说员逐一地介绍了舱里的复杂机件，然后穿过卧具齐全的船员寝室、燃料库，来到全艇神经枢纽的操纵间。孩子们争先恐后地从指挥塔的潜望镜里瞭望碧波万顷的密执安湖。

从孩子们的交谈和他们对解说员的发问中，我感到这艘 U−505 在起着双重的教育作用。它既能激发儿童们的爱国主义思想(“是咱们海军俘获的!”)，又用实物向他们介绍了国防科学的知识。一个孩子小声对他的同伴说：“将来你呆在引擎间，我去放鱼雷好不?”

搞四化当然先要从学校教育着手，看来像博物馆这类社会教育的媒介，也不宜忽视。学校有学龄的限制，这个大课堂却还能容纳抱在怀里的娃娃，扶拐杖、坐轮椅的老人。

萌　芽

那天，纽约林肯中心的音乐厅俨然成了少年宫。坐在我这中国老头儿左近的，都是些节日打扮的少男少女。举目四瞩，场内稀稀拉拉也还有几位家长。

这时，我前边的两个娃娃正出神地翻看着夹在节目单里的附页：上端是莫扎特五岁时所写曲谱的手迹，这处女作旁边一行小字是他父亲批的一段嘉奖的话；下端是一幅蚀刻，用小手弹着钢琴的是七岁的莫扎特，站在他身后拉提琴的是他父亲，倚在琴旁捧着曲谱唱着的是他的姐姐。这张附页显然是对爱好音乐的少年们的一种鼓励，也旨在启发和鞭策家长们。

纽约交响乐团的演奏家们陆续各就各位了。铃声一响，孟买出生、国际闻名的指挥祖宾·梅塔和音乐会主持人、纽约市歌剧院院长、著名歌剧演员贝弗里·西尔丝联袂登场了。节目是由莫扎特六岁时所谱的降E大调第一交响乐开始的。三个乐章奏完之后，西尔丝就富有风趣地对小观众们讲起有关的音乐史话了。当时德国有位音乐评论家曾预言莫扎特将闻名全世界。随后她问台下："预言应了没有？"小家伙们扯开了喉咙嚷："应了！"西尔丝笑了笑说："谁要是像两百年前的莫扎特那么勤奋，他也将驰名全世界。"

该演奏贝多芬的降B大调第二钢琴协奏曲了，梅塔从后台挽着一位穿了黑色礼服的小独奏演员出场了。这个有着东欧名字（古斯塔夫·罗摩洛）的娃娃走到台前，毕恭毕敬地向观众鞠了躬，又握了一下梅塔的手，然后屏息坐到钢琴凳上。他指法纯熟，同乐队配合得天衣无缝。观众鼓掌时，他拽住梅塔的手，执意要和他一道接受台下的喝彩。

西尔丝这时又把小罗摩洛拉到麦克风前，问他："今年几岁?"回答是："九岁。"又问他每天练几个小时，回答是："平时四小时，假日七小时。"于是，西尔丝转身问台下的小朋友："每天练四小时的举手。"（人数不多）"三个小时的?""两个小时的?"她说："小罗摩洛的成就是靠勤学苦练取得的，对吗?"台下又是一片"对"声。

第三个节目(鲍凯里尼的降 B 大调大提琴协奏曲)的独奏演员叫张雨亭。这个才七岁的中国男孩子拉的虽然是把童用的大提琴，却仍高出他半头。他拉得沉着有力，娓娓动听。台下喝彩时，他不但挽了梅塔的手，并且邀首席小提琴手同他分享这份荣誉。西尔丝除了问他练习的情况，并且让他谈谈开头是怎样对这乐器发生兴趣的。

最后一个节目的独奏演员是十二岁的南朝鲜姑娘，演奏的是柴可夫斯基的降 B 小调第一钢琴协奏曲中难度颇大的第三乐章(快板)。这个娴静文雅的女孩弹奏起来，时而潇洒，时而激昂；琴音时而如雨打芭蕉，时而珠玉成串，真是变化万端。

谢幕时，西尔丝发现同这位小演员谈话不那么便当了。她不但羞涩，而且来美国还不到一年，英语说得结结巴巴。然而乖巧的西尔丝却利用这种特殊情况，使得台上的对话更饶风趣。

即便对成年音乐家来说，到林肯中心在纽约交响乐团伴奏下去独奏，也是梦寐以求的荣誉。这些小音乐家们(不分种族肤色)要艰苦地通过层层选拔赛，才能攀登这个高峰。美国就是这样培养他们未来的音乐家的，而名指挥、名歌唱家也是满怀热情地参与此项意义重大的工作的。

河上笛手

马克·吐温在《密西西比河上的生涯》里，把这条发源于落基山、注入墨西哥湾的大江比作一本书。“它不是那种读一遍就可以丢开的书，因为每天它都告诉我一个新的故事。”九月十八日的黄昏，我就在河上听到一个耐人寻味的故事。

游艇共两层，开船后，上层甲板坐了不少人：有的倚着船舷对夕阳出神，有的守望着舵轮旋转时溅起的浪花。过一阵，河面秋风渐起，这些从世界各地前来参加衣阿华国际写作中心的作家们就相继到下层甲板上去了。那里，一端是酒吧和冷餐，另一端是舞池。乐队奏得很起劲，兴致高的就纷纷起舞了。

忽然，写作中心的主持人聂华苓站到乐队前面宣布：现在请从纽约赶来的一位青年民族音乐家独奏。接着，这个年龄在三十左右、颧骨略微隆起、双眼炯炯发光的青年，就向大家鞠了个躬，然后吹起一支欢快活泼的广东曲子。

这时，旁边有人小声向我介绍说，这个青年原是一名中国红卫兵，如今在纽约开出租汽车，吹笛子是他的副业。登时，我的兴趣就从对那曲调的欣赏转到他的经历上了。待他拉完二胡谢了场，一股老报人的本能就驱使我凑近他。攀谈几句之后，我们就溜到空无一人的上层甲板了。

他很爽快地告诉我，他原是广州音乐学院的学生。“文化大革命”掀起后，他出于革命热情，确实当上了红卫兵，后来还被推为一个革命组织的头头。可是一九六九年的一天，正当派性大为发作的时候，对立面贴出一张大字报，硬说他那当了一辈子木匠的爸爸是“历史反革命”。他明白实际上揪的是他本人。眼看就要来抄家抓人了，他们父子商量了一阵之后，他就决定泅水逃往香港。他在冰冷刺骨的水里凫了五六个钟头，游到岸上的时候已经失去知觉。醒来发现是在拘留所里。释放时，里边有个难友塞给他几张港钞，他就用那钱买了支笛子。不久，居然成了香岛的民族音乐家。几年前，他又随一个香港演出团体来到纽约，并且定居下来。眼下他平时开出租汽车，有时也被请去吹笛子。

“先生，我可是地地道道的中国人啊，”他紧紧拉住我的手说：“我的爸爸现在还住在台山，中国是我的母亲，我不甘心在外边这么流浪下去。我死也要死在中国土地上……”

他的肩播动着，哭湿了我两条手绢。

忽然，我轻轻托了他的下巴问道：“倘若我能带你回去，你跟我走吗?”

这下把他愣住了。他一边抽噎，一边在寻思。过了好一阵子他才摇头对我说：“不成啊，我正在申请美国籍。联邦调查局已经找我谈过两次话了。等我拿到美国籍，我随时都可以回去。”

“那为什么呢?”我问他。

又沉吟了好一阵子，他才回答说：“我不放心，万一……万一再来一场呢?”

在船靠岸之前，他又吹了一次笛子，吹的大概还是广东曲子。只记得它声调悲凉，如泣如诉，流露出一种烦乱不安的心境。

桥　梁

在圣迭耶戈一次家宴上，女主人指着生菜里的西红柿片骄傲地对我说，这可是我弟弟的“发明”。我听了有些莫名其妙，她朝坐在我身旁的一位朴实文静的年轻人努了努嘴，示意要他讲给我听。

扭捏了一阵，他才低声告诉我说，几年前他从农业学院毕业后，就到加州一家菜籽公司的试验所去当一名普通的研究员，他发现在蔬菜中间，数西红柿不好对付。由于它容易腐烂，所以既不好贮存，运输起来损耗又大。于是，这位寡言多思的青年就埋头钻研，终于栽培出一种水分特别少的西红柿——少到往墙上摔、往地上丢都不裂口。这样，就攻克了美国食品工业中的一道难关。

过去，一提到旅美华侨，脑海里总闪现出开洗衣店的老板或餐馆里的厨师。四十年来，美国华侨的素质起了不小的变化，他们中间不但有获得诺贝尔奖金的科学家，各行各业都涌现了出色的人才。文学艺术方面，有在世界名城展览过作品的画家（“假如我不能在北京开展览，我就算不上是个画家”），有著作等身的学者。在我们访问过的东西海岸及中西部的大学中，不少华人在担任着东亚语文系主任或图书馆长。在比较文学方面，尤其人才辈出。他们用西洋方法剖析着中国古典及现代文学。已故女作家林徽因的胞弟林桓，如今是有两万名学生的俄亥俄美术学院院长，他创作的陶瓷作品是博物馆争相收藏的珍品。这些海外同胞既熟悉中国传统，对美国又拥有第一手的知识，是中美文化交流的理想桥梁。

威斯康辛大学今年将举行红学家座谈会，芝加哥大学计划在明年纪念鲁迅百年诞辰。他们都热切地向国内发出邀请。美国先后出了巴金、冯至、沈从文和萧红等作家的评传，有人在研究苏曼殊、郁达夫和徐志摩，有人在搜集抗战期间沦陷区文艺的资料，有人在专攻瞿秋白，有人在探讨鸳鸯蝴蝶派小说。这些，有的是我们的空白点，有的可以互相补充。在外国文学（尤其美国文学）的研究和介绍方面，可以共同做的事更多了。仅仅消除隔阂是不够的，在整个文化领域里，海内外都存在着广泛合作的可能。

对中国从一个“地理名词”一跃成为举足轻重的太平洋国家，成为世界和平的重大支柱，他们感到自豪。然而内心深处，他们也有一种深切的痛苦：跨在台湾海峡两边的祖国，至今还不能统一。他们希望破镜能早日重圆，因为他们感情的根子扎在祖国大陆，同台湾又都有着千丝万缕的牵连。

去年衣阿华举行“中国周末”的晚上，女主人聂华苓饭后放了陕北民歌《兰花花》，放了台湾民歌《阿里山》。当她放起《松花江上》时，一位来自台湾的中年作家在客厅的一角哽咽起来。熟稔的曲调勾起了这位四十年代流亡学生的回忆。

民族的纽带很自然地把我们紧紧连在一起了。相见后，只有拥抱，没有隔膜。大家共同的强烈愿望是：一定要在我们这一代拆除人为的篱笆，让我们的子子孙孙生活得更安全、幸福，更有保障。

（原载《人民日报》，1980 年 3 月 17 日至 19 日）

萧乾夫妇与冰心

一个乐观主义者的独白

一

来到这滨海小城已两天了，也就是说，我同海又相处了两个昼夜。这里，窗下过了马路就是一片海滩。不知什么地方在大兴土木，公社拖拉机成天往工地上运着石块。从远处开来时，柴油机的转动像是什么飞蛾在扑扇着翅膀。拖拉机来到我们窗下就该上陡坡了。这时，它发出尖细的呻吟，还夹杂着磨牙齿的声音。随着夏云的浮动，一牙残月倒挂夜空，时隐时现，海面上闪出微弱的青光。近处影影绰绰的泊了几条种植海带的作业船，舱口依稀还透出点光亮。整个海湾像一只弯曲着的臂肘，潮涨潮落，浪波有时斯文得像在悄悄叠着一巨匹软缎，忽灰忽绿，一折一折地轻轻叠过；有时又势如千军万马，龇着凶恶的牙齿，大声咆哮，真像是不依不饶地在追赶着什么。一排接一排，一排催一排，最后都撞在褐色的巉岩上，溅成浪花，然后重新归入大海。亘古以来一直重复着这过程，无止无休。每个波浪都各有它一段历程，但每个波浪最终都归入大海。浪波——斯文的也好，汹涌澎湃的也好——寿命再长，也是短暂的，包罗万象的大海却是永恒的。它随时准备浪波回到它的怀抱。

我仿佛看见自己的一生也是小小的一道浪波，它在海上奔驰了一段路程，如今眼看接近海滩，就要撞到那褐色的巉岩上了。然而，也将像以前和以后的浪波一样，归入大海。

大海是永恒的，它将永远存在下去。

正因为这样，我希望自己病危时能把呻吟哼成心爱的曲调，弥留之际，脸上将带着笑容向这个世界告别。

我曾诅咒过生命，也悔恨过。当黑色的世界笼罩着我那黑色的心境时，我甚至一度把死亡看得比生命更美丽。但那仅仅是一九六六年九月初的一刹那。归根结蒂，我是热爱生命的。早年，在困苦中我爱过它。如今，我更爱它了。

我清醒地意识到“风烛”的短促，我和我那一辈人，将一浪接一浪，走到尽头。越是热爱它，珍惜它，就越不肯撒开这枝秃笔，我手中唯一的工具。几十年来我都是用它和同时代的人交流思想感情，用它画出我的爱和恨、我的向往和我的噩梦。我知道这是一枝拙笨的笔，一枝并不生花的笔，但它是我仅有的。

二

道路是曲折的，甚至是崎岖的，但它毕竟是越走越宽。

就以收在这四卷集里的东西来说，一九四九年一到北京，我就颇有自知之明地把它们用旧报纸厚厚包起，用麻绳捆紧，高高吊在屋角上，唯恐被人瞥见。五十年代和六十年代，曾两次作为自传的“附件”上交过。十年浩劫中，它们自然被抄走并作为毒草编了号。如今，在八十年代，居然这么体体面面地同新一代的读者见面了。这是它们的作者做梦也没敢想望过的事。这个微不足道的例子也可以说明我们这个社会不是僵化的，静止的；革命的圈子并不是铁打或水泥砌成的。人的命运，书的命运，一切的命运都会有变化。因此，没有理由悲观。悲观者只会叹息，而叹息是世上最无用的东西，它不能把世界朝前推动一寸一分。相信我们这个社会将会不断地向着合理境界前进——这种信心本身就是生活中的一种动力。有时也许还会倒退一下，还会偏离轨道，但总的来说，在历史长河中，它必然会顺着康庄大道向前推进。对这一点，我深信不疑。

除了一九五六年当了几个月有名无实的(因为还身兼两职)“专业作家”，我一直是个业余作者。我的小说全是我在上学及编副刊时写的，散文和特写则大都是记者生涯的副产品。一点评论不是编刊物时为了凑版面而写的，就是在大学教书时留下的。我有时替自己开脱说，我还当过那么多年记者，编了那么些年副刊，所以才写得少。其实，这只是辩解而已，还是应该怪自己生性疏懒和才具的局限。

即便从《蚕》发表的年月算起，这一行当我也足足干了半个世纪。我生长在黑暗的旧中国，脑袋里塞过乌七八糟的东西，一生磕磕碰碰走了不少弯路，因而这四卷里的内容绝不是响当当的。但既然毕生从事了这个行当，此时做个小结，对人对己也算是有了个交代。我本可以用沉默代替序言，但想到大劫之后党的温暖、社会的温暖、读书界对三十年代文学的念旧之情，我还是鼓起了勇气，提笔同此书的读者推心置腹地谈上几句。

在我五十年的创作生涯中，小说仅仅占去五年(1933—1938)时间。那以后，我曾花了不少时间去研究小说艺术——不是泛泛地研究，而是认真地把福斯特、弗吉尼亚·吴尔芙等几位英国大师的全部作品、日记以及当时关于他们的评论都看了。但我自己却没再写小说。对这一点，我也说不出所以然来。有时我想，研究工作和创作活动是相互排斥的。搜集资料，积累资料，在资料中打转转，会使人陶醉，那同更艰苦的创作活动是两码事。记得亡友陈梦家一回对我说，一搞起金石，就不大想写诗了。然而世上也颇有一些学术和创作双丰收的能手，而我则两方面都没什么建树可言，有时想起来不免为自己悲哀。

回想最初那五年，创作欲真是旺盛，仿佛遍地都是题材，拿起笔来就有人物和故事向我扑来。那时为了少交几元宿费，我住在临湖的六楼，屋友多而挤，我都是躲到图书馆或跑到石舫上去写。往往一篇没写完，另一篇的题材就在脑中冒了出来。当时我不懂什么概念，所以也没法从概念出发。我只是挑自己生活中感受最深的写，有时是我早年喜爱的人物，如邓山东和那位拉印子车的；在有些人物身上还投以自己的影子，如《篱下》、《落日》和《矮檐》里的少年。只有《道旁》这一篇可以说是从概念出发的。所以与其说它是篇小说，倒不如说是篇寓言。记得那是在我写完《论出路》那篇简短《答辞》之后，我想通过一个故事来说明这一观点：在大时代到来的前夕，不要光致力于经营个人小天地。整个局面一崩溃，个人那个小天地也就荡然无存了。正是由于从概念出发，通篇人物面目模糊，更糟的是我只从消极方面看问题。在一九三五年，我对大时代本身的认识是十分抽象的。大震动之后，世界和国家将是个什么样子，我不清楚。我仅仅不安于那种坐看被蚕食的局面而已。未带地图的旅人只能是个盲目的旅人。

我那时所抨击的社会不公正和宗教奴役都是我自己所亲身遭受的。这，我已经在《一本褪色的相册》里详细谈了。我曾见过一个九代世袭的天主教徒，她根本不承认自己是中国人，认定生来就是属于梵蒂冈的。宗教就是这样用无形的刀子从东方人的灵魂里把民族感情挖个干净；然而不远万里来传教的人，却以本国的炮舰作后盾。当年就是这事实促使我写了《栗子》里那几篇小说。

写长篇小说需要具备许多本事，其中包括要长于布局，更得有股毅力。我老早就有了自知之明。《梦之谷》可以说是个偶然产物。最初我要写的是一篇回忆性质的散文。我是在骑虎难下的情势下把它写成小说的，而中途全面抗战又开始了。我思想上早把它放弃了，是老友巴金硬督促我把它完成的。然而这篇东西确实浸着我个人深切的感情，既可以作为小说，也可以作为我个人那段生活的记录来读。

看到近年来报告文学的昌盛，我十分兴奋。里德、基希、斯诺这些外国人确曾为我们示范过，他们的著作很精辟，很重要，但那毕竟只是“报告”。由报告而发展成为文情并茂的大型文学作品，其产地还是我们中国。这么说一点也不含有文艺沙文主义。理由同志认为这是由于我国可称为“散文大国”，散文写作的艺术传统深厚[①]，这当然有一定道理；但我认为更重要的还是由于在二十世纪的中国，文学的主流一直是对现实生活的关切。关切，这含义要比“干预”更广些，但在我心目中它是包括了干预的。五四以来的中国，问题一直太尖锐了，形势太紧迫了，文学不可能是生活的摆设。我认为报告文学的产生和昌盛，主要是由于作家们不能从容不迫地对现实生活仔细端详，慢慢咀嚼，然后，再以小说这个虚构的形式概括出来。正像抗战初期的活报剧一样，报告文学也是由于作家们迫不及待地要对现实生活发言而产生的。

特写(可不可以说是今天洋洋万言的报告文学的前身或初级形式?)在我写作中占的位置相当大，我从一九三三年一直写到五十

---

① 《报告文学的遐想》，见《文汇月刊》一九八二年第八期。

年代，这也许是由于新闻记者是我一生主要的职业。我出了校门就进报社的门，中间虽然穿插着教书工作，但解放前的十四年，在国内外我主要干的是记者这一行。那时我没有条件去从事深入的社会调查，除了《林炎发入狱》和《刘粹刚之死》，我也不大集中写一个人物。我那些特写，像鲁西和苏北的水灾，滇缅公路上的民工，用摄影界的术语，大多属于场景或群相的实地“抓拍”。今天，这个文学形式在成熟，在臻于完善。

当然，这种以真人真事为素材的文学样式在实际上所遇到的问题、困难和障碍，要远比一般诗歌、小说和散文多。“批评性的报告文学难写，颂扬之类的报告文学也难写了。”然而从这种创作形式所遇到的麻烦中，也正可以看到它在现实生活中所起的巨大作用。倘若一种写作能使好人扬名、坏人发抖，谁不举双手欢迎，尽力去保护它！因为那样它就“背负着人民的希望”了。只有在中国，在社会主义的中国，文学作品才能有这么大的威力。报告文学的昌兴，正体现着社会主义民主的发扬光大。这种文学形式不但在推动着我们的事业，它的成长对世界文学也是一大贡献。应该让它传播出去，尤其在创建家园的第三世界。让他们知道，我们这里发现了一种更能直接为人民服务的文学形式。他们会拥抱它的。

散文同小说相比，除了不完整、不成形(指情节)之外，我认为它还有个特点，就是抒写本人的感受——前人神秘地称之为“性灵”。我自己的散文写得很平庸，往往眼高手低：动笔之前有一种憧憬，写成之后却很失望。但无论是《叹息的船》还是《破车上》，我都不是在客观地记录什么过程，而是想通过外在景物，抒写自己的一点心绪或感受。

由于有这种偏见，我一生出门交白卷的时候远比写出东西的时候为多。有时跑了一大遭，回来却对着白纸发愣。五十年代我曾写文推崇过何为同志写的那种“千字文”，近来也试写了几篇。这种袖珍文字没法言之无物，在指肚大小的天地里学雕刻，也是练刀法的最好场所。这是学习经济地使用文字的捷径，是值得提倡的一种文体。

人们看文章多看文采，我有时则对语气很为敏感。

我生平怕为人师——所以一向教不好书，我也不喜欢听别人训。不要说盛气凌人，连稍稍有些居高临下的姿态也容易引起我的抵触。这个毛病也许同我早年的生活有关。十八岁前，我都是在寄人篱下或者当学徒，不管是在地毯房还是羊奶厂，我总是看见人们把脸绷得铁青，朝我鼻子抡着食指厉声申斥。我好容易摆脱了那种天天挨训的日子。不幸，中年沦为次等公民，又成为人尽可训的人。尤其在干校，有位小头目仿佛从这类训斥中感到一种优越，得到一种满足。但是我从来也没在训斥面前真正低过头。

人与人之间的平等感真是一种极为可贵的东西。这种心理关系在作者与读者之间，尤为重要。搞创作，这个问题不大。一到阐述或评论什么，它就来了。在《寄小读者》和《给青年十二封信》的启发下，我也曾努力同读者建立一种亲切些的关系。三十年代写的《答辞》和八十年代的《终身大事》，都属于这种尝试。

此外，我也曾试用散文来写“论文”性质的东西。三十年代的《欣赏的距离》和五十年代的《大象与大纲》都含有这种企图。我谈的内容不尽正确，文字也欠细腻。我把它保留下来，只是为了表达一个深切的希望：写论文也不必绷了面孔，不必硬邦邦，最好也能亲切些、委婉些。

三十年代编《大公报·文艺》时，我曾干过一件傻事：利用编辑职权，花了好大力气，想提倡一下书评。那是我在没出大学门之前就热衷过的一项文化工作，《书评研究》是我那时的毕业论文。编《文艺》时，我曾努力组织起一个“书评网”，并得到杨刚、宗珏、常风、李影心等不少朋友的支持。为了“独立”，我不接受出版商的赠书。那时每个星期我都跑两趟四马路，每次总抱回一大叠书。然后，按书的性质和评者的癖好，分寄出去。“书评”成为那个刊物的一个固定栏目。此外，我又连编过几个整版的“书评特辑”，一心想把这服务性质的文化工作开展下去。记得“八一三”那天，我还在出着这种特辑。

现在看来，这也许不大合国情。在外国，一本书出来后，好像总得有人评那么一下，才算有个交代。因此，他们那里有职业书评家。我们这里并不那样。就目前而言，书出来后，倘若政治上确有毛病，总会有人出来批判。一本来历不凡或特别出色的书出来，也不愁没人写文推荐。一般著作，除非作者自己去张罗，否则仿佛就没有一评的必要了。

我知道书评这个问题涉及的方面很多，不在政治和艺术之间划个界限，书评没法推广。然而随着整个革命事业的高涨，出版物的数量必然要与日俱增。八小时之外的那点时间毕竟是有限的。今天，广大读者比任何时候都更需要书评这个哨兵和向导了。

说起外国文学，我也算是科班出身。除了早年的接触，在大学也读过英文系。我脑子里装过的大杂烩，大都来自这方面，对我的人生观、艺术观起过消极作用。然而一九五七年后，当我不能再写作时，也是外国文学在漫长的二十几年里，为我提供了栖身之所。

四十年代初期，有几年我曾专门从事过外国文学研究。但我太好动，不是当学者的材料。一有路子，我就溜了。我既没有写出什么系统的著作，也不曾像傅雷、草婴、满涛、汝龙等同志那样结合研究，抱定一个心爱的作家来翻译。三十年代，老友巴金就曾多次鼓励我那样做。我喜欢读，也爱瞎议论一番，但我没有恒心扎扎实实地去搞翻译。这也是我终生的恨事之一。

一九七八年后，出版社要陆续重印我译过的几本书了。那时比较空闲，我就分别为它们都写了“译者前言”。我还有些书想译，打算利用有生之年把它们译出来。

提到外国文学，我心里有时就感到愤愤不平。五四以来，尽管我们对外国文学介绍得还很不齐全，许多值得翻译的作品还没有中译本(这方面我们不如日本)，但是世界各国(比如英美)对中国文学——尤其现代作品的重视，就更差了。他们对中国现代文学远比我们对他们的更无知，因为我们各大学都有外文系，全国有各种外国文学研究机构，出着几个专门译载外国作品的刊物。除了鲁迅及几位文学大师的代表作，国外对中国现代文学作品可以说十分冷漠。中国新文学的许多外文译本也还是解放后我们的外文出版社自己翻译出版的。外国有些大学即便设有中文系，学生学习的也主要是语言，毕业之后从事的往往不是外贸就是情报工作，真正献身于中国现代文学的人是不多的。解放前，这主要是由于中国政治地位低微，他们只对政局和物产有兴趣。三十年代斯诺编选中国现代短篇小说集《活的中国》，其可贵也正在于此。解放后，外国对中国文学作品的忽视则主要出于政治偏见。偶尔一本小说或戏剧被译成外文，往往也是由于它在政治上符合了他们的需要，而不是由于它自身的艺术价值。倘若文化真要“交”流，就应当改变这种不平衡的局面。我们渴望了解世界，我们也有权利希望世界了解我们。

三

三十年代初期还没走出校门，我就为自己设计了生活道路：通过记者这个职业，走上文学创作。五十年后回顾起来，我基本上是按照这一蓝图生活过来的。每当我以“老报人”自称时，我总是带着无限自豪和感激的心情。因为这一行当曾经使我在国内外跑了许多地方，在三教九流中间结交了许多朋友；使我看到人民在旧社会遭遇的苦难，看到国内外法西斯的残暴以及他们那可耻的下场。唯一的遗憾是囊中没有地图，全靠自己横冲直撞，因而迷茫过，而且是在重要的时刻。我之所以那么念念不忘亡友杨刚，是因为在那种时刻，她把我从迷茫中引导出来。

小时的事，在《一本褪色的相册》里已经大致写了。三十年代中期，我像中国其他知识分子一样，也曾大声唱过“我们祖国多么辽阔广大”，曾以无限景慕的心情向往过苏联社会主义天堂。当英美商人在其政府的默许下往侵略我国的日本运送汽油和炮弹时，苏联飞行员在帮助我们抗战。那时，苏联在我心目中是正义和一切美好理想的化身。

一九三九年秋，我是在整个西欧和北欧的反苏高潮中抵达英伦的。当时，他们舍本求末地把《苏德协定》的签订说成是战争的祸因。于是，许多曾经访问过苏联并参加过西班牙内战的左翼人士，也在报刊上大量写起反苏文章，其中描述得最多又最具体的，是三十年代中期的肃反扩大化。那时，天堂的形象在我心目中蒙上了一层阴影。

当时另一件使我困惑不解的事是英共对战争的冷漠——或者

说，消极的反对。整个三十年代，全世界进步人类都在义愤填膺地反对轴心国家。我也曾同一些伙伴在上海弄堂里大声唱过《保卫马德里之歌》。希特勒在吞并捷克之后，又贪婪地把血口张向波兰。战争——姗姗来迟的反纳粹战争，终于爆发了，而曾经站在反纳粹运动最前哨的英国共产党却袖手旁观，甚至参加到清教徒的反战行列。我苦闷，我不解，同我十分要好的一位英共党员比我更要苦闷，因为他被捆得连大气也不敢出。一提到战争，他就痛苦地摇头，想法回避。我心里不住地在问：全世界都在爱俄罗斯，为什么就不允许旁人也爱自己的祖国呢？

一九四一年夏，暴徒希特勒掉转炮口，把战争引向列宁格勒和莫斯科。战火急遽蔓延。我那位英共朋友立时精神抖擞，因为战争的性质一夜之间由帝国主义战争变为反法西斯战争了。然而战局不利呀，苏军节节东退，真急死人！我感到世界的曙光毕竟在东方，那里才寄托着亿万人民的希望。为了促进第二战场的开辟，我，一个外国人，也参加了英共组织的“国民大会”。当共产党员音乐家阿伦·布什甩着他那长须，英勇地指挥着会众唱《国际歌》时，我感动得也流了泪。第二天，我受到了英国便衣警察的盘讯。那是一次警告。

但是在战争末期，尤其在混乱的意大利政局中，我吃惊地看到苏联的外交重实利远多于原则。（当时我还不晓得在雅尔塔的那些令人心寒的交易！）接着，是欧洲势力范围的划分以及东欧建国初期的一些事态。特别使我感到恐惧的是匈牙利红衣大主教那个案子株连的广泛。于是，三十年代以来所向往的那座天堂，在我心目中开始摇晃起来。

我真诚地希望一个没有地主、没有资本家、没有任何剥削的社会，倘若那个社会也讲法制，不随便拘捕人，岂不会更得人心？现在回顾，当时的想法也未可厚非，但关键是：那只有政权握在人民手中时才有可能实现。一个本来就没有地图的旅人，又脱离祖国现实达七年之久。于是，罗盘的指针就摇摆起来。

作为文章，《拟J·玛萨里克遗书》放在这里有些不伦不类，但那是我在苦闷的一九四八年（家庭悲剧发生之后不久），为自己所做的一次公开表白，也是我对当时心境的一幅自我写照。

一九四八年秋，飞机在香港启德机场降落时，杨刚和几位朋友已在机坪上伫候了。第二天，我就一方面参与了一个旧报的新生，一方面投入地下党的对外宣传工作了。我时常在黎明时分揉着眼睛看大样，从一个战役到一个战役中，看到旧势力的土崩瓦解，看到人民力量的壮大兴旺。那时，党对外的唯一喉舌《中国文摘》，每期都在把震撼人心的捷音传达给世界各个角落。每当我想到在这一神圣工作中也有我的一份汗水时，就感到自幼在外文方面下的那点功夫总算没白费。

一九四九年八月，我们一行奔赴北京的同志就乘一条叫“华安”的小火轮，悄悄地离开了香港。在海上，曾两次被当时在海峡猖獗的国民党炮舰盯梢。第一次，紧急通知，所有笔记本和文件都集中到甲板上，准备焚烧。快到胶东时，为了甩掉尾巴，机灵的小火轮又掉了头，佯装作开往南朝鲜。在海上，我们足足转悠了一整夜。

我就像虾虬那么兴奋地进入解放区。开国前夕，我被安排在对外宣传的岗位上。那阵子，我时常午夜还坐在打字机旁。一个多月的采访，我就赶出一本关于土改的大型特写，向全世界宣传伟大的中国土改运动。我热烈拥抱解放了的新中国，因为我亲眼看到东霸天、南霸天被拖到天坛松树下临时搭起的台上受审，又在岳阳乡下看到吃过佃户心肝的地主伏法枪决。我看到社会底层的人们翻身，看到中国大地上的黑暗被迅速地驱散。我还横跨千里草原，去访问从一座破喇嘛庙发展起来的新兴城市，看到整个国家的欣欣向荣。我深信，不消几个五年计划我们就富了，强了，和贫困永别了。圣地亚哥和卡拉奇、阿克拉和的黎波里的人们都将从我们的兴盛中得到启示和鼓舞，“社会主义好”不仅在中国，在世界许多角落也会唱了起来。

一九七九年《往事三瞥》一文发表后，我收到好几十封热情洋溢的读者来信，但是有一点大家似乎都没看懂。一九四九年我选择回北京的道路，并不是出于对革命的认识，决定是在疑惧重重下做出的。我明知前面道路的坎坷不平，甚至带有风险，我还是那样定了，因为我害怕做白华——我用那么多篇幅来回顾流亡的白俄给我留下的深刻印象。当时，我的逻辑是：不肯当白华，就得回到祖国这条船上，同它共命运。海上平静时，你可以倚着船舷让温煦的海风吹拂着。遇上风浪，就得随着它颠簸、呕吐，甚至喝咸涩的海水。

“镇反”、“土改”和“三反”，我都满怀激情参加了，意识到是在为这个东亚病夫挤脓、剜疮、清除积垢。一九五六年参加一次马列主义学习，感到同革命的关系又深了一层。但是不出一年，风暴就刮到了自己身边。九龙那些不眠之夜里所担虑过的一些情况，果然发生了。然而只有屈辱，没有拘禁，没有皮肉之苦，也未株连——甚至爱人也未受株连，为此，我一直十分感激。

十年浩劫中，我因为早已搞臭，不值得再斗，大抵是在沉默中度过的。在牛棚里我没吱过声。自传、认罪书，都照交不误——那些都成套成套背下，写熟了，写油了，毫不费力。下干校，叫挖沟就挖沟，叫插秧就插秧，人好像已经麻木了。其实，“意识流”不停地在脑里哗哗淌。我时常在干着活的时候，脑子里不断地在“写”文章——有速写，有小品文和有头有尾、成了形的短篇小说。当然，我没露过一点点馅。不但没见之于文字，甚至也没对谁吐露过。

记得在挠秧时，曾打过这么一篇“寓言”的腹稿，题目是《猫与鼠》，内容是：周围的世界仿佛非猫即鼠。一匹正在张牙舞爪、龇牙咧嘴的猫，突然被人大声一指：“它是老鼠！”于是，它立刻缩起脖来，成为一只可怜的老鼠了。但有时一只老鼠也会摇身一变成为气势汹汹的猫，而且比一般的猫牙龇得更长，更咋呼。我多么渴望逃到一个无鼠无猫的世界去当一个非鼠非猫的动物啊！这么想着，我突然发现自己变成了一只人人喊打的老鼠。大口大口的唾沫从四面八方朝我啐来，还伴随着咒骂：有尖声尖气的，也有咆哮如雷的。甚至当我爬到台上去承认自己是只老鼠时，也被赶了下来。老鼠的日子真不好过啊，好像谁都有权利踩你一脚。有一两回我壮起胆子也想学学猫的姿态，但学得不像，因为身上早已弄得腥臭。于是，就又安心当起老鼠来。然而总觉得猫与鼠这分水岭是硬垒起的。少数当上猫的得了意，但从长远看，从整体看，这么分恐怕不合算。

那阵子，当我看着那些排山倒海的大字报，不禁想：对社会心理学家和逻辑学家们来说，这是多么好、多么丰富的研究资料啊！为什么撕掉或覆盖了事呢？倘若有人把它们那以一点盖全面的逻辑归纳成公式，找出诡辩术的内在规律，那将既有助于总结过去，又可造福未来，岂不应颁给博士学位？

二十岁上，我曾以《题一个人的照相》为题，为自己画过一幅自画像。七十岁上，我有时又想为自己拟个墓文。我想写的是：死者是度过平凡的一生的一个平凡人。平凡，因为他既不是英雄，也不是坏蛋。他幼年是从贫苦中挣扎出来的，受过鞭笞、饥饿、孤独的凌辱。他有时任性，糊涂，但从未忘过本。他有一盏良知的灯，它时明时暗，却没熄灭过。他经常疏懒，但偶尔也颇知努力。在感情漩涡中他消耗——浪费了不少精力。中年，他遇到过沉重的打击，如晴天霹雳。他还命长，居然活着看到乾坤的扭转，也看到自己错案的改正。他是由衷地感激。他生平没有官瘾，只想织一把丝，酿一盅蜜。有一段时期，他的笔曾被夺了过去。但对他来说，那段强制的沉默毋宁是塞翁失马，因为在"焚书坑儒"的十年中，他既没有书可焚，也早已算不上儒了。浩劫之后，他没悲观，也未摇摆，因为浩劫更证明历史的车轮只会滚滚向前，不会倒退。但车轮的转动不能靠空想，不能靠高调，要靠一切活着的中国人来推进。他也希望为此竭尽绵力。这是一个平凡人的平凡志向。他是微笑着离去的，因为他有幸看到了恶霸们的末日。

四

过去，尤其在十年浩劫时期，我在心灵深处对新文学也曾有过今不如昔之感。我向往二十年代，怀念我所熟悉的三十年代和不大熟悉的四十年代。近三四年来的新创作修改了我的看法。五四以来，从没有在这么短的一段时间里，涌现出这么多新作家，写了这么多好作品。好，因为许多都是呕心沥血写出的，有的是感人至深的控诉书，有的向我们这个时代有力地提出挑战。对这些青年同行，我由衷地感到敬慕和钦佩。

不同时代的文学有各自不同的特征。三四十年代压倒一切的主题是抗日，在这一主题上集中了当时整个民族的悲愤之情。此外，还有工厂的残酷剥削和农村的贫困。今天，政权在人民手里了，现实要比三十年代曲折、复杂多了，文学作品所肩负的担子也更重了。我看到许多作家对问题挖掘得深，探索得大胆，在表现形式上也在有意识地突破。有时在一部长篇小说里看到冗长的政论也会不耐烦，但那后面往往跳动着一颗焦急热切的心，一个恨不得立即把前进中的绊脚石搬开的愿望。自然，这种写法也只是个别的。总之，这三四年来的新创作代表我们民族一种可贵的活力，应当去爱护。

一九八〇年从美国访问归来，我痛切地感到我们在物质上的落后，同时也深深认识到我们在意识形态上的高尚。这话一点也不夸张。我们的文学作品有粗细之分，有的甚至很八股，很枯燥。但五四以来，还没有作品教唆人诲淫诲盗。不管多么拙劣，我们的文学总是鼓励人们向上：它揭露恶人，为弱者抱不平，表彰舍己为人、舍私为公者。七十年代末期，我们的文艺触及的生活面更广更深了。同时，我们的文化也并未两极分化：大众的爱好同少数高知的趣味之间并没有不可逾越的鸿沟。反观西方文学艺术，它是金字塔形的。休想在超级市场买到贝多芬或舒曼的作品，那里只有变种的爵士乐。在西方各国，严肃的文学是少数人的专利品，通俗读物充斥着凶杀和色情，因为在高度工业化的社会中，人们需要刺激，追求刺激，而最大的刺激往往寓于犯罪中。

这样并不是说，我们已没有可借鉴的了。不，要虚心向人家的长处学习，但诺贝尔奖金并不是衡量一国文学的可靠标准。在中国新文学诞生六十多年后，我们应有个自我估价。也只有在这个基础上去借鉴，才能补短取长。

肯定现在绝不意味着否定过去。“温故而知新”还是一句至理名言。当前重印五四以后的作品，我想意义是双重的。一方面，让新的一代看看我们在文学上走过来的脚印，另一方面，旧作中所描写的旧中国，也还是值得当作褪了色的相册来翻翻的。这样就会更珍爱今天。

对新一代作家们的探索精神，我是由衷地佩服——佩服他们的智慧和胆识。探索的结果，也许是“此路不通”，但也说不定是“又一村”呢。五四就是从探索开始的，歪门邪道不能说完全没出现过，但总的来说，还是闯出了路的。所以应允许探索，保护探索，为探索者创造条件。失败了的，自然会无疾而终。这个自然淘汰的规律是逃不掉的。成功了，世世代代都沾光，岂不很好？

浩劫之后，我更爱这个祖国了。他遍体鳞伤，浑身用绷带缠起，越现出那伟大的英姿。地球上什么国家经得起这么长久、这么野蛮的一场折腾！换个小国，不绝种灭亡也一蹶不振了。试想，工厂的烟囱不冒烟了，作为国家动脉的铁路成了“六一”节的免费乘游。教育宣告停业，千百万块玻璃成了弹弓的靶子。娃娃们拿捅刀子当儿戏，女妖钦口只要说一声“某某不是好人”，那人就立刻遭殃。好端端的一个现代国家，硬是给拖回到中古！有些人认定一切业已断送在这一小撮手里了，不忍心眼睁睁看着整个民族跌进深渊，因而不想再活下去。

谁料到她也会倒，而她和她的虾兵蟹将一倒，这个屹立了几千年的国家就又站了起来，年轻了。这个民族身上的肉被剜去不少，也有骨折处，而且在世界的行列里又落后一大截。但是横竖这个巨人又站起来了，他掸掸土，咬着牙再追赶上去。

垃圾在清除，创伤在愈合。人们开始解下身上的绳索——有些死扣至今还没解开。但扣子宜解不宜结，这一点没人再有异议了。于是，以前犯忌、视为洪水猛兽的，成为突破现状的捷径了，有些“敌人”又成了朋友。而且终于有了法制，那可是老大的不同啊！是敌是友，不再凭谁一句话了，揭批会也不会再成为报复者和嫉妒者的宴席。有了诽谤法，人的尊严终于得到保障。大小歹徒的可耻下场将使跃跃欲试的野心家们好好拨拨算盘珠，因为害人者必害己。

总之，几场龙卷风平息之后，这个国家变得更稳固，人们生活在这里也更安全了。才能不再遭到摧残，智慧有了滋润的土壤。十亿人民的步伐一旦坚定起来，将是一支不可估计的巨大力量。

我不过是小小一道浪波，眼看就要归入大海。浪波的寿命总归短暂，大海则是永恒的。我原来自大海，仍将回到它的怀抱。我所有的一切，都是它给予的。我也必把自己的全部献给它，直到最后一滴。

一九八二年九月

（原载《当代》，1982 年第 6 期）

萧乾夫妇与巴金

负笈剑桥

一

四十年代，除了短期去度假，我同剑桥先后有过两段姻缘。一九三九至一九四〇年，我是作为伦敦大学东方学院的讲师被疏散到剑桥去的，身份也可以说是个“难民”。一九三九年九月欧洲战事爆发后，英国教育当局曾有计划地把首都的学术单位疏散到地方上去。那时，剑桥的二十几个学院凡腾得出地方的，都收容了伦敦的客人。我们当时寄身在安德鲁街上的基督学院——《失乐园》的作者弥尔顿的母校。那一年，我只是剑大英文系的旁听生。一九四二至一九四四年，我才进了剑大的王家学院，正式成为它的研究生。我一直想写篇回忆那段日子的文字，也许有一天会把它写出来。这里，除了交代一下我同剑桥的关系，主要想谈的是这所大学本身以及大学城里的生活。当然，我写的只是四十年代的剑桥，有些情况和规章制度现在变了。例如，学院的数目增加了，男女合校了。然而有些更本质的东西，却不是那么容易改变的。

一九三九年十月六日，当福克斯通港务局的官员在从法国入境的旅客中间发见我这个中国人时，他们惊奇得简直有点不知所措。当时那簇等待入境的旅客几乎都是从大陆度假或游历归来的英国人。战事一爆发，他们很自然地要赶回老家。然而我这个旅客却是来自遥远的东方。仗打起来了，靠商船来供应的英国岛民自己还不知道以后的日子怎么过呢，所以也就难怪其中的一个大胡子官员要皱着眉头朝我的护照来回端详了（护照里夹着伦敦大学给我的为期一年的聘书）。可能还是在请示了上级之后，他才勉强在我的护照上盖了颗大印，批上“暂准停留两月”。

没想到，我一呆就是整整七个年头。

照朋友于道泉在信里指点的，我先乘火车到伦敦。法国的战时灯光管制比较松，夜晚的巴黎，满城是一片蓝色的幽光，走在街上恍如置身幻境。可是出了伦敦维多利亚车站，我就走进一个漆黑的世界了。好容易才摸到路西一家旅馆，歇了一宵。次晨，我走到广场上瞻望了一下国会大厦，又钻进威斯敏斯特教堂的“诗人角落”去凭吊一番。然后赶到利物浦车站，搭上开往剑桥的列车。两小时后，就来到这座闻名已久的大学城。

初到时，我同道泉老友合住在郊外弥尔顿村的一幢小楼里。我始终也没闹清那个村子同十七世纪的英国诗人弥尔顿究竟有什么联系。门前是一片秀丽的田园风光，左边还有可供散步的小树林。骑上半小时的车，就有座古罗马城堡的废墟。只是离市区太远了些。后来我又搬进当年未名湖畔的同窗罗孝建住的公寓里。那是一个意大利家庭，就是我在《珍珠米》中写的那家。男主人在大学里任意大利文讲师，是个保守党；太太如果不是共产党员，也必然是位激进派。他们膝下有位披了两肩金发的独女，叫洛拉。夫妇俩每顿饭都必定展开一场激烈的辩论。出于礼貌，他们总是先用英语交锋，待情绪达到高峰，就控制不住了。于是，他们——特别是那位夫人，脸红了，眼睛瞪大了，冒起火来。她边捣咖啡豆，边指了丈夫的鼻子用意大利语大声叫嚷，我总是怕她把手中那个硬邦邦的物件朝她先生的脑瓜掼去。喝完咖啡，就各归各屋。随后，洛拉就练起琴来了。哎，再美的旋律，倘若同样一段音调朝夕反复听上几十遍，耳朵也会抗议的。

除了礼节性场合，大学城一般不讲究穿着。教授和学生几乎每人都拥有一辆自行车，车把前边横挂一只篮子，里面放着书和讲义夹子。我是从九岁就学会骑车的，在海淀读书时就靠自行车同城里保持联系。到剑桥不上几天，我就也置了一辆自行车，挂上一只篮子，满城驰骋了。

剑桥(有如民国初年的北大)有个好传统，对来旁听的学生总是敞开大门。对那时由伦敦疏散来的兄弟大学成员，更是竭诚欢迎。东方学院只向剑大英文系打了个招呼，不需什么旁听证，我就自由地挑选起课目了。

在欧洲战事开头几个月，英国人的日子过得异常平静。食品(后来又加上衣服)实行了配给。为了防空，灯火管制了。除此而外，英国人的生活同平时几乎没什么两样。一九三九年圣诞节前，有些报纸甚至还散布着节前就将停火的谣诼。战争当然没有停，可一点点硝烟味儿也闻不到。

转年五月，纳粹的装甲师突破了法比防线，战争才真正打响。六月初的一个早晨，剑桥街上满是东倒西歪的士兵，一个个浑身泥泞，疲惫不堪，但脸上仍带着笑容，有的甚至还倚着枪柄低唱着。这就是敦刻尔克大撤退后，由东岸逃回来的残兵败将。剑桥市民争相端来热腾腾的饮料，慰问这些从纳粹虎口中逃出来的子弟兵。

学年结束时，伦敦大学宣布各学院下学年一律迁回伦敦。这个决定准是在战局沉寂时做出的。总之，当“西线无战事”时，我们疏散到剑桥去了；及至战火纷飞，我们却迁回了全欧反法西斯阵营的政治心脏——伦敦。一九四〇年七月，我向寄居了将近十个月的剑桥告别，迁到伦敦西北近郊区的汉普斯特德。八月，大轰炸就开始了，每晚都有成千架漆了卐字的纳粹飞机来狂轰滥炸。

一九四二年夏天，我辞去了东方学院的教职，在小说家 E. M. 福斯特和汉学家阿瑟·魏理（他们都是剑桥王家学院出身）的举荐下，成为剑大英文系的研究生。当时由政府部门保送来培训的，都只能住在校外。我是正式学员，所以入学后立即住进这所十五世纪兴建的学院。在 D 字“楼梯”二楼我的书房门楣上，事先就已漆上了我的名字。书房里，家具一应俱全，宽敞舒适；壁炉两边是书架，沿着三面墙是可以坐上十来位客人的沙发和软椅。最使我兴奋的是，窗户外面隔着草坪，正与教堂遥遥相对。在英国古建筑当中，王家学院教堂是赫赫有名的，每年从远地来瞻仰它的旅游者络绎不绝。整整两年，我都望着大草坪上被晨曦拖长了的教堂身影，黄昏时分聆听在大风琴伴奏下唱诗班那清脆嘹亮的歌声。唱诗班由二十来名十岁出头的娃娃组成，他们身穿白色罩衣，系了红领带，每天早晨列队从我窗下走过。一九七九年秋，在纽约逛音乐店，我还偶然买到一盘磁带，正是王家学院唱诗班童声唱的十七世纪英国民歌。

我的导师乔治·瑞兰兹是剑桥有名的才子，不但学识渊博，而且还长于演剧，特别是希腊悲剧。一九四六年经济学家凯恩斯去世后，近四十载来他一直兼任剑桥艺术剧院的院长。

导师制是剑桥、牛津的一种特殊教学方法。课堂通常是不点名的。学生上不上课，无关紧要。但每个学生都必有一位导师，每位导师也只带有限的几个学生。每星期我至少去看他一次。去之前，往往先交一篇短的论文。见面时，两人就衔着烟斗，边喷云雾边谈话。导师从不把自己的观点强加于学生。相反，他总是希望能展开些争辩。有一次，我们就福斯特一部小说的某一观点辩论得颇为激烈。我辞出时，他拍了拍我的肩头说：“今天谈得特别好，使我明白了东方人看问题的角度。”

一九四四年，我是怀着依依不舍的心情向剑桥、向王家学院告别的。当时，我已经动手写论文了，还差一年就可以考取学位。然而联军在诺曼底登陆的反攻战终于打响了，新闻记者的本能驱使我舍弃剑桥那恬静幽雅的书院生活，奔赴现实的前哨。

于是，我就脱掉僧侣式的黑袍，摘下方帽，走进了报社林立的伦敦舰队街，从一个埋首书斋的读书人，成为戎装上阵的战地记者。

二

世界上究竟有几个剑桥？我说不准。光美国就有三个。一个在俄亥俄州，另一个在马里兰；最有名的是哈佛大学所在的那座城——为了便于区别，我们通常译作坎布里奇。这里谈的当然是真正老牌的英国剑桥——二十年代诗人徐志摩曾译作康桥。这是与牛津并驾齐驱的英国最高学府。同海淀的燕京一样，它在我个人学历上也是一座里程碑。

剑桥在伦敦东北部，相距只有五十六英里，位于从伦敦到爱丁堡、贯通岛国南北的铁路干线上。一次冬天下雪，我特意改乘长途汽车去伦敦。行车时间略长，票价稍低，可一路好像都在狄更斯小说的世界里转，墓地、茅舍、磨坊和教堂历历可见。经过艾平森林时，又恰似回到了远古的盎格鲁-撒克逊时代。

剑桥和牛津，同是欧洲最古老的两座大学。最早的文字记载要算英王亨利三世在一二三〇年所颁布的剑桥大学校规了。四十年代我在那里求学时，剑桥只有二十二个学院，最古老的是彼得书舍，建于一二八〇年。我所在的王家学院，是亨利第六世于一四四一年兴建的。少数几所学院是十九世纪兴建的，大多数则是十四五世纪的建筑。第二次世界大战后，剑桥又增设了九所学院。一九六〇年创建丘吉尔学院，是为纪念第二次世界大战期间那位雪茄不离口的首相的。最年轻的罗宾学院建于一九七八年。沿着剑桥一所所学院走过，就宛如在参观欧洲建筑史博物馆：从古希腊罗马式的圆柱巨厦，文艺复兴时期的“叹息桥”，十七、十八世纪巴鲁克式的雕墙峻宇，到维多利亚女王时期四四方方的实用主义建筑，都一览无余。

事实上，剑桥原是专为贵族子弟而设的，像王家学院，直到本世纪三十年代，还只收伊顿公学出身的学员。第二次世界大战期间，它的门槛被冲破了。我的同学中，就有英国北部中下层家庭的子弟。当然，大多数还是出身于豪门的。外国学生中也不乏贵胄，如阿拉伯酋长的子弟或当时东欧一些国家的“王储”——他们料想不到二次大战后，他们会为人民所废黜，王子也只好流落异邦了。

剑桥最古老的建筑是圣玛丽教堂，建于一一二〇年。它的晚钟音色美极了。这个大学的底子是中古僧院。早在十二世纪，一批圣方济会的修士就开始把剑桥发展成为英国的一个学术中心，至少四十年代我在那里读书时，剑桥还带有浓厚的僧院色彩。

首先，在校师生都要披黑袍、戴方帽，并且在服装上标志着本人的学历。作为研究生，我就比尚未毕业的同学多根飘带。教授们的袍子上还有一根红绸带子。每晚，斋务长派出一批稽查员（学生们称他们为“斗犬”）去大街小巷巡逻，遇到未穿黑袍或衣冠不整的，就像交通警察那样掏出小本本，记下姓名、学院，可能会记过的。晚十点以后，学院就关上了大门。来访的女客一律必须在那之前送出去，不然，有关的男生就要受到处罚。饭厅分高桌（教授和贵宾席）和低桌，饭前大家起立，由高桌上一位德高望重的教授朗声诵读拉丁祷文，然后才呼啦一声坐下来进餐。

听说现在这套繁文缛节已经废除了。剑桥也像美国大学那样，改用快餐，黑袍、方帽也取消了，而且大部分学院都改为男女合校。不知这些改革是不是六十年代剑桥、牛津闹的那场学生运动的结果。

剑桥另一僧院遗迹是每学年三个学期的叫法。大学通常在十月一日开学，全年分三个学期。第一个学期不叫秋季，而叫“圣米迦勒节学期”。这本是历史上遗留下的一个节日。一五八八年，伊丽莎白女王赴一位贵族的鹅宴。那时英国正同西班牙争夺海上霸权，女王举杯诅咒西班牙舰队全军覆没。这时，刚好传来捷报，说西班牙舰队被风暴所摧毁。于是，女王双手举杯向圣米迦勒和诸天使谢恩，遂定为节日。第二学期（三月中旬至四月下旬）不叫春季，而叫“四旬斋学期”，第三学期叫“复活节学期”，都带有宗教意味。剑大每年只上四十二周的课，其余全是假期。学期中间，课堂不点名，但每学期在饭厅吃饭的顿数必须足三分之二，否则就勒令退学。九个学期中间，平时稀松，到了最后的毕业考试，可十分严格。成绩分甲乙丙三等，这个成绩要跟本人一辈子，连传记或名人辞典里都要注明，例如“曾获剑桥大学××系学位，考试×等”。不知这一不合理的办法，如今改变了没有。

剑大的组织有点像我国旧式的大家庭，它有个总的机构，叫大学评议会，但实权却分别掌握在各学院手中。除了大政方针，财务和一些规章制度基本上是各自为政。它的校长向来不驻校，是挂名的，副校长则每年由各学院院长轮流担任。大学评议会是大学的枢纽，因为它拥有立法权。评议会位于大学城中心，是一座古典风格的建筑，建于一七三〇年。每个学院都有院长(叫法也不统一)，有的学院接受的赠款多，就阔气些，有的则较穷。在这一点上，也许还近似抗战时期我们的西南联大。

剑大图书馆位于剑河北岸，是一座不那么和谐的现代式红砖建筑。它的藏书底子很雄厚，而按照英国版权法规定，全国所有出版物都必须送这里一册，所以新书很齐全。四十年代西方图书馆还没有用电子来防雅贼的设备，但剑大的藏书一直是开架的。当时我在研究英国小说，记得书号头两个字母是PS，在三楼。每次我都是坐自动电梯直奔书库。那里临窗相隔不远就是一张张书桌，两面还有木档，以防互相干扰。我选定一张，走时还可以把没看完的书放在上面，下午或次晨可以接着看。此外，各学院都有自家的图书馆，里面大都是历年私人捐赠的藏书。数量虽比不上大学图书馆，但多属善本、孤本和手稿。

一九八四年是剑桥大学出版社创办四百周年纪念。这家出版社出了不少大部头的、具有权威性的著作。它同牛津大学出版社虽处于竞争地位，但看来却有分工。如牛津大学出版社出了十二卷的《牛津英文辞典》，剑大的出版社并不去唱对台戏。同样，剑大出版社出了十四卷的《英国文学史》，牛津也不去抢生意。(相形之下，我们社会主义国家的出版社有时倒出现重复现象。)近年来剑桥大学出版社陆续在出由美国汉学家费正清主编的《剑桥版中国史》，已经看到第十一卷的广告了。最近费正清来信说，这部书到第十三卷就告结束了。

剑桥的费兹威廉博物馆是一座古希腊式的建筑，系一位同名贵族在一八一六年捐赠的。可惜我在校时，收藏品大多疏散到山洞里去了。从它的目录看，艺术珍品确实很可观。有文艺复兴时期大师的巨制，十七世纪荷兰名画家伦勃朗及十八世纪英国版画家贺加斯的杰作，还有不少中古的彩绘手抄本。剑大动物博物馆里，收藏着十九世纪三十年代达尔文乘“猎兔犬号”船去南美及太平洋搜集到的鱼类标本。

三

尽管那是战争时期，剑大的课外生活仍是丰富多彩的。

最重要的当然是学生会。那既是俱乐部性质（可以请人去吃饭），也是英国训练统治阶层的场所。它最主要的活动是每星期六晚上在会议厅举行的辩论会。会议厅的构造基本上仿照议会的布局，坐在台上的主席相当于议长。下面座位呈马蹄形，坐辩论的正反两方面的辩士。题目事先公布，双方主辩及助辩人之外，都各自从伦敦请闻人来支援。记得一九三九年初到剑桥，我第一次旁听的辩论是：英国应援助中国抵抗日本。正面请来的客座是《新政治家》主编、援华会理事金斯莱·马丁。正面主辩人是马来亚华侨林骅。反面有一个日本学生。辩得十分激烈，但秩序始终井然。那晚，反面有一人居然大谈第一次世界大战后英日缔结的盟约，似乎嫌张伯伦对日本帮的忙还不够。林骅自然也不示弱，积极应战。当时听他在反驳之际口口声声是“尊敬的对方”，很觉刺耳。心想，何必来这种虚伪的绅士客套。及至旁听几次议会辩论之后，才领会到这种形式上的约束，一方面在体现着对持相反意见者的尊重，同时也可以避免像民国初年北京国会里飞墨盒、挥手杖的那样的场面。

剑大的学会真是五花八门。为了看廉价电影，我参加过一个电影学会。那阵子，我确实看了不少不常见的片子。他们有时是按照电影发展史的顺序来安排的，因而我看到了十月革命初期苏联拍的一些片子，如《生活之路》和《表》。有时放映的是很有特色的影片，包括那些拍了而未能公开放映的，例如苏联名导演艾森斯坦所拍的一部反映墨西哥农村生活的故事片。那是三十年代初期美国左翼作家们募款请他拍的，言明不超过一小时四十五分钟。不想这位艾森斯坦迷上了墨西哥天空那草莽鱼鳞般的云彩和地上高可数丈的仙人掌。于是，他拍了足够放两个小时的自然背景，故事还没开始呢，只好请他草草结束。后来不知什么人来个狗尾续貂。故事是交代了，但摄影呆板粗陋，导演手法拙劣，简直令人无法看下去。

有个团体我参加得冒失了些，叫“读剧会”。

那时我每去英国人家里度周末，晚饭后在客厅里往往有个节目：朗读。大多是由家中擅长此道者来读的，一般是十九世纪的小说，如狄更斯、乔治·艾略特或盖斯凯尔夫人的长篇。读时绘声绘色，听时顿觉对原作加深了不少理解。我本以为参加“读剧会”就可以听听他们朗读英国戏剧名作呢，谁知入会后，每次聚会事先都由秘书分配个角色，没有例外。他们选的又大多是复辟时期的喜剧，剧中人多是些贵族少男少女，打情骂俏，语多文绉绉，要么就字里行间夹杂着种种隐晦的双关。尽管我被分派的总是些次要而又次要的角色，每次我还是感觉十分吃力。英国人上来就“进入角色”，声调姿态都活灵活现，我则由于紧张，常结结巴巴，十分狼狈。但回顾起来，那番骑虎难下的经验着实帮助我学会读剧本：怎样从台词中不仅去了解剧情，并且领会剧中人物的性格、神态和相互间的微妙关系。

剑大生活的高潮是一年一度的“五月周”。其实它并不是在五月，而是在六月上旬，即复活节后。这一周是男女同学的狂欢节，举行盛大舞会、隆重的音乐会，市内两家剧院要上演一些好戏。在这一周里，牛津、剑桥两校还要在泰晤士河上举行一年一度的赛船。但给我印象最深的却是河畔音乐会。穿白色罩衣，系红领带的唱诗班，站在著名的剑桥“后身”（我常把它想作颐和园后山）柳荫下，用四部和声唱十七世纪的英国牧歌。成百枝蜡烛浮在剑河上，随着温煦的风和悠扬的歌声，缓缓朝下游漂去。一刹那，忘记了战争，忘记了现实生活，整个地沉浸在伊丽莎白时代的英国了。

剑大也有各种体育设施。我自己比较喜欢一种叫“斯夸士”的墙球，用的是一只比元宵大不了多少的实心胶皮球。球场不大，用球拍把它往墙上一抽，球就在两壁碰撞起来，及至落地，再抽第二下。玩这种球需要眼疾手快，它很像意大利的回力球。我所以选择这种运动，一来是可以同人对打，也可以一个人玩；二来是用不多时间就能浑身湿透，比较“实惠”。

真正具有剑桥特色的运动是在河上。剑河原名葛兰塔河，它是大学生活的纽带。在租船的码头，用双桨划的船有的是，但要一显身手，就得会划一种类似非洲独木舟的“坎诺”，或用长篙在剑河上撑一种方头平底船(“盆特”)，二者都是细长的，平衡极不易掌握。剑河水不算深，但也要没顶。我一向不会游泳，各试过一回，船身摇摆得难以控制，几乎跌下去，就再也不敢来了。

我常在野外散步，更多的时候是骑着慢车去溜达。我特别喜欢去大教堂所在地的夷利那条大道，途经一座罗马古堡的废墟。划船则总是划到“拜伦潭”为止。那里，穿过一片灌木林，就可看到一泓清水。它不知曾启发那位浪漫主义诗人写出过多少美丽的篇章，也不知倾听过多少剑大的痴男痴女信誓旦旦的诺言。

剑桥有一种魅力，使曾经在那里生活过的人们一有机会就想回去看看它。我认识一个学习古希腊罗马文学的青年，开战后，他应征入伍，不久就成为熟练的轰炸机驾驶员。他一直保留着剑桥的住房。每周两度去执行任务，不值勤的日子，就仍回到剑桥来。他屡次对我说，去轰炸德国鲁尔的工业设施，他不心疼。他最怕的是被派去轰炸意大利。他说，两次欧战都是欧洲人的自杀。他含着一腔热泪对我说，人类的希望在东方。但愿你们将来搞机械化的时候，千万别把固有的文明都丢掉。可惜一次执行任务后，他再也没回来。也许他空降被俘了，也许他已死于墨索里尼的高射炮下。

剑桥大学有些做法不尽合乎我国国情。首先，它太奢侈了，因为它原是为少数贵族子弟而设的。而且它很保守，一九一九年才不再把古希腊文作为必修课，一九二三年才承认女生为大学的正式成员。从剑桥近年来的改革，特别是向广大英国人民开放一点来看，这座古老的学府也在努力去适应新的不可阻挡的潮流。我常想，剑大那样优越的环境，既能训练杰出的人才，也可以成为懒汉的天堂。我就见到过一些纨儿，成天喝得醉醺醺的，挽着姑娘鬼混，或者通宵打桥牌。进校后，我还看到过一份可能是十八世纪订下的规章，其中有“学生不得在校内燃放烟火”以及“不得把卖唱女叫入宿舍”的条款。可见严峻的僧侣制度之外，剑桥还有个花花公子的底子。这两种传统对我们都是格格不入的。我还看过几本专门描述历年剑桥学生如何别出心裁地搞恶作剧的书。

然而剑桥还有另外一面，而且是它主要的一面，值得我们学习，

晚年萧乾(一)

那就是他们对真理(从天文、生物、物理到原子)的那种刻苦追求。卡温迪什实验室的灯光时常通宵达旦在亮着，剑桥天文台的望远镜和医学研究所的显微镜，在宇宙和人体里不断深入地探索着。僧侣的传统并没有捆住它在学术方面的手脚。

一次，在哲学家罗素的小型茶会上，我遇到一位怪人——正在十分认真地研究鬼学的心理系教授。席间他大谈人鬼之间传递信息的可能性。当时我纳闷他怎么没被大学评议会除名，也没遭到同僚们的孤立、歧视或鄙夷。后来另一位剑桥朋友听我提起此事，说他本人并不信鬼，偌大个剑桥，除了此公，谁也不信鬼。也不是没人背后对他有所非议，然而让这位鬼学家安然无恙地存在着，既无伤大雅，又足以保持住剑桥在学术方面自由探讨的空气。大家都想在真理方面有所突破，而不是墨守成规。牛顿的万有引力定律和达尔文的进化论就正是在那种气氛中探索出的。

一九八四年三月

(原载《文汇月刊》，1984 年第 5 期)

达豪余生

慕尼黑，曾经被德国作家托马斯·曼称作欧洲文明的一座灯塔；被美国作家托马斯·沃尔夫比作天堂的这座名城，半个多世纪前偏偏被歹徒希特勒看中了，成为他那个黑帮的发祥地。这么一来可为它招来灾祸，在第二次世界大战中受到七十几次大轰炸，三万多名市民粉身碎骨，一半建筑物化为废墟。

一九四五年我是踏着瓦砾在它的街头徜徉的。在被炸过的博物馆附近，地上还滚着破碎了的古希腊雕像，文艺复兴时的名画也埋在坍塌了的梁柱之间。那时，慕尼黑市民是低了头溜着墙根走路的：挎个篮子，一路拾着美军丢下的烟蒂，寻找着聊以果腹的吃食。

真没想到三十九年后，我又来到这座巴伐利亚首府了，也真没想到，慕尼黑重建得这么漂亮：在具备了新式设备的同时，还保存了它那典雅的中古风貌。那条幽静的鲁德维希大街打扫得一干二净，踏访它时，再也不必怕踩着什么定时炸弹了。十二世纪的市议会楼顶上，哥特式的尖塔也依然矗立着，在它那刻着雕像的山墙上，却依稀还看得出修补过的弹痕。唯一没改变的是流过慕尼黑的伊扎尔河。不，它也变了。那时，它色黄流浊，河畔一片荒芜，岸上踱着绝望的人们；如今，连它也在秋日下闪出了淡淡的蓝光。

北京的街道成棋盘形，十分好认，然而我更喜欢德国古城中那些斜街曲巷。大概也是中古的遗留吧，我尤其爱他们酒馆前面悬挂的那些古色古香的招牌。走过住宅区，花园草坪的角落里时而有小猫小狗在阳光下嬉戏着。

慕尼黑在享受着升平之乐了。

蓦地，一个暗影出现在我心头：达豪呢？希特勒的那座“渣滓洞”还在吗？联邦政府派来陪同我们逛市容的西德青年白岳汉君说，它还在，并且已经成为永久性的博物馆了。我听了很感兴味，把那座杀人工厂长久保存下来，这太有意义了。我要重访那座集中营。

白君出生于德国北方离汉堡不远的地方。他虽然上过慕尼黑大学，但他毕竟晚出世些年，去达豪的路他不熟。

归途，我们就向出租汽车司机打听去达豪该怎么走法。白君并且解释说，这位中国先生四十年前去过达豪。

“啊，你——”司机回过头来，惊愕地望着我。这时我才注意到他已上了岁数，脸上布满了皱纹。

这种前后座的交谈使我感到不安全。我没有马上答腔，只是隔着玻璃窗朝街上瞥了一眼：汽车一辆接一辆，稍一不慎，就会出乱子。

老司机大概意识到我这种心情了，出于职业责任感，他索性把车开到奥林比亚广场的林荫路旁，停了下来。他这才十分激动地问我，是为了什么罪名关进去的。看来在他心目中，到过达豪的，必然都是希特勒的阶下囚。

白君连忙解释说，这位中国客人是第二次大战期间活跃在欧洲战场上的中国记者，战争刚结束后，他曾到达豪采访过。

老司机恍然大悟了。他热情地向我伸出一只毛茸茸的大手，我感觉他的手有些发颤。他用结结巴巴的英语对我说：“先生，你们要去达豪，让我开车送你们去吧，因为我曾经是那里的一个犯人，我可以替你们做向导。”

他这么一说，倒引起我对他的浓烈兴趣了。想想看，八十年代，在慕尼黑街头遇到一个曾经被关进达豪的人！太巧了！太妙了！我认为这是此行难得的奇遇。

“现在就去?”他急切地问。

看看表，已经三点多了。去趟达豪需要半天时间，而我们已约好七点钟同慕尼黑大学校长共进晚餐，当天无论如何是去不成了。

洁若提议明天早晨去。

“中!”让我借用冀东人用来首肯什么的字眼来翻译他那声“Ja”（这个德语“是”，读作“呀”）吧。这要比“可以”甚至“成”都更能表达他那纯朴、亲切而又热烈的语调。

我问起他被关进去的原因，问起他的身世。司机感动极了。可是这么一感动，他的英语更不好懂了。

我一看表，该回旅馆去准备晚间的活动了，就灵机一动，问司机明天早晨可不可以早一个小时来，同我们在旅馆一道吃早餐，并请白君也来，帮助翻译。

这个提议可能出乎他意料之外，但也似乎大大缩短了我们之间的距离。他笑着又“中”了一声，就把我们送回旅馆去了。他毕恭毕敬地替我们打开车门，行了个军礼。他脸色红润，高颧骨，浓眉大眼，棕色头发，是个满魁梧的老汉呢。

我下了车，紧紧握了握他那只青筋暴起的略带颤抖的大手。我先报了自己的年岁，接着问他多大年纪。

他回答说：“我是一九〇七年生的，比您大三岁。”

原来他已是七十七岁高龄了！

次晨，按照约定，我们于七点半下楼，走出电梯，远远就望到老司机和白君已经在大厅软椅上坐候了。

道过早安，我们就一道走进餐厅。我随即留意到老司机今天换了一套笔挺的灰色服装，打着红领带，腋下还夹着个小手绢包。

人家都说英国早餐丰盛，德国的其实一点也不逊色。这家旅馆的早餐采用自助方式。有香蕉、葡萄等各种鲜果，也有蜜饯、干果。饮料有橘汁、菠萝汁、西红柿汁、酸牛奶和冷热牛奶。接着是香肠、奶酪、火腿、咸肉和鲱鱼。鸡蛋有煮的、摊的，也有炸荷包蛋。据说德国的面包有近二百种。

我们四个人都把托盘装得满满的，就找个僻静角落坐下。金发碧眼的女服务员马上过来问："茶还是咖啡？"在家里有时候挺稀罕咖啡，出来倒想喝茶了。

老司机没顾上吃喝，就先把手绢包打开了。原来是几张旧照片。

他名叫鲁道尔夫·维尔德。二十岁上，他从乡下来到慕尼黑，想在大宅第混个园丁的差使。一个人在大城市里太孤单了，他就参加了一个叫互助会的工人组织——是个只解决工人实际问题，不带任何政治色彩的组织。当时，工人最头疼的是住房问题。一点点工资，哪出得起大笔房租！互助会就把工人们组织起来，盖起一幢可以住八百人的大楼。那阵子，鲁道尔夫一下班就去搬砖搬瓦，辛辛苦苦地盖成了。一九三三那年，希特勒的突击队却勒令互助会立即把房子交出来。有些工人怕事，缩着脖儿搬出去了。有些就不服气，起来抗争：鲁道尔夫就是其中的一个。

官司打到法院。那时法院也是卐字号的，有什么理可讲！鲁道尔夫先是被判三个月徒刑。关进监牢后他仍没服气，于是又要把他送往达豪。半路上他跳车逃跑了，这下，他成了黑户口。一家出租汽车公司老板同情他，供他吃住。一年半以后他又被捕，结果还是把他关进了达豪。

这时，我就把话题扯到他的身世上。他的眼睛发亮了。他骄傲地告诉我们，他母亲是位牙科医生，本世纪初，一个妇女能够拿到行医执照，可不简单哪。但由于未婚就生下了他，娘儿俩被自己的家庭赶了出来，迫于无奈，母亲将娃娃送给一位好心的农民去抚养。至今他还保留着她的一张照片。

他情深意浓地说："这就是我妈妈。"随即递给我们那张照片看。照片已经发黄了，但仍看得出这位日耳曼妇女仪态万方，有着一对神情凝重的大眼睛，浓密的头发盘在脑后，穿的是老式高领长衫。另外三张分别是把他拉扯成人的那对农民夫妇和他们自己的几个子女的合影，救过他的出租汽车公司老板以及他本人年轻时的军装照。

在集中营里，"私生子"这个身份也构成了他的罪名，因为"既然说不出你爹的名字，那么你就必然有犹太血统"。

暴政下的逻辑，从来就是以假设代替事实。

一九三八年，希特勒要打仗了，需要壮丁。这时，忽然又宣布鲁道尔夫身上没有犹太血液了。于是，又把他从集中营里拖出，送进国防军。

在暴政者手里，"真理"就像魔术师手中那根棍子一样，甩来甩去，运用自如。

整整七年的工夫，鲁道尔夫充当着希特勒战争机器的一颗小螺丝钉。先是攻打丹麦和荷兰，一九四二年又调到东线，从波兰一直打到乌克兰。多少伙伴都战死了，他却活了下来。只是一九四五年战争快结束时，在一次战役中，他的腹部被炸得连肠子都掉了出来。他住了五年医院，手术以后，他丧失了生殖能力，所以就打了一辈子光棍。

五十年代，他在农场当过季节工。后来到慕尼黑找到当年救过他的那位老板，才开起出租车来。

这分明是个没家没业、孤苦伶仃的老人！然而他自己却连一点自我怜悯的情绪也没有。照规定，他六十三岁就该退休，靠养老金度余年了。但是他不肯。老人也有他的一套人生哲学。他认为人能多干一天，就应该干一天。

"我最大的快乐就是开车。满城转着，天天使我看到各式各样的人，有时也能结交有意思的朋友……"他朝我们笑了笑说，"像你们。"

他这番话令我肃然起敬。一时间，我觉得他比餐厅里所有那些口叼雪茄、身穿黑色礼服、大腹便便的富商都要高贵多了。

然而他毕竟是个奔八十的人了。我并不是担心自己的安全，而是出于对他的关怀，情不自禁地问道："你都这把岁数了，不能找个轻闲的差事干吗？开车这玩意儿总要冒点险吧！"

啊，这话好像有些触恼了他，或者说，向他提出了挑战。

他放下刀叉，站起来，双手叉腰，带些自豪神情地说："可慕尼黑你找不到一个更好的司机了。我的眼力、听力(边说边指)都是头等的。每年考执照，我的成绩都赛过那些二十来岁的小伙子们。"

我本来就有些后悔，于是赶紧连连点头，并且向他伸了伸大拇指。其实，我赞赏的远不止于他的驾驶技术。

住在豪华旅馆里完全理会不到外面的天气，走到旅馆大门口，才发现天色昏灰，而且在哗哗下着雨。

老司机真是有心人，他连忙跑回他那辆出租车去，自己撑开一把伞，并且抱来三把给我们。

我对白君说，当年我去达豪，也赶上个雨天——天也在哭。现在天一听说咱们要去达豪，它又哭了。

鲁道尔夫可能没听清楚我这话，他一边给我开车门，一边用坚定的语气说：

“我永远也不哭。”

这话我完全相信。

达豪集中营位于慕尼黑西北部二十二公里的地方。南德的乡间是恬静的，秋雨把公路两侧的树丛和田野洗涤得更加翠绿，时有牛群在坡地上吃草。据鲁道尔夫说，这里本来就地广人稀，纳粹党羽在盖集中营前又强迫附近的老百姓迁走，所以直到战后，周遭的人才知道真相。

环着达豪集中营的高墙，仍旧是那道壕沟，只不过而今已干涸。四角那几座杀气腾腾的瞭望塔依然存在，营墙上的铁丝网也保留在那里，当年，那是通着高压电的，不知多少企图出逃者在那一带丧了命。

集中营如今变成让千百万人认识法西斯暴行的博物馆了。尽管旅游旺季已过，又逢上雨天，参观者仍络绎不绝，也有不少拖儿带女的。大门内竖立着一块醒目的告示，要父母对十二岁以下的儿童负责。其实，当年最使我感到恐怖的小院（在那里，歹徒每次放出十八条狼狗活活把囚犯咬死）已拆除，原来犯人住的一排排营房如今也不见了。今天，如果不是营房地基还保留在那里，它真像个足球场。记得一九四五年，是一个瘦得像骷髅的波兰人领我去踏访那些空荡的营房的。他是少数幸存者之一，由于亲人已经死绝，无家可归，获得自由后就还留在那里当向导，混口饭吃。床是上下四层，很像鸡舍。他边走边告诉我营房里施过哪些酷刑。墙上，手指抠的血迹还历历在目。

我们依照指示牌，朝南端那座陈列馆走去。

鲁道尔夫把车停好后，就到馆门口来同我们会合了。他脸上顿时泛起痛苦的表情，朝那营房地基狠狠地瞪了两眼，想说点什么，喉咙哽咽了一下，就径直领我们走进陈列馆。

这是一座长方形的展览厅，有着一排排的木隔扇。只是挂在白色木板上的，不是美术作品，而都是些有关集中营的巨幅照片。有剃光头的囚犯清晨列队点名的，穿的一律都是白地蓝条纹囚衣。犯人从事苦役的照片比比皆是：一个个都瘦成皮包骨，有龇牙咧嘴地推着巨大石碾在筑路的，有在山里凿岩石的，也有造军火，往子弹壳里填火药的。集中营的大门上还赫然悬着木牌，上书 Arbeit Macht Frei——工作使你自由！

鲁道尔夫指着照片上那个戴着骷髅肩章、手执钢鞭、一脸凶相的看守，半控诉半解释地告诉我们说，当年就是这种家伙把他双手倒绑在营地的一棵树上，先让他踩着一条板凳，然后把板凳踢开，他就两脚悬空了。

“幸亏一个来小时后，把我放了下来。三个小时可就送命啦。”

接着，他又指着自己的鼻子说，鼻梁骨也是被他们打断的，同时还打掉了两颗门牙。

此外，还有拿犯人当豚鼠作种种实验的照片，有的实验经过多少小时才能把人活活冻死，有的实验光灌盐水犯人究竟能活多久。照片上，一个个犯人面目表情都极端痛苦，有的已奄奄一息了。

有的照片是成堆的死者的牙齿和头发——在纳粹参谋部账目上，那也是“战略物资”。堆得更高的，是死者的鞋——男的，女的，还有儿童的。

在纳粹统治下成百所这样的杀人工厂中间，建立于一九三三年三月的达豪是第一所，也是设备（例如拿犯人作各种实验）最齐全的一所。到一九四五年纳粹垮台为止，不下二十万人曾被押送到这里，活下来的，还不到三万。

我们还参观了毒气室和焚尸炉。当年，炉旁堆着装满骨灰的大麻袋，如今四壁已粉刷一新。

看完一场达豪集中营的记录片之后，我们又怀着沉重的心情，绕着集中营大院凭吊了一番。北端行刑场上，而今盖起基督教堂和犹太教堂各一座。悬在十字架上的耶稣，身上穿的就是过去达豪的那种白地蓝条纹囚衣。面部带着痛苦表情的雕像俯瞰着整个集中营。

回去的路上，我们都只望着车窗外铅色的天空发呆，谁也打不起精神来讲什么。

知道我们次晨要飞往西柏林，鲁道尔夫坚持还是由他开车来送我们去机场。他还带来一架照相机，在机场入口与我们合影留念。我们送给他一套从北京带来的民间剪纸作为临别纪念。他紧紧地握着我的手，两眼闪着泪花说：

“我希望有一天到中国去，中国没有达豪。”

我告诉他，不，我们也有过。一九四九年前有过，一九六六年我们又有过。但是我们决心再也不让禽兽得逞了。我们要同你们一道，把达豪这种人间地狱，永永远远从地球上消灭掉。

一九八四年十月十八日

（原载《中国》，1985 年第 1 期）

欧战杂忆

开场白：一九三九年，在我国抗战全面爆发两年之后，欧洲那边的战火也燃起来，我刚好从头到尾都在那里，既在后方挨过炸，又以战地记者身份跟着看过点炮火。今年五月八日是欧战停战日（VE Day）四十周年，我多想写一篇——甚至一本完整的欧战回忆录啊！但是一九三九至一九四六年间我记的那几本日记，全毁于一九六六年九月初那场大火了。现在硬要回忆，我只能这么东拉西扯地想到哪儿写到哪儿。既不按时间顺序，也不讲究什么蒙太奇。

一、乐极生悲

一九四五年欧战停战日那天，我正在旧金山采访。那晚，全市欢腾，人们到处都在狂舞着。记得人行道上一个完全不相识的老妈妈看到我胸前佩着联合国的徽章，就突然把我抱住，在我颊上使劲亲了一通，然后醉醺醺地对我说："这下可好啦。我的乔治快回来了，我的小杰夫也不必再去当兵啦。"一边说着，一边就扶着橱窗，晃晃悠悠地踱去。

我目送着她那背影，仿佛望到了一颗饱经忧患的母亲的心。可那天，我还欢不起来，因为半个中国还沦陷着，亚洲东部还在冒着浓烈的硝烟。但我能理解他们的狂欢。

那天晚上，从广播中听到一个十分不幸的消息，加拿大东海岸哈利法克斯市的居民，狂欢得过了头，一些醉鬼竟然闹起事来。混乱中，十几个人被踩死。真所谓乐极生悲，死得可太惨、太冤了。

人逢特大喜讯，往往不能自持。不但西方人如此，前些年我就听说国内有人在知道自己的问题得到改正或平反的消息后，一兴奋，心脏病犯了，就倒下来断了气，确实令人遗憾。

二、棋子

倘若不是当时的香港《大公报》胡霖社长的坚持，一九三九年我很可能就不去英国了。

伦敦大学东方学院聘请信中的条件太苛刻了：年俸才二百五十镑，还要交一大笔所得税，路费得自筹，而且合同只订一年。即便我能借到那笔旅费，满了一年万一合同不续订，我不也得背一屁股的债，哪辈子才能还清！去过英国的朋友那时都劝我去不得，还是在家吃馒头吧，那面包吃起来太玄乎。

不知怎的，胡霖听说英国人请我这件事了。他把我叫到二楼那小间办公室去，满口答应我：旅费由报馆先给你垫上，以后用通讯来还嘛。可多么不巧，半夜里那笔旅费又被贼偷去了。我急得满头大汗，心想，这下可真去不成了。他却神色泰然地说：叫财务科再给你补上一份。对于赴英这件事，他比我急切多了。

临走时，他对我说：欧战是打定了。报馆要你去，就是在那里先放上颗棋子。我听了，当时很不是滋味。嘀，拿我当棋子！日后才认识到，搞事业就得像一名棋手那么精明，要干着今天，想着明天。

其实，照常规来说，他不但不会鼓励我出去，而且还会留难一番呢。《大公报》一向重视副刊。我一走，要撂下个不小的摊子。但他着眼在大的方面。

在由谁来接替我管副刊的问题上，他又表现出少有的远见。馆内上层几大金刚当时属意的是一位教授，我坚决推荐的是杨刚。为这件事，报馆里争论很大。因为不知是谁告诉他们，杨刚是共产党。

胡最初举棋不定。我向他分析杨刚如何能干，如何能胜任；馆内上层却提醒他杨刚入馆会影响报馆在国共之间“不偏不倚”的地位。

记得最后一次同他谈此事时，我只说了句：倘若把那位教授请来，会失去刊物目前的大部分写稿人和读者，刊物必然又恢复到吴宓主编时的学院派老样子，哪里还像一份抗战时期的报纸！在上海时他曾对我说过，《大公报》的文艺副刊就是为了吸引青年读者的。我这个警告大概对他起了决定性作用。第二天，他对我说，给杨刚打电报，请她马上来。

一九四三年他参加访英团，特意到剑桥来，劝我放弃学位去当战地记者。他还对我说，杨刚可真是一把能手。她不但能编副刊，还经常跑战地，是个很在行的军事专家呢。

搞报馆，搞什么，都需要点远见，包括克服政治上的成见。短见(时髦术语是“本位主义”吧)对事业最是不利。把人当棋子并不一定就坏。那样，在用人上就会有个全局观点了。

三、海员

在持续六年的反法西斯战争中，英国商船队的功绩并不亚于海军。它保证了岛国上几千万居民不至饿肚皮，同时，还向北非等战场运送军需。商船队是抵抗纳粹运动中的大动脉。船队经年累月地在海上同纳粹潜艇搏斗，伤亡也很惨重。以中国海员来说，仅利物浦一个港口，那时就有十万中国海员，其中十分之一都葬身海底。说来这也是我们对欧洲那场大战的贡献。

我曾几次赴利物浦，访问那里的中国海员。他们大都是在船底添煤的火夫，船一旦被纳粹潜艇的鱼雷击中，生还的希望最小。那时纳粹的鱼雷也不断翻新，如磁性鱼雷的发明就很厉害，它能从水下追逐上面行驶的船只。

那些海员个个都有一本血泪史。他们几乎都是通过中国沿海码头上一些把头(相当于人贩子)上的船。开头一两年，每月都得从工资中拿出可观的数目去孝敬把头。

海员等候就业期间，把头还动不动就殴打，有个海员就这样活活被打死。那个海员年幼的儿子当时小小心坎上燃起怒火，立志长大后要替父报仇。为此，他也当上了海员，到处跟踪那个把头。

一九四二年的一天，他终于在利物浦找到了当年杀害他父亲的那个凶手——这时已当上了海员俱乐部的负责人。他就佯说有要事同那个凶手谈。他们是在会客厅里见的面。我赶去时，看到会客厅的墙上还满是血迹。原来会见时，他掏出一把尖刀，攮进了冤家的胸膛。记得有一家英国报纸评论此事时，还替复仇者讲话，提到了中国人讲求孝道的民族美德。

另一次，我访问一位林姓粤籍海员。他持有海上遇难后乘筏子漂浮最久的世界记录。他的船是在葡萄牙海面亚速尔群岛附近被纳粹鱼雷击沉的，在海上漂了将近一百八十天，才在巴西海面上被飞机偶然发现遇救。他告诉我，最关键的一点是不论多么渴，也不能喝海水。筏子上起先还有两个欧籍海员，他们就是因为喝了海水，不出几天就相继死去。他则一面咬牙不喝海水，一面又琢磨出个窍门——他学会了从鱼腹的尿泡中吮水来止渴。孑然一身，白天晒，夜里冻，随着波涛忽上忽下地颠簸，始终也不放弃求生欲望，这是怎样坚强的生命意志啊！

几年前听到一位朋友五十年代初期在政治生活中遇了难，一下子茶淀劳教，一下子去江西劳改；有时单独监禁，有时甚至上了手铐脚镣。但他始终相信自己的无辜，始终相信有昭雪的一天——而且，果真终于昭了雪。当时我就联想起在海上遇难的那位坚韧不拔的海员，同时想到：我们这个民族有一种可贵的气质，或者说品质，就是经得起摔打，逆境中能保持乐观，咬牙到底。

四、旅途

我是一九三九年八月三十一日在九龙登上开往马赛的客轮阿拉米斯号的。去买票的那天，船公司挤满了人——但几乎都是退票的。那时的欧洲，真可说是战云密布。记得杨刚送我上船那天早上，报上已登出华沙被炸的消息，一条颇为豪华的客轮空空荡荡。船上的欧籍乘客，一个个垂头丧气。

启航的第三天，就听到了英法相继对德国宣战的消息。船仿佛是笔直朝着一片熊熊烈火驶去。

刚到西贡，那条船就被法国海军征用了。我们在那块殖民地当了七天的囚徒。后来公司另派了一条船把我们接走，开到新加坡。大部分中国旅客都改变了主意，不想再往西走了。只剩下两个中国旅客还硬着头皮继续西行：一个是我，另一个是在荷兰阿姆斯特丹开饭馆的老板。我们都各自有骑虎难下的原因。他要是不回荷兰，饭馆交给谁？我当时的考虑很简单：回香港，那双份旅费我拿什么来赔？

生活中，有些决定是客观因素促成的，事后也大可不必来冒充英雄。当时，我就像个在山洞里朝前摸索的盲人，一点也不知道“未来”这只葫芦里卖的是什么药。

讲起来，在茫茫大海中，只有我们两个是黄皮肤的，理应特别亲热才是。然而不是那么回事。一路上，每逢船靠码头，我们少不得都要上去走走。但是我们的兴趣太不同了。最可笑的是我们两人在巴黎分手的情况。他不知去过多少趟巴黎了，而我却是头一遭。一到巴黎，他就热心地要充当我的向导。他带我去了大百货公司，还要带我去玻璃房子(妓馆)。我拒绝了。我想请他领我去巴黎圣母院，去国家歌剧院。他说他可从来也没听说过这个圣母院在哪儿。我们一路上用结结巴巴的法语向人打听，好不容易才摸到那座我在书中读到过的大教堂。他说，那有啥看头？他不肯进去。非要站在教堂大门外头等，并嘱咐我进去探探头就出来。

我是平生第一次见到那么庄严肃穆、那么巍峨动人的西洋建筑呢。一踏进教堂，我好像就步入了中古的欧洲。我只顾出神地欣赏那些精雕细琢的石像，嗅着那香中带点发霉的气味，一下子忘记了时间，更忘记了等在门外的伙伴。等我走出圣母院时，那位老兄早已不见了踪影。

我一直后悔事先没向他要荷兰的通讯地址。共过一个多月患难的旅伴，临了就这么不辞而别，真令人怅然。

每逢听到谁的婚姻由于双方生活旨趣不同而触礁时，我就想起我那位旅伴。要是兴趣、生活方式合不来，而又非得在一起生活不可，那真是苦事。

五、身份

从法国西北角的加莱港上船，跨过波涛汹涌的英吉利海峡，就来到以雪白峭壁闻名于世的多佛港——由法入英境的主要港口。

在移民局前排队时，我才发现大部分旅客都是听到战讯，中断了在大陆上的度假，赶回老家的。唯独我这个东方人，却是前来要在战火中执教鞭的。战局当时虽然还很沉寂——史学家通称那段日子为“莫名其妙的战争”，但英国毕竟不能不考虑到，今后的日子怎么过呢？一个食物不能自给的岛国，平时靠着老大帝国的派头，什么都从殖民地运来。如今，有的商船征为军用了，能用于海上运输的也得去冒挨潜艇鱼雷炸沉的风险。哪能再让外国人入境呢？所以当那位移民局官员皱起眉头来回翻着我的护照、犹豫不决时，我一点也不怪他。然而我的护照里又明明夹着伦敦大学发给我的聘书，老远来了，拒绝我上岸总说不过去。英国人真会折衷，他终于还是在我的护照上打了个大图章，旁边注上：“暂准入境两月，以后如何，请内务部裁夺。”就这样，他把矛盾上交了。

后来，那两个月就变成了七年。

我至今不解，何以我——以及所有那时旅英的中国人，都被划为“敌性外侨”。有人向我解释说，加了这么个“性”字，可大大不同了。没有那个字，就得进拘留营里。然而作为“敌性外侨”，晚上六点以后就不许出门，不许到离海岸三英里的地方去——因而我始终没能见到我仰慕多年的女作家吴尔芙夫人。她那时住在南海岸的苏塞克斯郡。等我的身份随着珍珠港事变而改变了时，她已投河自尽了。我是在她死后九个月才去她的故居的，由她的丈夫陪同，到曾经结束这位卓绝艺术家的生命的那条河去凭吊。

谈起身份改变，来得也真是突然。珍珠港事变的第二天，英美忽然发现原来中国老早就在极其艰苦的情况下，同东方的法西斯作战了。一夜之间，我就从一个“敌性外侨”变为“伟大盟邦的公民”了。

那天坐在公共汽车上，我忽然感到后颈上一股酒臭气。一个中年乘客在我耳际大声嚷着：“嗨，你押错了宝！你押错了宝！”我猛地意识到，他是把我当成日本人了，就回过头去向他解释说：“先生，你弄错了，我是中国人！”

这个醉鬼听了，马上挪到前边来，紧贴在我身边坐下。他至少也喝了大半瓶威士忌，满脸通红，额上青筋凸起。他不是军人，可先向我敬了个礼，然后扯着嗓门嚷道：“啊，中国，孔夫子的中国！”说完，就硬要我同他握手。

接着他又嚷：“啊，中国，发明了火药的中国！”话音未落，又抓住我的手，死死握了一通。

他滴溜溜地转着眼睛，看来是在搜索枯肠地想着有关中国的名堂。“啊，中国，万里长城的中国！”随后，又抓住了我的手。

…………

看得出，他是要无止无休地这么搞下去了，而那股冲向我的浓重酒气快使我窒息了。我赶快在下一站提前下了车。

然而我不能不佩服那位醉鬼知识之渊博。

六、配给

去警察局报到后，立刻就领到食物和衣服的配给证。

英法两国虽是紧邻，在战时配给上，却各有特点。即便在那样艰苦的时刻，法国的配给也包括一瓶红酒和几两咖啡——事实上，真咖啡早已绝迹，发的是把橡籽儿烤焦后磨成的末末。英国的配给没有咖啡，也没有酒，却有茶和糖。茶是锡兰（即今斯里兰卡）出的那种涩得要命的黑茶，所以非放糖不可。

英国人不但讲究每天下午四点吃茶，而且还喜欢轮流举行茶会。开战以来，尽管茶和糖都实行配给了，茶会还是照常举行。这也是一种对希特勒的挑战吧。几乎每个星期我都得赴一两次茶会。最常去的是研究中国科学史的李约瑟家和二十年代曾访问过我国的哲学家罗素那儿。那时，去赴酒会，总设法买上一瓶酒带去。赴茶会则带上一小包糖和一小包茶叶。主人收下时，照例说一声："你想得真周到。"

后来当了随军记者，在战地上经常发一种"K配给"。我始终不知道K这个字母代表什么，反正它很像今天在飞机里发的那种餐盒，里面有饼干、巧克力，还有香烟。一九四四年巴黎解放后，我请友人钱能欣夫妇去歌剧院看表演，每个人膝头上就各放了那么一匣"K配给"。

听说近些年来，英国大抓农产品自给了，鸡蛋甚至还出口。甩掉了"大英帝国"这个包袱后，英国也自力更生起来。当帝国还未解体时，英国人吃的大多靠海外。去副食品商店买鸡蛋时，店员会问：要爱尔兰的，丹麦的，还是中国的？牛油和干酪，不是来自

晚年萧乾(二)

加拿大，就是新西兰。英国人喜欢草坪。在苏格兰内地旅行，有时一整座山都归私人所有，而且尽管打仗，草坪上什么也不种。在德国潜艇闹得最凶，也就是英国商船被击沉的比率最高时，丘吉尔亲自抓战时农业了，特意在距唐宁街十号一箭之遥的议会方场中央种起土豆，作为一种提倡。

其实，战时食物配给只迫使下层社会勒紧了裤带，真正有钱的人在高级餐馆里照样什么都能吃到。每次去伦敦，我总到中国饭馆去饱餐一顿。老板一见是自己同胞，也格外照顾。我坐下来就对服务员说，来吧，什么肉多，给我来什么。

平时，一个月也吃不上一斤肉。天天是鳕鱼，都吃怕了。

一九四五年三月，我同一批外国记者乘护航轮跨过大西洋，去旧金山采访联合国大会。一上岸，我们都一溜烟儿钻进最近的餐馆。我记得摆在我盘子里的那块猪排，简直像砖头一样厚，一边狼吞虎咽地嚼着，一边赞赏，恰似一群灾民。

从加拿大一路吃起，芝加哥、盐湖城，走到哪里，吃到哪里，恨不得一下子解了六年的馋。到旧金山时，肚子里就厚厚地有了层油水。在宴会上，又文雅得像个绅士了。

七、轰炸

在伦敦我经历了大规模的轰炸。

开战后，我任教的伦敦大学东方学院立即疏散到剑桥基督学院去了。那时，战争确实有点莫名其妙。西线一点动静也没有。法国士兵还在马奇诺战壕旁种起玫瑰呢。不断谣传说：就要停战了。

一九四〇年六月，伦敦大学搬回了伦敦。那年春夏之交，希特勒的坦克部队长驱直下，已经占领了整个西海岸。至今我也不理解大学那些书呆子当时是怎么考虑的。反正搬回伦敦没多久，大轰炸就开始了。纳粹那时搞的是“饱和式轰炸”，一个晚上就派来几千架次。像英国中部的考文垂，一夜之间几乎被夷为平地。

那时我住在伦敦西北郊一家公寓里。老板娘和英国首相同姓，我们称她作丘吉尔太太。当时在伦敦找个接纳“有色人种”的公寓还真不大容易，丘太太的公寓里住的全是亚洲人。有三四个中国来的，有个学提琴的锡兰姑娘，还有一个从新加坡来的印度青年拉贾拉南——后来当了新加坡主管外交的副总理。听见警报，我们来得及，就到附近地铁站台上去过夜。如果来不及，也就是说，警报一放，周围高射炮立即响起，说明敌机已临上空，我们就只好立刻就地隐蔽。一九八三年去新加坡，与拉贾拉南旧友重逢，他还同我一道追忆往事。那时，我俩同住一层楼，有时躲在同一张饭桌底下。其实，要是命中了，躲到哪里也是白搭。我们躲的主要是爆炸后四下飞起的、比刀子还锋利的碎玻璃碴。

有一回，我到著名的社会改革家佛莱女士家去度周末。她住在离伦敦足有四十英里的艾利斯伯莱，属白金汉郡，满以为可以睡一宿好觉。汽车到达后，我看到周围十分空旷，还有座小山。可是天一黑，敌机却轮番不停地轰炸，而且离我住的地方很近，所以震耳欲聋。就这样，一直闹到天明。后来才知道，英国人在山麓下搭了座假工厂，故意露点亮光。于是，敌机就把山坡当作轰炸的重点。

一九四〇年六月初，希特勒搬出他的“秘密武器”了。先是飞弹，也叫作 VI，其实就是现在的导弹。以后又来过些火箭，叫 VII，据说是由挪威山里发射到上空六七十公里后，落到预订地点才爆炸的。这二者不但没为他赢得战争，甚至也没能推迟第二战场的开辟。我同 VII 没打过交道。然而有一阵子，飞弹的威胁要比一九四〇年的大轰炸更为严重。

当时，伦敦的空防主要靠高射炮、气球和战斗机。一九四〇年，纳粹轰炸机白天还不敢来袭，飞弹则昼夜不停地来。一则它里头没有人，二则它造价低，据说一架战斗机的钱可以造几十颗飞弹。那一阵子，伦敦满天都是这种凶恶玩意儿。我们常站在高坡上看，就像一群群大雁似的。它先是在天空一打转，然后扎下来，落地就爆炸，破坏力相当大。一九四〇年大轰炸中幸免的一些建筑，却被飞弹炸中了。

伦敦居民对这玩意儿有些怕，可又好奇。最初，不少人都驻足观看，等它在天空一打转，再找地方掩蔽。希特勒也真会开玩笑。后来，他把飞弹的规律改了：它在天空打个转儿之后，接着又往前飞去，指不定几个回合才往下落。

我住的地方挨过炸，但当时我早下地铁了。只有一次，我到别人家去度周末，主人夫妇出去赴晚宴，留我看家。刚刚上床，就放了警报，敌机随即飞临上空。我穿着睡衣就连忙躲到底层楼梯下面。只听见那幢三层小楼一声巨响，原来它中了烧夷弹。顿时楼上一片火光，四下里黑烟弥漫，令人窒息。

在浓烟中，我被民间自行组织的救护队员背出火场，一直送到附近的救护站。

在惊恐中，我喝到一生中最美味的一杯热可可。

八、友情

大轰炸中，朋友之间的交往并未中断。

那时，我住在汉姆斯台德一幢四层楼公寓的地窨子里。那间房子足有四十来平方米，一头是床，另一头算是起居室。我的伴侣是一位希腊朋友送的一只猫，叫瑞雅——就是一九五七年被人编造成神话的那只。

有一天，听到叩门声。原来《印度之旅》的作者 E. M. 福斯特来看我了。他也爱猫。他家那只叫汤姆。一进门，他就饶有风趣地说：

“我代表汤姆看望瑞雅来了。”接着，他打开一个手帕包，里面是一点猫食。

战争期间，连猫食也缺了，市场上出现一种“人造猫食”，看起来有点像咱们的麻碴子。那天福斯特为我的瑞雅带来的，正是这种“新产品”。我当然立刻把瑞雅抱过来说：“瞧，福斯特先生老远给你带来汤姆的礼物，快来尝尝吧！”

岂料我那只猫胃口很刁，它先抬头望望微笑着的福斯特，像是赏脸似的弯下身，把鼻孔凑近礼物闻了闻，然后扭头不屑地踱开了。

这可使我狼狈了。福斯特心里大概也不那么对劲。他还是很体贴地说：“瑞雅恐怕还不习惯。也许等我走了，它就会吃啦。”我连忙说，想必是如此。

我去剑桥王家学院做研究生，就是福斯特和英国汉学家阿瑟·魏理二位推荐的。他们都是那个学院的校友。

魏理的中文真可以说是自学的。他告诉我，二十年代丁文江赴德国路过伦敦时，曾教了他十几天中文。那时魏理在英国博物馆负责保管中国图章。打那以后，他就动手翻译中国古典文学，从四书、老庄、唐诗——特别是白居易，到《红楼梦》。他还译过日本的《源氏物语》和《枕草子》。

打仗的时候，像他那样过了兵役年龄的自由职业者，照样也得为战争服务。他供职新闻部，负责检查中文信件。因此，那时我给《大公报》写的大量通讯，都经他检查过。

文人显然不大会保密。他时常露馅。有一次他对我说："昨天你那篇文章，头上可给我剪掉了。"更糟的是，他在英国一份重要文艺刊物《地平线》上，发表了一首"仿中国诗体并赠萧乾"的诗，题名《检查》。经过十年动乱，我那本《地平线》，自然早已不存在了。

一九七九年访美时，在聂华苓家看到那年十月十一日的台湾《联合报》，副刊上登着香港中文大学余光中教授的译文。诗曰：

我做了检察官一年又三个月，
办公的大楼已四度被炸，
窗上的玻璃、木板、糊纸，
依次被炸碎，只剩下残框。
洗澡、保暖、饮食都困难，
有时更短缺煤气和水电。
检察官的守则难以奉行，
半年之中竟有一千条"作废"。
空袭法规逐日在变更，
官方的命令也颁得不分明。
可以提海罗，不可提德黎跟汤姆；
可以说起雾，不可以说下雨。
薄纸上乱涂一气的日本，

字迹潦草，读来真伤眼。
一间斗室装十架电话，
和一架录音机，我怎能专心，
用蓝笔删改不过是儿戏，
卷宗的纠结并不太难解。
外国的新闻也不难检查，
难的是检查我今日的心事——
难的是坐视盲人骑瞎马，
向无底的深渊闯去。

译者余光中在注释中说："魏理诗末用了《世说新语》的危言来形容欧洲的局势，'盲人骑瞎马'可以指希特勒，也可以泛指人类。"

今天读来，觉得它不但透露了一个检察官的矛盾心境，也描绘了当时伦敦政府部门在大轰炸中的景象。

九、战时广播

战争一开始，大概是为了防空的原因吧，英国立刻就把电视停了，然而广播却一直也没有停过，而且由于灯火管制，很多人夜晚不大出门了，收听率大大高出平时。

那时英国的广播电台除新闻之外，有几个特别受欢迎的节目。一个是"广播大夫"，是固定由一个人来播的。他语调亲切，声音沉着老成，而且富于风趣。估计实际上有个医生小组负责研究听众提出的问题，由这个人来作答。

还有个节目叫“智囊团”，每周一次。参加者有教授、记者、议员等，大多是全国知名人士。由主持人提问，然后一一作答，办法类似学生口试。问题事先概不透露，考的是机智和知识面。因属突然袭击，经常出现十分有趣的局面。座中有位哲学家，找到了个窍门：他专好编造一些妙句，硬作为引自我国孔子。反正也没有汉学家在场，无从对质，只好随他去了。

节目中收听率最高的，还是丘吉尔首相每星期一晚上向全英国人民的谈话。讲稿估计是出自高手，他本人又耍过笔杆。每次都从战局谈到家常，亲切、幽默、娓娓动听，有时还十分感人，是最好的战时动员。后来罗斯福总统也采用了这个同广大民众促膝谈心的方式。记得他的讲话是放在星期五，节目就叫《炉畔恳谈》。

英国人在战时，还收听另外一种广播：纳粹德国为了瓦解英国人心，由一个投敌分子威廉·齐伊思用英语来播。他自称是哈哈贵族，语调尖酸，声音可憎。英国政府从未禁止收听那个敌台。收听的人越听，越对纳粹一伙加深仇恨。声音是哈哈贵族的，内容和语调显然是戈培尔的。

十、亡国恨

我很幸运，生平没在沦陷区呆过一天，可是柏林攻克后，我却目睹了战败德国的惨状。

一开进德境，联军最高统帅部就下了一道命令：不许与敌国人有任何交往，违者一律以军法惩处。那时，在部队路过的休整站上，服务员照例都是些德国战俘。他们穿的仍旧是希特勒发给他们的墨绿色军服，只是去掉了标志军级的章。当他们毕恭毕敬地端上咖啡时，我们倒想问问他们是几个星的将军呢！

当然，没人敢那么问，甚至也不敢正眼望望殷勤地替我们服务的人，因为到处都写着："无论战俘为你做什么，一律不准道谢。"这实际上大大违反了西方社会的习惯。那里，每个人一天五十声"谢谢"也打不住。如今，硬得把"谢"字咽了回去。

我心想，战火又不是这些战俘放的，何必拿他们撒气！所以当一名战俘弯下腰去替我擦完皮鞋之后，我总用眼睛朝他表示一下谢意。

波茨坦会议之前，我们暂时驻扎在柏林西南郊兹林道夫一个老百姓家里。现在回想起来，说不定屋主还是一位卓绝的艺术家呢！一回我上厕所，一个身材矮小、留着络腮胡子的中年男子鬼鬼祟祟地尾随进去。他偷偷地从上衣前襟里掏出一小幅水彩画，画的仿佛是湖景。他用蹩脚的英语吞吞吐吐地问我，可不可以换给他点香烟（战后一个时期，美国香烟几乎是西欧的通用币）。

画，我只瞟了一眼，没敢接；香烟，尽我身上带的十几支，悄悄地全递给了他，就赶紧走了。

去秋我重访联邦德国时，在慕尼黑看到揭露纳粹的展览会。我思忖道：德国人恨希特勒，应该不在他人之下。一个自尊心那么强的民族，一时间竟沦为亡国奴，他们怎能不恨！

然而当年德国人也真挺得住。在被轰炸过的柏林街道上，我看到男男女女整齐地排成长队。他们不是在抢购什么短俏物资，而是在把烧焦了的砖头一块块地从废墟上递出来。我望着他们那严肃认真的面孔，心里说：这个民族是亡不了的。

一九八五年四月

（原载《北京晚报》，1985年5月）

北京城杂忆

一、市与城

如今晚儿，刨去前门楼子和德胜门楼子，九城全拆光啦。提起北京，谁还用这个“城”字儿！我单单用这个字眼儿，是透着我顽固？还是想当个遗老？您要是这么想可就全拧啦。

咱们就先打这个“城”字儿说起吧。

“市”当然更冠冕堂皇喽，可在我心眼儿里，那是个行政划分，表示上头还有中央和省哪。一听“市”字，我就想到什么局呀处呀的。可是“城”使我想到的是天桥呀地坛呀，东安市场里的人山人海呀，大糖葫芦小金鱼儿什么的。所以还是用“城”字儿更对我的心思。

我是羊管儿胡同生人，东直门一带长大的。头十八岁，除了骑车跑过趟通州，就没出过这城圈儿。如今奔七十六啦，这辈子跑江湖也到过十来个国家的首都，哪个也比不上咱们这座北京城。北京“市”，大家伙儿现下瞧得见，还用得着我来唠叨！我专门说说北京“城”吧。

谈起老北京来，我心里未免有点儿嘀咕！说它坏，倒落不到不是。要是说它好，会不会又有人出来挑剔？其实，该好就是好，该坏就是坏。用不着多操那份儿心。反正好的也说不坏，坏的说成好，也白搭。您说是不是这个理儿？

况且时代朝前跑啦。从前用手摇的，后来改用马达了——现在都使上电子计算机啦。这么一来，大家伙儿自然就不像从前那么闲在了。所以有些事儿就得简单点儿。就说规矩礼数吧，从前讲究磕头、请安、作揖。那多耽误时候！如今点个头算啦。我赞成简单点。您瞧，我这人不算老古板吧？

可凡事都别做过了头。就拿“文明语言”来说吧。本来世界上哪国也比不上咱北京人讲话文明。往日谁给帮点儿忙，得说声“劳驾”；送点儿礼，得说“费心”；向人打听个道儿，先说“借光”；叫人花了钱，说声“破费”。光这一个“谢”字儿，就有多么丰富、讲究。

现在倒好，什么都当“修”给反掉啦，闹得如今北京人连声“谢谢”也不会说了，还得政府成天在电匣子里教，你说有多臊人呀！那简直就像少林寺的大和尚连柔软体操也练不利落了。

您说怎么不叫我这老北京伤心掉泪儿？

二、京白

五十年代为了听点儿纯粹的北京话，我常出前门去赶相声大会，还邀过叶圣陶老先生和老友严文井。现在除了说老段子，一般都用普通话了。虽然未免有点儿可惜，可我估摸着他们也是不得已。您想，现今北京城扩大了多少倍！两湖两广陕甘宁，真正的老北京早成“少数民族”啦。要是把话说纯了，多少人能听得懂？印成书还能加个注儿。台上演的，台下要是不懂，没人乐，那不就砸锅啦！

所以我这篇小文也不能用纯京白写下去啦。我得花搭着来——“花搭”这个词儿，作兴就会有人不懂。它跟“清一色”正相反：

就是京白和普通话掺着来。

京白最讲究分寸。前些日子从南方来了位愣小伙子来看我。忽然间他问我："你几岁了?"我听了好不是滋味儿。瞅见怀里抱着的，手里拉着的娃娃才那么问哪。稍微大点儿，上中学的，就得问："十几啦?"问成人"多大年纪"。有时中年人也问"贵庚"，问老年人"高寿"，可那是客套了，我赞成朴素点儿。

北京话里，三十"来"岁跟三十"几"岁可不是一码事。三十"来"岁是指二十七八，快三十了。三十"几"岁就是三十出头了。就是夸起什么来，也有分寸。起码有三档。"挺"好和"顶"好发音近似，其实还差着一档。"挺"相当于文言的"颇"。褒语最低的一档是"不赖"，就是现在常说的"还可以"。代名词"我们"和"咱们"在用法上也有讲究。"咱们"一般包括对方，"我们"有时候不包括。"你们是上海人，我们是北京人，咱们都是中国人。"

京白最大的特点是委婉。常听人抱怨如今的售货员说话生硬——可那总比待理不理强哪。从前，你只要往柜台前头一站，柜台里头的就会跑过来问："您来点儿什么?""哪件可您的心意?"看出你不想买，就打消顾虑说："您随便儿看，买不买没关系。"

委婉还表现在使用导语上，现在讲究直来直去，倒是省力气，有好处。可有时候猛孤丁来一句，会吓人一跳。导语就是在说正话之前，先来上半句话打个招呼。比方说，知道你想见一个人，可他走啦。开头先说，"您猜怎么着——"要是由闲话转入正题，先说声："喂，说正格的——"就是希望你严肃对待他底下这段话。

委婉还表现在口气和角度上。现在骑车的要行人让路，不是按铃，就是硬闯，最客气的才说声"靠边儿"。我年轻时，最起码也得说声“借光”。会说话的，在“借光”之外，再加上句“溅身泥”。这就替行人着想了，怕脏了您的衣服。这种对行人的体贴往往比光喊一声“借光”来得有效。

京白里有些词儿用得妙。现在夸朋友的貌美，大概都说：“长得多漂亮啊！”京白可比那花哨。先来一声“哟”，表示惊讶，然后才说：“瞧您这闺女模样儿出落得多水灵啊！”相形之下，“长得”死板了点儿，“出落”就带有“发展中”的含义，以后还会更美；而“水灵”这个字除了静的形态（五官端正）之外，还包含着雅、娇、甜、嫩等等素质。

名物词后边加“儿”字是京白最显著的特征，也是说得地道不地道的试金石。已故文学翻译家傅雷是语言大师。五十年代我经手过他的稿子，译文既严谨又流畅，连每个标点符号都经过周详的仔细斟酌，真是无懈可击。然而他有个特点：是上海人可偏偏喜欢用京白译书。有人说他的稿子不许人动一个字。我就在稿中“儿”字的用法上提过些意见，他都十分虚心地照改了。

正像英语里冠词的用法，这“儿”字也有点儿捉摸不定。大体上说，“儿”字有“小”意，因而也往往带有爱昵之意。小孩加“儿”字，大人后头就不能加，除非是挖苦一个佯装成人老气横秋的后生，说：“喝，你成了个小大人儿啦。”反之，一切庞然大物都加不得“儿”字，比如学校、工厂、鼓楼或衙门。马路不加，可“走小道儿”、“转个弯儿”就加了。当然，小时候也听人管太阳叫过“老爷儿”。那是表示亲热，把它人格化了。问老人“您身子骨儿可硬朗啊”，就比“身体好啊”亲切委婉多了。

京白并不都娓娓动听。北京人要骂起街来，也真不含糊。我小时，学校每年办冬赈之前，先派学生去左近一带贫民家里调查，然后，按贫穷程度发给不同级别的领物证。有一回我参加了调查工作，刚一进胡同，就看见显然在那儿巡风的小孩跑回家报告了。我们走进那家一看，哎呀，大冬天的，连床被子也没有，几口人全蜷缩在炕角上。当然该给甲级喽。临出门，我多了个心眼儿，朝院里的茅厕探了探头。喝，两把椅子上是高高一叠新棉被。于是，我们就要女主人交出那甲级证。她先是甜言蜜语地苦苦哀求。后来看出不灵了，系了红肚兜的女人就叉腰横堵在门槛上，足足骂了我们一刻钟，而且一个字儿也不重，从三姑六婆一直骂到了动植物。

《日出》写妓院的第三幕里，有个家伙骂了一句“我教你养孩子没屁股眼儿”，咒得有多狠！

可北京更讲究损人——就是骂人不带脏字儿。挨声骂，当时不好受。可要挨句损，能叫你恶心半年。

有一年冬天，我雪后骑车走过东交民巷，因为路面滑，车一歪，差点儿把旁边一位骑车的仁兄碰倒。他斜着瞅了我一眼说：“嗨，别在这儿练车呀！”一句话就从根本上把我骑车的资格给否定了。还有一回因为有急事，我在人行道上跑。有人给了我一句：“干吗？奔丧哪！”带出了恶毒的诅咒。买东西嫌价钱高，问少点儿成不成，卖主朝你白白眼说：“你留着花吧。”听了有多窝心！

三、吆喝

一位二十年代在北京做寓公的英国诗人奥斯伯特·斯提维尔写过一篇《北京的声与色》，把当时走街串巷的小贩用以招徕顾客而做出的种种音响形容成街头管弦乐队，并还分别列举了哪是管乐、弦乐和打击乐器。他特别喜欢听串街的理发师(“剃头的”)手里那把钳形铁铉。用铁板从中间一抽，就会吱啦一声发出带点颤巍的金属声响，认为很像西洋乐师们用的定音叉。此外，布贩子手里的拨浪鼓和珠宝玉石收购商打的小鼓，也都给他以快感。当然还有磨剪子磨刀的吹的长号。他惊奇的是，每一乐器，各代表一种行当，而坐在家里的主妇一听，就准知道街上过的什么商贩。最近北京人民电台还广播了阿隆·阿甫夏洛穆夫以北京胡同音响为主题的交响诗，很有味道。

囿于语言的隔阂，洋人只能欣赏器乐。其实，更值得一提的是声乐部分——就是北京街头各种商贩的叫卖。

听过相声《卖布头》或《大改行》的，都不免会佩服当年那些叫卖者的本事。得气力足，嗓子脆，口齿伶俐，咬字清楚，还要会现编词儿，脑子快，能随机应变。

我小时候，一年四季不论刮风下雨，胡同里从早到晚叫卖声没个停。

大清早过卖早点的：大米粥呀，油炸果(鬼)的。然后是卖青菜和卖花儿的，讲究把挑子上的货品一样不漏地都唱出来，用一副好嗓子招徕顾客。白天就更热闹了，就像把百货商店和修理行业都拆开来，一样样地在你门前展销。到了夜晚的叫卖声也十分精彩。

“馄饨喂——开锅!”这是特别给开夜车的或赌家们备下的夜宵，就像南方的汤圆。在北京，都说“剃头的挑子，一头热”，其实，馄饨挑子也一样。一头儿是一串小抽屉，里头放着各种半制成的原料：皮儿、馅儿和佐料儿，另一头是一口汤锅。火门一打，锅里的水就沸腾起来。馄饨不但当面煮，还讲究现吃现包。讲究皮要薄，馅儿要大。

从吆喝来说，我更喜欢卖硬面饽饽的：声音厚实，词儿朴素，就一声“硬面——饽饽”，光宣布卖的是什么，一点也不吹嘘什么。

可夜晚过的，并不都是卖吃食的。还有唱话匣子的。大冷天，背了一具沉甸甸的留声机和半箱唱片。唱的多半是京剧或大鼓。我也听过一张不说不唱的叫“洋人哈哈笑”，一张片子从头笑到尾。我心想，多累人啊！我最讨厌胜利公司那个商标了：一只狗蹲坐在大喇叭前头，支棱着耳朵在听唱片。那简直是骂人。

那时夜里还经常过敲小钹的盲人，大概那也属于打击乐吧。“算灵卦！”我心想：“怎么不先替你自己算算！”还有过乞丐。至今我还记得一个乞丐叫得多么凄厉动人。他几乎全部用颤音。先挑高了嗓子喊“行好的——老爷——太(哎)太”，过好一会儿(好像饿得接不上气儿啦)，才接下去用低音喊：“有那剩饭——剩菜——赏我点儿吃吧！”

四季叫卖的货色自然都不同。春天一到，卖大小金鱼儿的就该出来了。我对卖蛤蟆骨朵儿(未成形的幼蛙)最有好感，一是我买得起，花上一个制钱，就往碗里捞上十来只；二是玩够了还能吞下去。我一直奇怪它们怎么没在我肚子里变成青蛙！一到夏天，西瓜和碎冰制成的雪花酪就上市了。秋天该卖“树熟的秋海棠”了。卖柿子的吆喝有简繁两种。简的只一声“喝了蜜的大柿子”。其实满够了，可那时小贩都想卖弄一下嗓门儿，所以有的卖柿子的不但词儿编得热闹，还卖弄一通唱腔。最起码也得像歌剧里那种半说半唱的道白。一到冬天，“葫芦儿——刚蘸得”就出场了。那时，北京比现下冷多了。我上学时鼻涕眼泪总冻成冰。只要兜里还有个制钱，一听“烤白薯哇真热乎”，就非买上一块不可。一路上既可以把那烫手的白薯揣在袖筒里取暖，到学校还可以拿出来大嚼一通。

叫卖实际上就是一种口头广告，所以也得变着法儿吸引顾客。比如卖一种用秫秸秆制成的玩具，就吆喝：“小玩意儿赛活的。”有的吆喝告诉你制作的过程，如城厢里常卖的一种近似烧卖的吃食，就介绍得十分全面：“蒸而又炸呀，油儿又白搭。面的包儿来，西葫芦的馅儿啊，蒸而又炸。”也有简单些的，如“卤煮喂，炸豆腐哟”。有的借甲物形容乙物，如“栗子味儿的白薯”或“萝卜赛过梨”。“葫芦儿——冰塔儿”既简洁又生动，两个字就把葫芦(不管是山楂、荸荠还是山药豆的)形容得晶莹可人。卖山里红(山楂)的靠戏剧性来吸引人。“就剩两挂啦。”其实，他身上挂满了那用绳串起的紫红色果子。

有的小贩吆喝起来声音细而高，有的低而深沉。我怕听那种忽高忽低的。也许由于小时人家告诉我卖荷叶糕的是“拍花子的”——拐卖儿童的，我特别害怕。他先尖声尖气地喊一声“一包糖来”，然后放低至少八度，来一声“荷叶糕”。这么叫法的还有个卖荞麦皮的。有一回他在我身后“哟”了一声，把我吓了个马趴。等我站起身来，他才用深厚的男低音唱出“荞麦皮耶”。

特别出色的是那种合辙押韵的吆喝。我在小说《邓山东》里写的那个卖炸食的确有其人，至于他替学生挨打，那纯是我瞎编的。有个卖萝卜的这么吆喝：“又不糠来又不辣，两捆萝卜一个大。”“大”就是一个铜板。甚至有的乞丐也油嘴滑舌地编起快板：“老太太(那个)真行好，给个饽饽吃不了。东屋里瞧(那么)西屋里看，没有饽饽赏碗饭。”

现在北京城倒还剩一种吆喝，就是“冰棍儿——三分啦”。语气间像是五分的减成三分了，其实就是三分一根儿。可见这种带戏剧性的叫卖艺术并没失传。

晚年萧乾(三)

四、昨天

四十年代，有一回我问英国汉学家魏理怎么不到中国走走，他无限怅惘地回答说：“我想在心目中永远保持着唐代中国的形象。”我说，中国可不能老当个古玩店。去秋我重访英伦，看到原来满是露天摊贩的剑桥市场，盖起纽约式的“购物中心”，失去了它固有的中古风貌，也颇有点不自在。继而一想，国家、城市，都得顺应时代往前走，不能老当个古玩店。

为了避免看官误以为我在这儿大发怀古之幽思，还是先从大处儿说说北京的昨天吧。意思不外乎是温故而知新。

还是从我最熟悉的东城说起吧。拿东直门大街来说，当时马路也就现在四分之一那么宽，而且是土道，上面只薄薄铺了一层石头子儿，走起来真硌脚！碰上刮风，沙土能打得叫人睁不开眼。一下雨，我经常得蹚着“河”回家。我们住的房还算好，只漏没塌，不然我也活不到今天了。可是只要下雨(记得有一年足足下了一个月!)，家里和面的瓦盆、搪瓷脸盆，甚至尿盆就全得请出来。先是滴滴嗒嗒地漏，下大发了就哗哗地往下流。比我们更倒楣的还有的是呢，每回下雨都得塌几间，不用说，就得死几口子。

那时候动不动就戒严。城门关上了，街上不许走人。街上的路灯比香头亮不了多少，胡同里更是黑黢黢的。记得一回有个给人做活计的老太太，挎着一包袄棉花走道儿，一个歹人以为是皮袄，上去就抢。老太太不撒手，那家伙动了武，老太太没气儿啦。第二天就把那凶手的头砍下来，挂在电线杆子上。

看《龙须沟》看到安自来水那段，我最感动了。那时候平民只能吃井水，而且还分苦甜两种。比较过得去的，每天有水车给送到家门口。水车推起来还吱吱呾呾地叫，倒挺好听的。我们家自己就钉了个小车，上头放两只煤油桶，自己去井台上拉，可也不能白拉。

这几年在北京不大看见掏粪的了。那时候除了住在东单牌楼一带的洋人和少数阔佬，差不多都得蹲茅坑，所以到处都过掏粪的。粪是人中宝。所以有粪霸，也有水霸，都各有划分地带，有时候也闹斗殴。

至于垃圾，满街都是，根本没有站。北京城有两个地名起得特别漂亮：一个是护国寺旁边的“百花深处”；一个是我上学必经过的“八宝坑”。可笑的是，这两个地方那时堆的垃圾都特别多，所以走过时得捏着鼻子。

我小学一二年级的时候，北京有电车了。起初只从北新桥开到东单。开的时候驾驶员一路还很有节奏地踩着脚铃，所以也叫“叮当车”。我头回坐，还是冰心大姐的小弟为楫请的。从北新桥上去没多会儿，就听旁边有人嘀咕：“这要是一串电，眼睛还不瞎呀！”我听了害怕起来。票买到东单，可我一到十二条就非下去不可。我一回想这件事心里就不对劲儿，因为这证明那时我胆儿有多么小！

五十年代为防细菌战，北京不许养狗了，真可我心意。小时候我早晨送羊奶，每次撂下奶瓶取走空瓶时，常挨狗咬。那阵子每逢去看人，拍完门先躲开，老怕有恶犬从里头扑出来。一九四五年在德国看纳粹集中营的种种刑具时，对我最可怕的刑罚是用十八条狼犬活活把人扯成八瓣儿咬死。

那时出门还常遇到乞丐。一家大小饿肚皮，出来要点儿，本是值得同情的。可有些乞丐专靠恐怖方法恶化缘。在东四牌楼一家铺子门前，我就见过一个三十来岁满脸泥污的乞丐，他把自己的胳膊用颗大钉子钉到门框上，不给或者不给够了，就不走。更多的乞丐是利用自己身上的脏来讹诈。他浑身泥猴儿似的紧紧跟在你身后。心狠的就偏不给，叫他跟下去，但一般总是快点儿打发掉了心净。可是这个走了，另一群又会跟上来。

另外还有变相乞丐，叫“念喜歌儿”的。听见哪家有点儿喜事，左不是新婚、孩子满月，要不就是老爷升官、少爷毕业，他们就打着竹板儿到门前念起喜歌了。也是不给赏钱不走。要是实在拿不到钱，还有改口念起“殃歌儿”来的呢。比方说，在办喜事的家门口念道：“一进门来喜冲冲，先当裤子后当灯。”完全是咒话。

比恶化缘更加可怕的，是“过大车的”。我就碰上过一回，那时候我刚上初中，好几宿都睡不踏实。“大车”就是拉到天桥去执行枪毙的死囚车，是辆由两匹马拉的敞车。车沿上坐着三条“好汉”。一个个背上插着个“招子”，罪名上头还画着红圈儿。旁边是武装看守——也许就是刽子手。死囚大概为了壮壮胆，一路上大声唱着不三不四的二黄。走过饽饽铺或者饭馆子，就嚷着停下来，然后就要酒要肉要吃的，一边大嚼还一边儿唱。因为是活不了几个钟头的人了，所以要什么就给什么。

那时候管警察叫巡警。经常看到他们跟拉车的作对。嫌车放的不是地方，就把车垫子抢走，叫他拉不成。另外还有英国人办的保安队。穿便衣的是侦缉队，专抓人的。我就吃过他们的苦头。后来又添上戴红箍的宪兵。可是最凶的还是大兵（那时通称作丘八），因为他们腰里挂着盒子炮。我永远忘不了去东安市场吉祥戏院碰上的那回大兵砸戏馆子。什么茶壶板凳全从楼上硬往池子里扔。带我去的亲戚是抱着我跳窗户逃出的。打那儿，我就跟京戏绝了缘。

我说的这些都不出东城。那时候北京真正的黑世界在南城。一九五〇年我采访妓女改造，才知道八大胡同是怎样一座人间地狱。我一直奇怪市妇联为什么不把那些材料整理一下，让现今的女青年们了解了解在昨天的北京，“半边天”曾经历过怎样悲惨的年月。

五、行当

每逢走过东四大街或北新桥，我总喜欢追忆一下五十年前那儿是个什么样子。就拿店铺来说，由于社会的变迁，不少行当根本消灭了，有的还在，可也改了方式和作用。

拿建筑行当里专搭脚手架的架子工来说，这在北京可是出名的行当。五十年代我在火车上遇到过一位年近七旬的劳模，他说是为修颐和园搭佛香阁的脚手架立的功。现在盖那么多大楼，这个工种准得吃香。可五六十年前北京哪儿有大楼盖呀。那时候干这一行的叫“搭棚的”。办红白喜事要搭，一到夏天，阔人家院里就都搭起凉棚来了。

那可真是套本事！拉来几车杉篙，几车绳子和席，把式们上去用不了半天工夫，四合院就覆盖上了。下边你爱娶媳妇办丧事，随便。等办完事，那几位哥儿们又来了。噌噌噌爬上房，用不了一个时辰又全拆光；杉篙、席和绳子，全分门别类，有条不紊地放回大车上拉走了。

整个被消灭的行业，大都同迷信有关系。比如香烛冥纸这一行。从北新桥到东四牌楼，就有好几家。那时候一年到头，香没完没了地烧。平常在家里烧，初一、十五上庙里烧。腊月二十三祭灶烧，八月十五供兔儿爷烧。一到清明，家家更得买点子冥纸。一张白纸凿上几个窟窿，就成制钱啦。金纸银纸糊成元宝形，死人拿到更阔气了。还有钞票，上面印着酆都银行，多少圆的都有。拿到坟上去烧，一边儿烧，一边儿哭天号地。等腊月祭灶，就更热闹了。为了贿赂灶王爷，让他“上天言好事，下地保平安”，就替他烧个纸梯子，好像他根本没有上天的本事；并且要烧点子干豌豆，说是为了喂他的马。小时候祭完灶，我就赶快去灰烬里扒那烧糊了的豆子吃，味道美滋滋的，不过吃完了嘴巴两边甚至半个脸就全成炭人儿啦。

现在糊灯笼和糊风筝的高手是工艺美术家了。那时候，还有糊楼库的，这种铺子也到处都是。办丧事的，怕死人到阴间在住房和交通工具上发生困难，就糊点子纸房子、纸车、纸马，有时还糊几名纸仆人。到七月盂兰节，就糊起法船来了，好让死人在阴间超度苦海，早早到达西天。这些都先得用秫秸秆儿搭成架子，然后糊上各种颜色的纸。工一个比一个细。糊人糊马讲究糊得惟妙惟肖。可到时候都一把火烧掉。有时候还专在马路当中去烧！

这就说到那时候办红白事来了。

先说结婚吧，那当然全由家里一手包办喽，新婚夫妇到了洞房才照面儿。订婚时，男方先往女方家里送鹅笼酒海，一挑挑的。那鹅一路上还从笼里伸出脖子来一声声地吼。做闺女的没出阁，就先得听几天鹅叫，越叫越心慌。女方呢，事先就一挑挑地往男家送嫁妆：从茶壶脸盆，铺盖衣服，掸瓶梳妆台到硬木家具。

那时候的交通警可不好当。娶亲的花轿，出殡的棺材，都专走马路当中。出殡的棺材起码也得八个“杠”——就是八个穿了蓝短褂的壮汉来抬。场面大的，棺材上还罩个大盖子，最多的到六十四人杠。前面的执事还得占上半里地。娶亲的，花轿一般也是八人抬。走在前边的执事可热闹啦！有刀枪剑戟，斧钺钩叉。到女家，女方还先把门关严，故意不开。外头敲锣打鼓，里头故意刁难，要乐师吹这个奏那个。再说，明明是白天，执事手里干吗举着木灯？后来学人类学才懂得，那显然是俘虏婚姻制的遗留。

三十年代，我在燕京大学念书的时候，教务长梅贻宝先生结婚就特意用过花轿，新娘还是一女教授。当时是活跃了校园的一桩趣事。

丧事呢，也涉及不少行业。我那时最怕走过寿衣铺，那是专卖为装殓死人用的服装店。枕头两头绣着荷花，帽子上还嵌着颗珠子。

有段快板是说棺材铺的："打竹板的迈大步，一迈迈到棺材铺。棺材铺掌柜的本事好，做出棺材来一头大，一头小。装上人，跑不了。"

那时候还有个行当，大都是些无业游民干的：专靠替人哭鼻子来谋生，叫号丧的。马路上一过出殡的，棺材前头常有这么一帮子，一个个缩着脖、揣着手，一声声地哀号着，也算是事主的一种排场。

这些，比我再小上一二十岁的人必然也都看见过。现在回顾一下这些可笑可悲的往事，可以看出现在社会的进步，就表现在人不那么愚昧了，因而浪费减少了。

可不知道二十一世纪的人们再回过头来看今天的我们，又还有哪些愚昧和浪费呢？

六、方便

现在讲服务质量，说白了就是个把方便让给柜台里的，还是让给柜台外的问题（当然最好是里外兼顾）。这是个每天都碰到的问题。比方说，以前牛奶送到家门口，现在每天早晨要排队去领。去年还卖奶票呢：今天忙了，或者下大雨，来不及去取，奶票还可以留着用。现在改写本本了，而且“过期作废”，这下发奶的人省事了，取奶的人可就麻烦啦。

“文革”后期上干校之前，我跑过几趟废品站，把劫后剩余的一些够格儿的破烂，用自行车老远驮去。收购的人大概也猜出那时候上门去卖东西的，必然都是些被打倒了的黑帮，所以就百般挑剔，这个不收，那个不要。气得我想扔到他门口，又觉得那太缺德，只好又驮回去。

以前收购废品的方式灵活多了，并不都是现钱交易。比方说，“换洋取灯儿的”就是用火柴来换破旧衣服和报纸。“换盆儿的”沿街敲着挑子上的新盆吆喊，主妇们可以用旧换新。有时候是两三个换一个，有时候再贴上点钱。如今倒好，家里存了不少啤酒瓶子，就是没地方收！

说起在北京吃馆子难，我就想到当年（包括五十年代）“挑盒子菜的”。谁家来了客人，到饭馆子言语一声，到时候就把点的菜装到两个笼屉里，由伙计给挑家来了。也可以把饭馆里的厨师请到家里来掌勺。那时候有钱就好办事。现在有时候苦恼的是：有钱照样也干着急。

我小时门口过的修理行业简直数不清。现在碟碗砸了，一扔了事。以前可不是。门口老过“锔盆儿锔碗儿的”，挑子两头各有一只小铜锣，旁边拴着小锤儿，走起来就奏出细小的叮当响声。这种人本事可大啦。随你把盆碗摔得多么碎，他都能一块块地给对上，并且用黏料粘好，然后拉着弓子就把它锔上啦。每逢看到考古人员拼补出土文物时，我就想这正是“锔盆儿锔碗儿的”拿手本领。

有一回我跟一位同学和他母亲去东四牌楼东升祥买布。同去的还有他的小弟，才三岁。掌柜的把我们迎进布铺之后，伙计就把那小弟弟抱上楼去玩了。买完布，我们上楼一看，店里有个小徒弟正陪着那小弟弟玩火车哪。原来楼上有各种玩具，都是为小顾客准备的。掌柜的想得多周到！这么一来，大人就可以安心去挑选布料啦。

去年我在德国参观一家市立图书馆。走进一间大屋子，里面全是三五岁的娃娃，一个个捧着本画儿书在乱翻。一问，原来主妇们带娃娃来看书，可以把孩子暂时撂在那里同旁的娃娃玩，有专人照看。这样，还早早地就培养起孩子们对书的爱好。想得有多妙！当时我就想起了东升祥来。

现在搬个家可难啦。有机关的还可以借辆卡车，来几位战友儿帮忙。没机关的可就苦啦。以前有专门包搬家的。包，就是事先估好了一共需要多少钱；另外，包也就是保你样样安全运到。家主只在新居里指指点点：这张桌子摆这儿，床摆那儿。搬完了，连个花盆也砸不了。

那时候要是不怕费事，走远点儿可以按批发价钱买点儿便宜货。我就常蹬车去果子市买水果，比铺子里按零售价便宜多了，但稍有不慎也会上当。

一九八三年在美国，有一天我们郊游路过一农家蜜瓜农场。文洁若花一美元买了三个大瓜。回来我们一合计，在超级市场一元钱也买不到半个瓜。我就想，在水果蔬菜旺季，要是北京也鼓励人到产地去买，不是可以减少些运输的压力，对买主也更实惠吗？

每逢在国外看到跳蚤市场，我就想到北京德胜门晓市。那是个专卖旧货的地方。据说有些东西是偷来的黑货。晓市天不亮就开张，所以容易销赃。我可在那儿上过几回当。一次买了双皮鞋，没花几个钱，还擦得倍儿亮。可买回穿上没走两步，就裂口啦。原来裂缝儿是用糨糊或泥巴填平，然后擦上鞋油的！

我最怀念的，当然是旧书摊了。隆福寺、琉璃厂——特别是年下的厂甸。我卖过书，买过书，也站着看过不少书。那是知识分子互通有无的场所。五十年代，巴金一到北京，我常陪他逛东安市场旧书店，他家那七十几架书（可能大都进了北图）有很大一部分是那么买的呢。

我希望有一天北京又有了旧书摊，就是那种不用介绍信、不必拿户口本就进得去的地方。

七、布局和街名

世界上像北京设计得这么方方正正、匀匀称称的城市，还没见过。因为住惯了这样布局齐整得几乎像棋盘似的地方，一去外省，老是迷路转向。瞧，这儿以紫禁城（故宫）为中心，九门对称，前有天安，后有地安，东西便门就相当于足球场上踢角球的位置。北城有钟鼓二楼，四面是天地日月四坛。街道则东单西单、南北池子。全城街道就没几条斜的，所以少数几条全叫出名来了：樱桃斜街，李铁拐斜街，鼓楼旁边儿有个烟袋斜街。胡同呢，有些也挨着个儿编号：头条二条一直到十二条。可又不像纽约那样，上百条地傻编。北京编到十二条，觉得差不离儿，就不往下编了，给它叫起名字来。什么香饵胡同呀，石雀胡同呀，都起得十分别致。

当然，外省也有好听的地名。像上海二马路那个卖烧饼油条的“耳朵眼儿”，伦敦古城至今还有条挺窄又不长的“针线胡同”。可这样有趣儿的街名都只是一个半个的。北京城到处都是这样形象化的地名儿，特别是按地形取的，什么九道湾呀，竹竿巷呀，月牙、扁担呀。比方说，东单有条胡同，头儿上稍微弯了点儿，就叫羊尾巴胡同。多么生动、富于想象啊！

我顺小儿喜欢琢磨北京胡同的名儿，越琢磨越觉得当初这座城市的设计者真了不起。不但全局布置得匀称，关系到居民生活的城内设计也十分周密，井井有条。瞧，东四有个猪市，西四就来个羊市。南城有花市、蒜市，北城就有灯市和鸽子市。看来那时候北京城的商业网点很有点儿像个大百货公司，各有分工。紧挨着羊市大街就是羊肉胡同。是一条生产线呀，这边儿宰了那边儿卖，多合理！我上中学时候，猪市大街夜里还真的宰猪。我被侦缉队抓去在报房胡同蹲拘留所的时候，就通宵通宵地听过猪吱吱地叫。

因为是京城，不少胡同当时都是衙门所在地，文的像太仆寺，武的像火药局、兵马司。还有管考举人的贡院，练兵的校场；还有掌管谷粮的海运仓和禄米仓，我眼下住的地方就离从前的“刑部街”不远。多少仁人志士大概就在那儿给判去流放或者判处死刑的。

有些胡同以寺庙为名，像白衣庵、老君堂、观音寺、舍饭寺。其中，有些庙至今仍在，像白塔寺和柏林寺。

有些胡同名儿还表现着当时社会各阶层的身份：像霞公府、恭王府，大概就住过皇亲国戚；王大人、马大人必然是些大官儿，然后才轮到一些大户人家，像史家呀魏家呀。

那时候，北京城里必然有不少作坊，手艺人相当集中。工人不像现在，家住三里河，上班可能在通州！那时候都住在附近，像方砖厂、盔甲厂、铁匠营。作坊之外，还有规模更大、工艺更高的厂子：琉璃厂必然曾制造过大量的各色琉璃瓦，鼓楼旁边的“铸钟厂”一定是那时候的“首钢”，外加工艺美术。

有些很平常的地名儿，来历并不平常。拿府右街的达子营来说吧，据说乾隆把香妃从新疆接回来之后，她成天愁眉不展，什么荣华富贵也解不了她的乡愁。那时候皇帝办事可真便当！他居然就在皇城外头搭了这么个地方，带有浓厚的维族色彩。香妃一想家，就请她站在皇城墙上眺望。也不知道那个“人工故乡”，可曾解了她的乡愁?

民国初年袁世凯就是在北京城这里搞起的假共和，所以北京不少街名带有民国史的痕迹，特别是今天新华社总社所在的国会街。野心家袁世凯就是在那里干过种种破坏共和的勾当，曹锟也是在那儿闹过贿选。五十年代初期我在口字楼工作过几年，总想知道当时的参众两院设在哪块儿，找找那时议员们以武代文、甩手杖丢墨盒儿的遗迹。

八、花灯

节日往往最能集中地表现一个民族的习俗和欢乐。西方的圣诞、复活、感恩等节日，大多带有宗教色彩，有的也留着历史的遗迹。节日在每个人的童年回忆中，必然都占有极为特殊的位置。多么穷的家里，圣诞节也得有挂满五色小灯泡的小树。孩子们一夜醒来，袜子里总会有慈祥的北极老人送的什么礼物。圣诞凌晨，孩子们还可以到人家门前去唱歌，讨点零花钱。

我小时候，每年就一个节一个节地盼。五月吃上樱桃和粽子了，前额还给用雄黄画个“王”字，就是为了避五毒。纽扣上戴一串花花绿绿的玩意儿，有桑椹，有老虎什么的，都是用碎布缝的。当时还不知道那个节日同古代诗人屈原的关系。多么雅的一个节日呀！七月节就该放莲花灯了。八月节怎么穷也得吃上块月饼，兴许还弄个泥捏挂彩的兔儿爷供供。九月登高吃花糕。这个节日对漂流在外的游子最是伤感，也说明中国人的一个突出的民族特点：不忘老根儿。但最盼的，还是年下，就是现在的春节。

哪国的节日也没有咱们的春节热闹。我小时候，大商家讲究“上板”（停业）一个月。平时不放假，交通没现在方便，放了假店员也回不去家。那一个月里，家在外省的累了一年，大多回去探亲了，剩下掌柜的和伙计们就关起门来使劲地敲锣打鼓。

新正欢乐的高峰，无疑是上元佳节——也叫灯节。从初十就热闹起，一直到十五。花灯可是真正的艺术品。有圆的、方的、八角的；有谁都买得起的各色纸灯笼，也有绢的、纱的和玻璃的；有富丽堂皇的宫灯，也有仿各种动物的羊灯、狮子灯。羊灯通身糊着细白穗子，脑袋还会摇撼。另外有一种官府使用的大型纸灯，名字取得别致，叫“气死风”。这种灯通身涂了桐油，糊得又特别严实，风怎么也吹不灭，所以能把风气死。

纽约第五街的霓虹灯倒也是五颜六色，有各种电子机关，变幻无穷；然而那只有商业上的宣传，没什么文化内容。北京的花灯上，就像颐和园长廊的雕梁画栋，有成套的《三国》、《水浒》或《红楼梦》。有些戏人儿还会耍刀耍枪。我小时最喜欢看的是走马灯。蜡烛一点，秫秸插的中轴就能转起来。守在灯旁的一个洞口往里望，它就像座旋转舞台：一下子是孙猴，转眼又出来八戒，沙和尚也跟在后边。至今我还记得一盏走马灯里出现的一个怕老婆的男人：他跪在地上，头顶蜡钎；旁边站着个梳了抓髻的小脚女人，手举木棒，一下一下地朝他头上打去。

灯，是店铺最有吸引力的广告。所以一到灯节，哪里铺子多，哪里的花灯就更热闹。

六十年代初的一次春节，厂甸又开市了。而且正月十五，北海还举行了花灯晚会。当时我一边儿逛灯一边儿就想：是呀，过去那些乌七八糟的要去掉，可像这样季节性的游乐恢复起来，岂不大可丰富一下市民的生活？

九、游乐街

说起北京的魅力来，我总觉得“吸引”这个词儿不大够，它能迷上人。著名英国作家哈罗德·艾克敦三十年代在北大教过书，编译过《现代中国诗选》。一九四〇年他在伦敦告诉我，离开北京后，他一直在交着北京寓所的房租。他不死心呀，总巴望着有回去的一天。其实，这位现年已过八旬的作家，在北京只住了短短几年，可是在他那部自传《一个审美者的回忆录》中，北京却占了很大一部分篇幅，而且是全书写得最动感情的部分。

使他迷恋的，不是某地某景，而是这座古城的整个气氛。

回想我漂流在外的那些年月，北京最使我怀念的是什么？想喝豆汁儿，吃扒糕，还有驴打滚儿，从大鼓肚铜壶里倒出的面茶和烟熏火燎的炸灌肠。这些，都是坐在露天摊子上吃的，不是在隆福寺就是在东岳庙。一想到那些风味小吃，耳旁就仿佛听到哗啦啦的风车声，听见拉洋片儿的吆喊："脱昂昂、脱昂昂"地打着铜锣的是耍猴儿或变戏法儿的。这边儿棚子里是摔跤的"宝三儿"，那边"云里飞"在说相声。再走上几步，这家茶馆里唱着京韵大鼓，那边儿评书棚子里正说着《聊斋》。卖花儿的旁边有个鸟市，地上还有几只笼子，里边关着兔子和松鼠。在我的童年，庙会是我的乐园，也是我的学堂。

近来听说有些地方修起高尔夫球场来了，比那更费钱更占地的美国迪斯尼式的乐园也建了起来。我想：这是洋人家门口就可以玩到的呀，何必老远坐飞机到咱们这儿来玩？比如我爱吃炸酱面，可怎么我也犯不着去纽约、华盛顿吃炸酱面呀，不管他们做得怎么地道——还能地道过家里的？到纽约，我要吃的是他们的汉堡包。最能招徕外国旅客的，总是最具有民族特色的东西，而不是硬移植过来的。

听说北京要盖食品街了。这当然也是为旅游者想的。然而满足口福并不是旅游最大的，更不是唯一的愿望，他们更想体验一下我们这里的游乐——不是跟他们那里大同小异的电影院和剧院，而特别是民间艺人的表演。比起烤鸭来，那将在他们心目中留下更为持久的印象。

去年，我去了趟法兰克福。老实说，论市容，现代化的大都会往往给我以"差不多"的印象。三天的勾留，使我至今仍难以忘怀的却是在曼因河畔偶然碰上的一个带有狂欢节色彩的集市。魔术团在铜鼓声中表演，长凳坐下来就有西洋景可看。儿童们举着彩色气球蹦蹦跳跳，大人也戴起纸糊的尖尖丑角小帽。我们临河找了个

晚年萧乾(四)

摊子坐下来，各要了瓶啤酒，吃了顿刚出锅的法兰克福名产：香肠。到处是五光十色，到处是欢快的喧嚣。我望着曼因河心里在想：高度工业化的联邦德国，居然还保留着这种中古式的市集。同时又想，即使光为了吸引旅游者，北京也应有一条以曲艺和杂技为主体的游乐街呢！

十、市格

一九二八年冬天，我初次离开北京，远走广东。临行，一位同学看见我当时穿的是双旧布鞋，就把他的一双皮鞋送了我，并且说："穿上吧，脚底没鞋穷半截。去南方可不能给咱们北京丢人现眼！"多少年来，我常想起他那句话：可不能给咱们北京丢人现眼。真是饱含着一个市民的荣誉感。

在美国旅游，走到一个城市，有时会有当地人士白尽义务开着自己的车来导游。一九七九年在费城，我就遇见过这么一位。她十分热情地陪我们游遍了市内各名胜和独立战争时期的遗迹。当我们向她表示谢意时，她意味深长地回答说："我家几代都住在这儿，我爱这个城市，为它感到自豪。我能亲自把这个伟大城市介绍给你们，对我来说是莫大的快乐。"

一九八三年我去新加坡访问，参观市容的那天，年轻的胡君站在游览车驾驶台旁，手持喇叭向大家介绍说："现在大家就要看到的是新加坡共和国的城市建设。"语气间充满了自豪感。他不断指着路旁的建筑说："在英国殖民时代这原是……现在是共和国的……"从他的介绍中，我觉出这个青年对自己国家的荣誉感。

人有人格，国有国格，一座城市也该有它的市格。近来北京进行的文明语言、禁止吐痰等活动，无非就是要树立起我们这座伟大城市的高尚市格。北京确实不是座一般的城市，而是举世瞩目的历史名城，是十亿人民的第一扇橱窗，是我们这个民族有没有出息、究竟有多大出息的标志。每当公众场所敦促市民注意什么时，过去常写上“君子自重”。这是大有分量的四个字呀！

从客观上说，北京的变化确实大得惊人。这几年光居民楼盖了多少幢啊！可是我感到少数市民精神面貌的改变却大大落后于物质上的变化。就拿我所住的这幢楼来说吧，包括我们在内，不少人过去都住过大杂院，如今总算住上有起码现代化设施的楼房了。这楼从落成到现在才两年多，可是楼下的门窗早就给自行车什么的撞得七零八碎，修一回再撞破一回。上下十二层楼，本来楼道都安有电灯，偷泡子呀，拔电线呀，如今干脆成了一片黑暗世界。有人主动做了卫生值日牌，传不上几天就没影儿了。有好心人自告奋勇打扫楼梯，刚扫完，就有专喜欢一路嗑着瓜子上楼的人，毫无心肝地把楼梯又糟蹋得不像个样子。

我向来不大爱管闲事，可是自从市里大张旗鼓地进行禁止吐痰以来，我也忍不住了，就多了几回嘴。我逢上的往往还都是些读书人。大凡吐痰的，总先咳一下，接着，就啪的一声啐了出来，不定落在何方。去干预，客气的就理直气壮地说一声“有痰”或“没手绢”。有回逢上一位骑车的青年，他停下来，脚尖点地，瞪了我一眼，接着又狠狠地啐了一口，就蹬上了车。我在肚内法庭上立刻给他戴上了“顽固不化的东亚病夫”的帽子，并判他头一口不经意，罚五毛；第二口明知故犯，罚五块，可被告人早一溜烟儿骑远了。

如果我是本市摄影记者，我就想拍这么几张照片：在“此地禁止停放自行车”的牌子前，横七竖八的是一长排自行车；在“请勿踏入草地”的牌子旁，父子二位正兴高采烈地在草地上打着羽毛球，真是对着干。这可比漫画更灵，因为是真人真事呀。这种人是你号召你的，我干我的，缺的就是“自重”精神。

至于售货员，什么时候不可以聊天，为什么单单一上柜台就犯起聊天瘾来了？几位售货员凑在一堆时，叽叽喳喳笑得别提多开心了，怎么就不留几分笑容给顾客？

我给《北京晚报》写过一篇《文明始自安全》的文章，至今我仍认为要保持北京起码的市格，先得重视一下这个问题。大马路上的交通事故不说，为什么个别骑自行车的放着专为自行车铺的道（像三里河）不走，偏要在人行便道上横冲直撞逞威风？我早晨散步，就尽量贴着树根走。心想，要撞我，你先得撞撞大树！往日里管汽车叫“市虎”，我看应该管那些骑快车（特别讲究撒把骑的）叫市豹。

还有公共汽车上，小伙坐在孕妇席上就那么坦然自若！抱着娃娃的妇女歪歪拧拧地挤在座旁，他毫无表情地脸朝着窗外。我想，真是哀莫大于心死。

一九四九年以来，咱们这座古城也经历了一场脱胎换骨。现在看来，换骨（城市建设）固然不易，砖得一块一块地砌；可脱胎（改变社会风气和市民的精神面貌）要更难。

然而那正是市格的灵魂。

一九八五年十月

（原载《北京晚报》，1985 年 11 月 11 日至 12 月 26 日）

汉城见闻

一座城市倘若有一条大江穿过，风景准差不了。汉城正是这样。住在半山的旅馆里，清晨边嚼着火腿鸡蛋，边眺望江景。汉江像一匹半散开的乳白绸子，兜了个弯，又向东北流去。江上时有汽艇向上游急驶。大桥以南，就是奥运会的设施：深灰色赛场等待着三周后的角逐喧嚣。奥运村一排排的楼房，挂着五色环的会旗。

整座城市都沉浸在迎接二十四届奥运会的喜悦中。在这整洁干净、秩序井然的城市里，每座建筑、每根电线杆子都贴了祝贺二十四届奥运会在汉城举行的标语，上空到处飘着彩色气球。奥运村周围草坪上竖立着来自各国的雕塑，其中有一只三米高的跷起的大拇指给我印象最深。

然而这片喜悦背后，也感觉出一种隐忧。尽管政府与各政党以及学运领导者之间似乎达到了“休战”的默契，然而矛盾在，危机感就消减不掉。

我从未受到过这么严密的保护。下了飞机，候机室大厅里旅客丛中，不断有身着黄绿色军装的巡逻兵来回穿梭。他们有的雄赳赳地提了冲锋枪，有的腰间别着手枪。开的是国际笔会，可进会场之前也得像机场那样要走过有电子设备的检查门，彬彬有礼的小姐还手持测验器，在你浑身前后左右晃个遍。旅馆过道，最初日夜常见有穿军装带枪的人在巡逻，后来索性对着电梯摆起一张桌子，随时都有三个武装人员在值班。

亚洲四只小老虎，我这是来到第三只了。南朝鲜的经济，正如其他三只小老虎，是在六七十年代起飞的。令人痛心的是，那正是中国大陆三面红旗飘扬，关起门来大搞阶级斗争之时。最突出的印象是南朝鲜人爱用国货。闹市街头不但看不到“日立”、“索尼”的广告，连外国牌子的车也很少见到。我们睁大了眼睛找了九天，才只看到一辆。电梯、浴室设备等等，到处都是南朝鲜自产的，感触很多啊！想当年，中国人何尝不曾提倡过国货，抵制过洋货？可如今，社会上普遍心理是越洋越可自豪。走过王府井，日本货的广告比比皆是。

说起用国货，我想到两点：(一)国货不过硬，光靠爱国心来推销，也不灵。九天来，南朝鲜的“大宇”、“现代”和“起亚”三家牌子的车子我们都坐过，还在郊区驰骋过，可没抛过锚，未出过一点点故障。南朝鲜自产的浴室设备同西方的一样好使。电梯开动起来平稳灵便，不比西方的逊色。(二)南朝鲜部长以身作则，以坐国产车为荣。光大声提倡不中用，上边得身体力行。

从饮食起居到文化，我感到南朝鲜人都珍视礼仪之邦的中国传去而中国本身却已丢弃的一些宝贵的东西。首先是礼貌。从机场、旅馆到大街上，人们无不文雅有礼。埃德加·斯诺的朋友玄雄先生邀我们去古朴雅致的“君子餐馆”吃了顿典型的南朝鲜饭。侍者殷勤麻利，照顾可谓无微不至。走进汉城的奉恩寺，看到熟稔的四大金刚和大雄宝殿以及殿旁那些汉文匾额，宛如身在灵隐。香客们见到我们就笑吟吟地打起扪心。翻看中央精神文化研究所的图书卡片，标明“古文”的净是汉籍。檀国大学校孔德龙院长一见面就告诉我们，他是孔子七十七代孙，一心盼望能去曲阜拜祖。《中央日报》一位记者告诉我们，他的先人是唐朝时由大陆去南朝鲜的。另一位告诉我们，他的祖籍是山东临朐县，先人在明朝来朝鲜，协助抵抗过清朝。

在五十二届国际笔会上我作了《中国文学界的改革与开放》的演讲。大会规定只用朝、英或法语讲，我用的是英语，带有朝、法语的同声翻译。汉城的报纸天天都有关于我们(以及苏联作家)的报道，然而准确性很差，如说柯灵跟毛泽东长征过，冯牧是赵紫阳下面大员，说我曾两度坐牢。

南朝鲜与胶东半岛仅一水之隔，如今贸易往来十分频繁。多次谈话中，南朝鲜人士都向我们表示，南朝鲜渴望同中国建立友谊，首先还不是为了贸易，而是希望通过中国，能推动南北关系的缓和，乃至实现某种形式的统一。

使我十分惊讶的，是南朝鲜汉学家对《在延安文艺座谈会上的讲话》的熟稔。据说那里文艺界以对《讲话》的态度为分野。主流派拥护，另外也有反对派。

这一次，台湾派了十八位代表，团长姚朋(彭歌)以及王蓝等其他团员，对我们均十分亲切友好。《京乡日报》组织了一次我与台湾林海音女士的对话，由汉学家许世旭主持。一开头，许说，希望我们以和解的精神对话。我说，用不着和解，我们根本没吵过架，对话只是为了沟通。林海音接着说，沟通也不必要，我们相互都了解。然后，她就滔滔不绝地对《芙蓉镇》、《烟壶》等大陆文学作品表示了赞赏，我也称许了张爱玲、白先勇在作品中对中国传统小说的语言及手法的运用。当主持人问起我们对朝鲜南北分裂的现状有何看法时，我们一致说，这是你们之间的事，但同时又表示相信：朝鲜终有一天会统一起来，正如海峡两岸的中国不会长久分裂下去一样。

我们谈的最多的是北京城。林海音出生于台湾，很小就被带到北京。她在西城和南城住过。关于北京，她问得十分仔细。我说，百闻不如一见，欢迎她回来看看。她说她个人很喜欢邓丽君带童音的歌，又问起为什么邓丽君的歌和琼瑶的小说在大陆那么风行。我说："台湾的歌子和作品在大陆风行，首先是因为那是来自宝岛的啊。正如在《城南旧事》中，你不是也抒发了对大陆的怀念吗?"

台湾代表团是先我们一天走的。在大厅里，我绕过大堆行李，赶上前去同他们告别。我说："欢迎你们来北京。"他们说："你访问台北的愿望迟早有一天会实现。"

一九八八年九月六日，于香港

（原载《求是》，1988 年第 8 期）

茶在英国

北方人常说，好吃不如饺子，舒服不如倒着。英国人在生活上最大的享受，莫如在起床前倚枕喝上一杯热茶。四十年代在英国去朋友家度周末，入寝前，主人有时会问一声：早晨要不要给你送杯茶去?

那时，我有位澳大利亚朋友——著名男高音纳尔逊·伊灵沃茨。退休后，他在斯坦因斯镇买了一幢临泰晤士河的别墅。他平生有两大嗜好。一是游泳，二是饮茶。游泳，河就在他窗下。为了清早一睁眼就喝上热茶，他在床头设有一套茶具，墙上安装了插销。每晚睡前他总在小茶壶里放好适量的茶叶，小电锅里放上水。一睁眼，只消插上电，顷刻间就沏上茶了。他非常得意这套设备。他总一边啜着，一边哼起什么咏叹调。

从二次大战的配给，最能看出茶在英国人生活中的重要性。英国一向依仗是庞大帝国，生活物资大都靠船队运进。一九三九年九月宣战后，纳粹潜艇猖獗，英国商船要在海上冒很大风险，时常被鱼雷击沉。因此，只有绝对必需品才准运输(头六年，我就没有见过一只香蕉)。然而在如此艰难的情况下，居民每月的配给还包括茶叶一包。在法国，咖啡的位置相当于英国的茶。那里的战时配给品中，短不了咖啡。一九四四年巴黎解放后，我在钱能欣兄家中喝过那种“战时咖啡”，实在难以下咽，据说是用炒橡皮树籽磨成的!

然而那时英国政府发给市民的并不是榆树叶，而是真正在锡兰

（今斯里兰卡）生产的红茶，只是数量少得可怜。每个月每人只有二两。

我虽是蒙古族人，一辈子过的却是汉人生活。初抵英伦，我对于茶里放牛奶和糖，很不习惯。茶会上，女主人倒茶时，总要问一声："几块方糖？"开头，我总说："不要，谢谢。"但是很快我就发现，喝锡兰红茶，非加点糖奶不可。不然的话，端起来，那茶是绛紫色的，仿佛是鸡血。喝到嘴里则苦涩得像是吃未熟的柿子。所以锡兰茶亦有"黑茶"之称。

那些年想喝杯地道的红茶（大多是"大红袍"）就只有去广东人开的中国餐馆。至于龙井、香片，那就仅仅在梦境中或到哪位汉学家府上去串门，偶尔可以品尝到。那绿茶平时他们舍不得喝。待来了东方客人，才从橱柜的什么角落里掏出。边呷着茶边谈论李白和白居易。刹那间，那清香的茶水不知不觉把人带回到唐代的中国。

作为一种社交方式，我觉得茶会不但比宴会节约，也实惠并且文雅多了。首先是那气氛。友朋相聚，主要还是为叙叙旧、谈谈心，交换一下意见。宴会坐下来，满满一桌子名酒佳馔往往压倒一切。尤其吃鱼：为了怕小刺扎入喉间，只能埋头细嚼慢咽。这时，如果太讲礼节，只顾了同主人应对，一不当心，后果真非同小可！我曾多次在宴会上遇到很想与之深谈的人，而且彼此也大有可聊的。怎奈桌上杯盘交错，热气腾腾，即便是邻座，也不大谈得起来。倘若中间再隔了数人，就除了频频相互举杯、遥遥表示友好之情外，实在谈不上几句话。我尤其怕赴闹酒的宴会：出来一位打通关的勇将，摆起擂台，那就把宴请变成了灌醉。

茶会则不然。赴茶会的没有埋头大吃点心或捧杯牛饮的，谈话成为活动的中心。主持茶会真可说是一种灵巧的艺术。要既能引出大家共同关心的题目，又不让桌面胶着在一个话题上。待一个问题谈得差不多时，主人会很巧妙地转换到另一个似是相关而又别一天地的话料儿上，自始至终能让场上保持着热烈融洽的气氛。茶会结束后，人人仿佛都更聪明了些，相互间似乎也变得更为透明。

在茶会上，既要能表现机智风趣，又忌讳说教卖弄。茶会最能使人学得风流倜傥，也是训练外交官的极好场地。

英国人请人赴茶会时发的帖子最为别致含蓄。通常只写：

> 某某先生暨夫人
> 将于某年某月某日下午某时
> 在家

既不注明“恭候”，更不提茶会。萧伯纳曾开过这类玩笑。当他收到这样一张请帖时，他回了个明信片，上书：

> 萧伯纳暨夫人
> 将于某年某月某日下午某时
> 也在家

英国茶会上有个规定：面包点心可以自取，但茶壶却始终由女主人掌握(正如男主人对壁炉的火具有专用权)。讲究的，除了茶壶之外，还备有一罐开水。女主人给每位客人倒茶时，都先问一下“浓还是淡”。如答以后者，她就在倒茶时，兑上点开水。放糖之前，也先问一声：“您要几块?”初时，我感到太啰嗦。殊不知这里包含着对客人的尊重之意。

我在英国还常赴一种很实惠的茶会，叫作“高茶”，实际上是把茶会同晚餐连在一起。茶会一般在四点至四点半之间开始，高茶则多在五点开始。最初，桌上摆的和茶会一样，到六点以后，就陆续端上一些冷肉或炸食。客人原座不动，谈话也不间断。我说高茶“很实惠”，不但指吃的样多量大，更是指这样连续四五个小时的相聚，大可以海阔天空地足聊一通。

茶会也是剑桥大学师生及同学之间交往的主要场合，甚至还可以说它是一种教学方式。每个学生都各有自己的导师。当年我那位导师是戴迪·瑞兰兹。他就经常约我去他寓所用茶。我们一边饮茶，一边就讨论起维吉尼亚·吴尔芙或戴维·赫·劳伦斯了。那些年，除了同学互请茶会外，我还不时地赴一些教授的茶会。其中有经济学大师凯因斯的高足罗宾逊夫人和当时正在研究中国科学史的李约瑟，以及二十年代到中国讲过学的罗素。在这样的茶会，还常常遇到其他教授。他们记下我所在的学院后，也会来约请。人际关系就这么打开了。

然而当时糖和茶的配给，每人每月就那么一丁点儿，还能举行茶会吗?

这里就表现出英国国民性的两个方面。一是顽强：尽管四下里丢着卐字号炸弹，茶会照样举行不误。正如位于伦敦市中心的国家绘画馆也在大轰炸中照常举行“午餐音乐会”一样。这是在精神上顶住希特勒淫威的表现。另一方面是人际关系中讲求公道。每人的茶与糖配给既然少得那么可怜，赴茶会的客人大多从自己的配给中捏出一撮茶叶和一点糖，分别包起，走进客厅，一面寒暄，一面不露声色地把自己带来的小包包放在桌角。女主人会瞟上一眼，微笑着说：“您太费心啦！”

关于中国对世界的贡献，经常被列举的是火药和造纸。然而在中西交通史上，茶叶理应占有它的位置。

茶叶似乎是十七世纪初由葡萄牙人最早引到欧洲的。一六〇〇年，英国茶商托马斯·加尔威写过《茶叶和种植、质量与品德》一书。英国的茶叶起初是东印度公司从厦门引进的。一六七七年，共进口了五千磅。十七世纪四十年代，英人在印度殖民地开始试种茶叶。那时可能就养成了在茶中加糖的习惯。一七六七年，一个叫作阿瑟·扬的人，在《农夫书简》中抱怨说，英国花在茶与糖上的钱太多了，“足够为四百万人提供面包”。当时茶与酒的消耗量已并驾齐驱。一八〇〇那年，英国人消耗了十五万吨糖，其中很大一部分是用在饮茶上的。

十七世纪中叶，英国上流社会已有了饮茶的习惯。以日记写作载入英国文学史的撒姆尔·佩皮斯在一六六〇年九月二十五日的日记中做了饮茶的描述。当时上等茶叶每磅可售到十英镑——合成现在的英镑，不知要乘上几十几百倍了。所以只有王公贵族才喝得起。随着进口量的增加，茶变得普及了。一七九九年，一位伊顿爵士写道：“任何人只消走进米德尔塞克斯或萨里郡（按：均在伦敦西南）随便哪家贫民住的茅舍，都会发现他们不但从早到晚喝茶，而且晚餐桌上也大量豪饮。”（见特里维林：《英国社会史》）

茶叶还成了美国人抗英的独立战争的导火线。这就是历史上有名的“波士顿事件”。一七七三年十二月十六日，美国市民愤于英国殖民当局的苛捐杂税，就装扮成印第安人，登上开进波士顿港的英轮，将船上一箱箱的茶叶投入海中，从而点燃起独立运动的火炬。

咱们中国人大概很在乎口福，所以说起合不合自己的兴趣时，就用“口味”为形容。英国人更习惯于用茶来表示。当一个英国人不喜欢什么的时候，他就说：“这不是我那杯茶。”

十八世纪以《训子家书》闻名的柴斯特顿勋爵（1694—1773）曾写道：“尽管茶来自东方，它毕竟是绅士气味的。而可可则是个痞子，懦夫，一头粗野的猛兽。”这里，自然表现出他对非洲的轻蔑，但也看得出茶在那时是代表中国文明的。以英国为精神故乡的美国小说家亨利·杰姆士（1843—1916）在名著《仕女画像》一书中写道“人生最舒畅莫如饮下午茶的时刻”。

湖畔诗人柯勒律治（1875—1912）则慨叹道：“为了喝到茶而感谢上帝，没有茶的世界真难以想象——那可怎么活呀！我幸而生在有了茶之后的世界。”

一九八九年九月十二日

（原载香港《大公报》，1990 年 1 月 3 日至 4 日）

老北京的小胡同

我是在北京的小胡同里出生并长大的。由于我那个从未见过面的爸爸在世时管开关东直门，所以东北城角就成了我早年的世界。四十年代我在海外漂泊时，每当思乡，我想的就是北京的那个角落。我认识世界就是从那里开始的。

还是位老姑姑告诉我说，我是在羊管(或羊倌)胡同出生的。七十年代从“五七”干校回北京，读完美国黑人写的那本《根》，我也去寻过一次根。大约三岁上我就搬走了，但印象中我们家好像是坐西朝东，门前有一排垂杨柳。当然，样子全变了。九十年代一位摄影记者非要拍我念过中学的崇实(今北京二十一中)，顺便把我拉到羊管胡同，在那牌子下面只拍了一张。

其实，我开始懂事是在褡裢坑。十岁上，我母亲死在菊儿胡同。我曾在小说《落日》中描写过她的死，又在《俘虏》中写过菊儿胡同旁边的大院——那是我的仲夏夜之梦。

母亲去世后，我寄养在堂兄家里。当时我半工半读：织地毯和送羊奶，短不了走街串巷。高中差半年毕业(1927 年冬)因学运被变相开除，远走广东潮汕。一九二九年虽然又回到北平上大学，但那时过的是校园生活了。我这辈子只有头十七年是真正生活在北京的小胡同里。那以后，我就走南闯北了。可是不论我走到哪里，在梦境里，我的灵魂总萦绕着那几条小胡同转悠。

啊，胡同里从早到晚是一阕动人的交响乐。大清早就是一阵接一阵的叫卖声。挑子两头是“芹菜辣青椒，韭菜黄瓜”，碧绿的叶子上还滴着水珠。过一会儿，卖“江米小枣年糕”的车子推过来了。然后是叮叮当当的“锔盆锔碗的”。最动人心弦的是街头理发师手里那把铁玩意儿。嗞啦一声就把空气荡出漾漾花纹。

北京的叫卖声最富季节性。春天是“蛤蟆骨朵儿大甜螺蛳”，夏天是莲蓬和凉粉儿，秋天的炒栗子炒得香喷喷、黏糊糊的，冬天“烤白薯真热火”。

我最喜欢听夜晚的叫卖声。顾客对象大概都是灯下逗纸牌的少爷小姐。夜晚叫卖的特点是徐缓、拖尾，而且当中必有段间歇——有时还挺长。像“硬面——饽饽”，中间好像还有休止符。比较干脆的是卖熏鱼的或者“算灵卦”的。最喜欢拉长，而且加颤音的是夜乞者：“行好的——老爷——太(哎)太——有那剩饭——剩菜——赏我点儿吃吧。”

另外是夜行人：有戏迷，也有醉鬼，尖声唱着“一马离了”或“苏三离了洪洞县”。这么唱也不知是为了满足一下无处发挥的表演欲呢，还是走黑道发怵，在给自己壮胆。

那时我是个穷孩子，可穷孩子也有买得起的玩具。两几个钱就能买只转个不停的小风车。去隆福寺买几个模子，黄土和起泥，就刻起泥饽饽。春天，大院的天空就成了风筝的世界。阔孩子放沙雁，穷孩子也能用黍秸糊个屁股帘儿。反正也能飞起，衬着蓝色的秋空，大摇大摆。小心坎可乐了，好像自己也上了天。

夏天，我还常钻到东直门的芦苇塘里去捉蛤蟆，要么就在坟堆旁边逮蛐蛐——还有油葫芦。蛐蛐会咬架，油葫芦个头大，但不咬。它叫起来可优雅啦。当然，金钟更好听，却难得能抓到一只。这些，我都是养在泥罐子里，每天给一两颗毛豆，一点水就成了。

北京还有一种死胡同，有点像上海的弄堂。可是弄堂里见不到阳光。北京胡同里的平房，多么破，也不缺乏阳光。

胡同可以说是一种中古民用建筑。我在伦敦和慕尼黑的古城都见到过类似的胡同。伦敦英格兰银行旁边就有一条窄窄的“针鼻巷”，很像北京的胡同。在美洲新大陆就见不到。他们舍得加固，可真舍不得拆。新加坡的城市现代化就搞猛了。四十年代我两次过狮城，很有东方味道。八十年代再去，认不得了。幸而他们还保留了一条“牛车水”。我每次去新加坡必去那里吃碗排骨茶。边吃边想着老北京的豆浆油炸果。

但愿北京能少拆几条、多留几条胡同。

一九九三年十月六日

（原载《美文》，1994 年第 1 期）

我的年轮

曾经我想以“年轮”为题写一部长篇小说，因为我觉得只有长篇才能反映我所遭受的一切——那时我二十六岁。

然而这部长篇的构思以及为此积累的一箱资料，在十年浩劫中全部化为灰烬。如今我生命的年轮，已经画了八十四圈。

在夜深梦醒的时分，用回忆的眼凝视这些已逝岁月的年轮，我能看到它们或清晰或模糊，或灿烂或晦暗，或圆满或曲折……但毕竟是一圈又一圈，结结实实地画下来了。尽管在漂泊的生涯中我曾把自己的名字改成为“若萍”，但我终究长成了一棵树。感谢生命，感谢给我生命的人，我真想对着依稀闪现的黎明叫一声：妈，你可没白疼你的儿子！

妈是含着我第一次用稚嫩的小手挣来的一只苹果撒手人寰的。那是一个初秋的黄昏，我十三岁。从此我只能迈动一双小小的脚，艰难地孤零零地向茫茫人世走去。

我曾寄人篱下，在别人的矮檐下生活；世界对我是那样狭窄——以我所遭受的苦难，以我所见到的人的险恶面目，使我无法不怀疑生命是一个极大的谎言，使我没有理由爱我的同类。然而我不能拒绝我的血脉所承袭的一片阳光，一泓暖流；我依然爱，并且做着梦。在我的梦中生命如绚丽的红玫瑰在原野上怒放，灵魂像挣脱了强索的风筝一样翱翔在无垠的晴空之下。为着我的梦我磨砺我的笔。我写下了长篇小说《梦之谷》、短篇小说集《栗子》、《篱下集》以及散文集《小树叶》、《落日》等。为着我的梦我不愿在一个充溢着愚昧、残酷、饥饿和野蛮的黑洞里挖一个小窟窿当作自己的“出路”，我要到阳光下去思索。我走向更广大的人生——我要采访人生。

我是一个不带地图的旅人。我的目光孤独又忧郁，我的微笑顽皮又快乐，而我的脚步——我的脚步呀，浪漫又执着。我那个伤痕累累的祖国母亲，在夕阳下，寒风中，漫漫长夜和每一个赤裸的白昼，怀着温柔的热望，倾听我这个鲁莽游子的足音。我写了《平绥琐记》、《鲁西流民图》、《血肉筑成的滇缅公路》……作为《大公报》的记者，我梦想用我的滚烫的文字，暖一暖母亲的手脚。然而我自己的脚，在荆棘丛生的道路上，被刺得鲜血淋漓。我并没有驻足。蓬勃的永不安宁的热力在我的血管里奔流。我一步步向前走去。我走出了这片黄瘦破碎的海棠叶，我走到了世界的峰巅。在银风筝下的伦敦，在南德的暮秋，在装满炸药的军车上，在海域布满水雷的战舰上……我穿梭访问，追踪扫描——波茨坦会议、纳粹战犯的审判、联合国成立大会……无暇抖一抖军装上的征尘，但我感到精神在蓝天下飞翔的快乐。我看到了生长在另一片土地上的宽容、平等、自由和理性的绿草坪，我看到了植根在另一个民族中的勇敢、乐观、幽默和人类之爱的花朵，我没有地图，我用自己的脚一寸一寸地丈量世界版图的变异。在大战的烽火硝烟中，在死神张大的羽翼下，我弹奏着我生命的乐章。而我梦魂缭绕的，依然是我的贫弱的祖国。我的雪片样的电报飞向她，我的厚厚的一本《人生采访》，也是为她必将获得的强盛而作。像雨点扑向大地，像信鸽飞向家乡，我在旅英七载之后，又一头扎进了她的怀抱。

我依然画我的梦。我在我的《红毛长谈》中，描绘了二十年后——一九六六年的中国，将是一片怎样的文明富裕、自由平等的

萧乾夫妇与友人在沈阳

乐土。我没有想到等待我的是新的“矮檐”——不，棍棒甚至将我从“矮檐”下逐出，头顶上不给我一片瓦，风雨中没有我一个巢——在白茫茫的盐碱地上，我的肩上压了二百斤的大粪担。我蹒跚地踉跄地向前走去，不敢问一声：这是什么地方？我变成了一只噤声的寒蝉，觅尽寒枝无处栖。至于在那幻想中的一九六六年的“乐土”到来之际，一切于我，唯剩下死亡是最美丽的诱惑了。我生命的年轮在这时好像一条飘忽的细线，我时时想着如何用自己的牙齿咬断它。

然而，当隆福医院的大夫为我冲洗胃里的安眠药时，我的坚强而忠实的妻子低下头来，悄悄地，用了另一个国家的语言对我说：“我们要比他们活得更长久，因为我们是人。”

“人？”我几乎忘了她，但这个美好而又庄严的名词穿过黑暗进入了我的心中。死亡使生命对我变成透明。在走出噩梦的早晨，我以我的笔作拐杖，又开始了我的人生旅行。我的手有些抖，我的脚步有些颤，但我的心还能和五岁的孩子比年轻。那个曾经不被爱尔兰喜欢、最后成为自己国家——以至全世界光荣的乔伊斯屹立在我面前。几乎全世界都拥有了他那部以天才和学识向极峰探险的记录——《尤利西斯》。现在我和我的妻子，把这一份瑰宝，译成我们的语言献给了具有五千年文明史的中华民族——我相信这是我生命年轮中镌刻下的深深的一圈，但还不是最后。我仍坚持我的梦。我对没有地图的旅行无怨无悔，直至终极。

（原载《上海法制报》，1994 年 9 月 26 日）

一个中国记者对二次欧战的观感

我的世界近代史知识一般，对二次欧战尤未作过研究。只是生活的机遇使我有幸在一九三九至一九四六年间，曾身临西方那场大屠杀。我不但经历了一九四〇年冬及一九四一年初夏两次伦敦大轰炸，又曾为了宣传中国抗战而走遍战时英国内地，后来又有两年跑过德国前线、旧金山联合国成立大会以及纽伦堡的战犯审判，访问了德国战败后盟军在占领区设的军政府，最后为了对照，还去了趟瑞士。这些，均见我在一九四七年所出版的《人生采访》(一九九四年河北教育出版社再版)及最近写的《一个中国记者在二战中的足迹》。

这里，我想仅就那七年所见所闻，说说一个普通的中国人对二战的一些个人感受，不代表什么团体，文责完全自负。

一、工人也有祖国

整个三十年代，共产党站在反法西斯前哨，一直领导着全世界进步人士。当时不少著名资产阶级作家如纪德和福斯特，奥登和依什伍德都曾“左”过，有的还参加了西班牙内战，一九三六年福斯特甚至在巴黎作家大会上宣称，“倘若我还年轻，我一定参加共产党。”当时共产主义最得人心。然而一九三九年九月，当那场反法西斯战争真的打响时，已经同希特勒签了协定的苏联不但坚守中立，而且以莫斯科为中心的共产国际还立即把那场战争斥为资产阶级战争，英国共产党员自然也只能遵守党的纪律，站在反战立场，拒绝服兵役。当时英共机关报伦敦《每日工人报》自然更得“站稳立场”，成篇大论地攻击那场希特勒强加到英国人民头上的战争。当时我目睹一些英共青年一方面不得不遵循党的路线行事，拒服兵役，与宗教上的反战者(如贵格会友)为伍，一方面私下里却深深感到内疚甚至耻辱——有些后来因而就退了党。然而一九四一年六月，当苏德战争爆发后，一夜之间那场战争就骤然变为“反法西斯战争”了。一场战争的性质可以这么随着一个大国的利益而翻手为云、覆手为雨地改变，太令人费解了。说是工人(共产党员)无祖国，实际上是不能有生你养你的祖国，莫斯科才是“祖国”，这太不合乎情理了。当时的英共党员就如在自己家园着火时他的手脚却被捆住，不但不能和同胞们一道去救火，却还得违心地拍手嚷“活该”！天底下宁有比这更违反自然，更令当事人痛苦的事？我当时也困惑不解，而且对共产国际也产生了疑问。爱国主义同国际主义竟然如此尖锐地对立起来。自那以后，人们开始意识到位于莫斯科的“共产国际”远不是人类走向乌托邦的向导，它也许只不过是苏联外交部的一个附属单位。它的指示是以苏联政策为依归的。

二、国际无信义

私人之间的承诺，或出于道义，或有碍于法律，往往还能兑现。世上最不值钱的，莫如国与国之间的保证了。二次欧战是从纳粹德国侵波开始的。其实，远在一九三四年德波之间就签过什么互不侵犯或互助友好的条约。一九三五年苏法之间也签过类似的协定。一九三九年英法两国更是接二连三地对小国作出保证。四月里是对希腊和罗马尼亚，五月对土耳其打过保票。国与国之间签订的条约真正立竿见影地“生了效”的，倒是同年八月二十三日苏联与纳粹德国签订的那个条约，因为一周之后，希特勒就在没有后顾之忧的保障下入侵波兰，挑起了为时六载的二次欧战。

政治家与政客之别，在于算盘打的大小。纳粹在国内靠耍流氓（如国会纵火案）白手起家。在国际上，钻的正是这个打小算盘的空子。可以说，二次大战就是这种鼠目寸光、利己主义的小算盘所造成的恶果。希魔充分掌握并尽情利用了西欧的恐苏心理。所以英国才纵容纳粹扩军，而法国则坐视歹徒们重返莱茵。他们默许墨索里尼侵占阿比西尼亚，坐视长枪党头目佛朗哥推翻西班牙合法政权。西欧政客们勾心斗角，总想以夷治夷。其结果是把希特勒越喂就胃口越大。一九三八年让他吞并了奥地利，紧接着一九三九年又占领了捷克。从一九三一年日本侵略东北起，整个三十年代，国际上充满了黑交易。对于纳粹这股祸水，政客们考虑的只是让它东流还是西流。希特勒看穿了这一切。他是靠英法恐苏心理起家的，从而随心所欲地钻了空子。

开战以来，就是在盟国之间，讲的也只是利害，谈不上什么道义。一九四一年夏，纳粹挥军向苏联扑去。此时此刻倘若英美联合攻德，让它腹背受敌，战争时间岂不可以大大缩短？这是常识，不需懂军事学也能想出。然而一九四三年春间正当苏联红军浴血奋战保卫斯大林格勒之际，英国却在攻打突尼斯，保卫着位于北非的英帝国及东方通道。倘若那时苏军在库尔斯克，在顿河罗斯托夫或在基辅失利，而没从列宁格勒和诺夫哥罗德转入反攻，一九四四年六月西边的盟军还会在诺曼底登陆吗？第二战场的开辟，主要考虑的不是与苏军配合，不是雪中送炭，而是唯恐苏军抢先打到柏林，从而成为战后整个欧洲的盟主。英美之间要说够得上姑表亲了吧，然而倘若没有一九四一年十二月的珍珠港事变，山姆大叔也必依然会继续隔岸观火。一九四五年八月八日——距 VJ 日仅一周，苏联才对日宣战，同样也不是为了支援盟友，而是着眼于战后对远东事务的发言权。

作为一个中国记者，最难忘的是丘吉尔为了保全英帝国在亚洲的领地——到头来也并没保住——在一九四〇年夏天为了绥靖日本，竟悍然下令封锁了我们的滇缅路。那在当时是中国抗战时的唯一通向外在世界的孔道，我们的喉咙。

个人之间讲求道义、仗义和信义，国与国之间在平时从本国长远利益出发偶尔也肯拔根汗毛，然而在关键时刻讲的是绝对利己主义，连背后向盟友捅一刀的事也完全干得出。

国家要立足于世界，只有自强不息，绝不可信赖旁人的保证。

三、我终于醒悟了

对于纽伦堡审理纳粹战犯的某些程序，我和另一位也在那里采访的苏联同行当时有点儿想不通。那些双手真正沾满善良人鲜血的家伙们罪恶滔天。光集中营里的犹太人，他们就通过毒气室、焚烧炉、细菌注射等种种残酷手段，屠杀过五百二十五万人。至于他们发动的那场战争所造成的死亡人数，更不知有几千万。那帮罪行累累、十恶不赦的纳粹头目就是把他们碎尸万段，也不为过。

然而纽伦堡战犯审判的主持者好像在表演耐性，一点也不急于为那些恶魔定罪，把他们送上绞刑架。听说纳粹德国投降时，除了已自我消灭的希魔，共抓了二十万名大小头目。花了足足半年时间经过初审，逐步缩小惩办范围，所以挨到一九四五年十一月才正式开庭审判，次年八月才结束。九月三十日及十月一日两天，分两批宣判并执行。统共竟花了二百一十八天！

他们当然不是有意拖延，而是由于过程的“繁琐”。纽伦堡法院那层大楼两边关着各级战犯，中间除法庭外还分组办公，其中最忙的（自然也是人手最多的）是档案组。他们对所有汇集来的材料都一丝不苟地查对核实。开庭前给有关被告充分时间去陈述——往往是狡辩或抵赖。然后，就再去调研。在法庭上被告时而自我吹嘘甚至还丑表功。法官这时并不拍案制止发言，而是马上传来有关证人。所以经常一个纳粹头目在受审，法庭外候审室里总坐着几个等着被传讯的证人，准备用真凭实据来驳斥种种抵赖和狡辩。法官不是靠木槌而是靠如山的铁证，来驳倒被告的狡辩。

我当时所感到困惑不解的，是法庭不但准许犯人作充分的自我辩解，并且还为他们每人各聘有律师出庭辩护。事先，法庭为每一被告开列几名律师，其中还有德国人，并附有每人的履历，任凭被告挑选。因此，在法庭上除了准许战犯本人狡辩外，他们各自的律师也想尽理由为他们开脱，设法减刑。那时我在想，既然明知这些家伙做尽伤天害理之事，就是上一百次绞刑架也不为过。何以还准许他们当庭大放厥词，甚至还为他们请来律师辩护？最起码这也是时间的浪费！

到了一九五七年夏天，我才明白让被告也替自己说说再定罪的必要，及至六十年代中期，我更体会到让被告当众替自己申诉不仅仅是对他本人的公道，也是对后人，对历史负责。

据我所知，凡在纽伦堡被判刑的，至今没有一个需要改正或平反的，也没听说过关于当时量刑不当的烦言。

审判不是泄愤或报复的同义语。这里最需要的是唯物主义的实事求是精神。

能改正或平反，至少还说明理智也仍有占上风的一天，可那时本人兴许早已不在世了。另外，个别人“平反”或“改正”容易理解，倘若人数达几十万甚至上百万，那样判决就是另一码事了。

四、不许背后叛卖

二次大战期间，为了协调关系以便共同作战，曾举行过几次巨头会议。最早的应是一九四一年八月间丘吉尔与罗斯福在大西洋的百慕大会议，会上把当年一月罗斯福在美国国会上提出的“四大自由”（保障言论及信仰自由，免除贫穷和恐惧）变成了《大西洋宪章》。“四大自由”无可厚非，但那次会议已显露出大国要主宰战后世界的端倪。战后半个世纪后证明，大国的那些主观思想并未能实现：想保障的并不都有着落，想免除的也依然大量存在。这证明大国为世界画蓝图是妄想。但是百慕大会议的宣言中，有一段是站得住的。他们宣称“绝不在未得有关国家的同意下，作任何领土（当然也包括主权）的改变”。

然而一九四五年二月八日到十一日，美、苏、英三巨头在波茨坦举行的会议上，竟然在没有中国参加（也即是背着中国）的情况下，就在中国领土主权方面做了一次肮脏的交易。

这里，我想原原本本引用美国国务院所发表的《雅尔塔会议文件集》中的一段：

在雅尔塔会议前两个月，即一九四四年十二月十四日，哈里曼奉命向斯大林探询苏联对日作战的条件。据哈里曼说，斯大林当时提出：千岛群岛和萨哈林岛(库页岛)南部应归还俄国。他解释说：日本人现在控制着符拉迪沃斯托克的入口。我们认为俄国人有权保卫通往这一重要海港的交通线。斯大林(指着地图)在包括旅顺港和大连在内的辽东半岛南部画了个圈说，俄国人希望再次租借这些港口及其周围地区。哈里曼向斯大林指出，德黑兰会议设想的是一个国际自由港，而不是由俄国人租借这个地区。斯大林说，‘这可以讨论。’斯大林进一步说，他希望租借中东铁路和连接大连的南满铁路。他特别重申，苏联无意干涉中国对南满的主权。

(《战后世界历史长编》第一编第一分册，1945 年 5 月至 1945 年 12 月第 63—64 页，上海人民出版社 1975 年版)

荒谬啊！强行租借人家的北方主要港口，租借人家东北的大动脉，还说“无意干涉”人家的“主权”！

更令人气愤的是，首先提出这件事的并不是斯大林。当斯大林问罗斯福和丘吉尔“在远东能为苏联做些什么”——也即是问苏联如果参加打日本，美英肯出什么价钱时，丘吉尔主动提出“像苏联这么大陆地，理应有不冻港”，并且无耻地说，他认为“中国人会喜欢在国际保障下的一个自由港”。于是，罗斯福就提出“把大连辟为自由港”。斯大林表示“这将是不坏的”。(见《德黑兰·雅尔塔·波茨坦会议记录摘编》，第 57—67 页)

而且所有这些无理要求，五十年代就都写入《中苏友好互助同盟条约》上了。当时我所在的那个“旧知识分子成堆”的单位里，想不通的大有人在。那些在“思想会”上本着“向党交心”而吐露出来的，就立刻被扣上了“反苏反共”的帽子而打入另册。那时，我还能咬紧牙关，保持了缄默——可惜到一九五七年还是走了火。事实上，那个“友好互助条约”不但把雅尔塔会议上的黑交易全部兑了现，而且苏联还进而要染指我们的新疆！

我能理解当时毛泽东主席为什么在莫斯科滞留一个月之久。他是爱中国的，因而可以设想在签订那个条约时，他内心该有多么痛苦。

“原来这就是无产阶级的国际主义啊！”

当五十年代末期中国大举“反修”时（那时我正在柏各庄国营农场监督劳动），我就从渤海滩上遥遥向北京伸起大拇指，悄悄地说了声：“真伟大，真有骨气！”

我认为联合国宪章里今后应明确规定：永远不许背着有关国家（也即是在有关国家不在场的情况下），对那个国家做出任何涉及领土主权的决定。历史证明，那种不义的决定最终也是会被推翻的。

今天，雅尔塔的阴影在中国已经消失了，然而世界上还有弱国、小国在。这种在背后宰割的做法不中止，世界就永无宁日。

五、一个埋藏了半个世纪的疑问

在纪念二次欧战胜利五十周年之际，难免会有人悄悄地问：那场为时六载，使几千万生灵遭到屠杀的战争非打不可吗？存不存在避免的可能？

这也是我多年来怀有的一个疑窦。

丘吉尔在他的二战回忆录里，也称二战为“非必要的战争”。他甚至说，“从来没有一次战争比这次战争更容易制止的了。”（见他的《二次大战回忆录》第一卷《风云紧急》）。他认为那次战争既不必要而后来又变得非打不可，原因是“英语世界的不明智，麻痹大意和好心肠听任恶人重整武装”。这么说仿佛英国并无私心。其实，英国纵容纳粹绝非出于“麻痹大意”，更不是出于“好心肠”，而是出于恐苏甚于恐纳粹，更根本的当然还是为了保住大英帝国的江山。

我并不是个反战者。三十年代欧洲既然出现了纳粹那帮歹徒，就应通过局部战争把它消灭。而当时如果有决心，仅就英法的海陆空兵力就完全足以制服那一小撮歹徒，何况还有更强大的美苏！问题是打大算盘还是小算盘。纳粹那帮恶棍是英法在恐苏反苏心理的驱使下喂壮了的。是他们接连解除了战败德国在军备上的限制，坐视希特勒并奥又侵捷，胃口越喂越大，以至进而想吞并波兰。一九三九年九月，英法才被逼得只好对德宣战。我抵英后，初期经历了那场“奇怪的战争”——也即是毫无硝烟的假战争。当时，英国颇有些亲德派还在酝酿同希魔议和，理由是打下去对大英帝国不利。亏得有丘吉尔这位时势造就的英雄出来掌舵。他有胆有识，关键时刻咬住了牙。

在纵容希特勒这一点上，我认为英法应负主要责任，但苏联也不能完全辞其咎。当苏联问英法倘若同希特勒打起来，英法可以派出多大兵力时，法国说一百个师，而英国的答复则是“两个师——以后可以再派两个师”，充分显示出缺乏决心和诚意。一九三九年六月，当看到苏联要从反纳粹阵线散伙时，英国赶快往莫斯科派了一名特使，而派去的却只是一位名叫斯特朗的外交部官员。

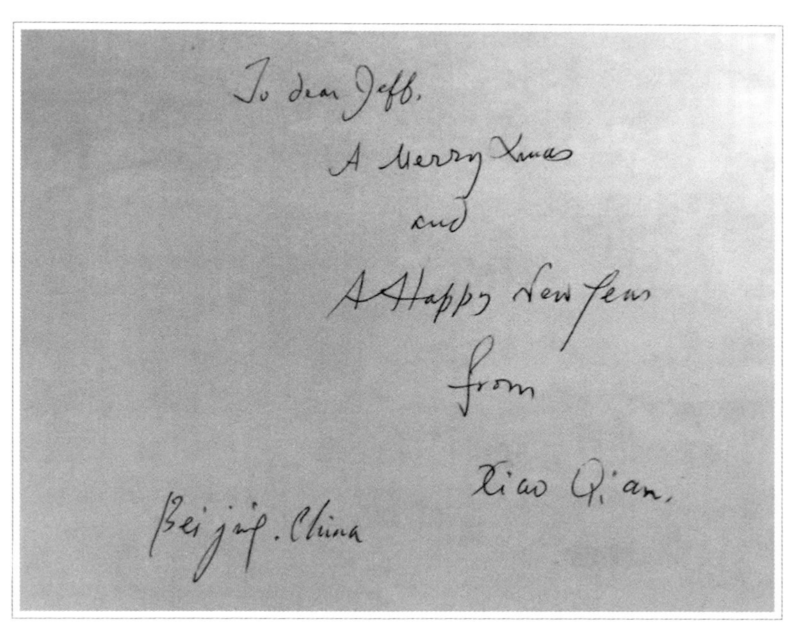

To dear Jeff,

A Merry Xmas

and

A Happy New Year

from

Xiao Qian.

Beijing. China

萧乾写给文洁若的新年祝福

事实上，早在一九三九年二月苏德两仇家就在秘密接触了。五月三日斯大林撤换了犹太裔的外交部长李维诺夫而换上莫洛托夫时，就已放弃了同英法的联合。八月十九日斯大林通知政治局，纳粹外长里宾特洛甫次日要来莫斯科访问。二十三日，《苏德互不侵犯条约》就签了，也就为二次大战开了绿灯。

二战的主要责任应写在英法账上，然而苏联——或者说，斯大林——有没有责任？且不说二次大战是在《苏德协定》签署一周后开始的。我的疑问在于：苏联这个信奉马列主义，以解放全人类为鹄的无产阶级政权，当时是以无产阶级的广阔胸怀，从全局出发，从人民的长远利益出发，打着大算盘呢？还是同张伯伦和达拉第之流的资产阶级政客一样尔诈我虞，勾心斗角，打着小算盘？

正当希特勒在侵占奥、捷、波领土时，苏联也向立陶宛下了通牒，并要求罗马尼亚割让比萨拉比亚和布科维纳省北部。当时在领土野心上，莫斯科简直不甘人后。尤其令人齿冷的是：一九四〇年六月十八日当法兰西陷入纳粹之手，欧洲文明之灯熄灭时，苏联外长莫洛托夫竟然向德国武装力量的伟大成就表示最热烈的祝贺。（见丘吉尔《二次大战回忆录》第二卷上部第一分册，中译本194页。）

六、结束语

关于战争，我十分赞成“一反对，二不怕”的论点，说得干脆利落，而且符合历史规律。

除了像希特勒或东条那样的战争狂人，正常的善良的人们对战争必然本能地反对。首先就因为战争必然会屠杀生灵，破坏建设，而且规模之大，根本无法逆料。要花多么大力气才能把一个团团养育成人！可是一颗子弹就万事俱休。一座建筑物也得一砖一瓦地砌，可一枚炮弹就能把它毁于一旦，化为废墟。战争是生命和建设的大敌。那时我曾无数次在铁路站台上看到夫妻或母子诀别，抱头痛哭。不论在上海闸北，还是在东伦敦，我都看过大轰炸后的惨相。战争意味着骨肉亲属生离死别，意味着一切美好事物的终止。我再也不愿过背着防毒面具逃难的日子了。灯火管制、食物配给，更可怕的是在死亡阴影下苟延残喘。我不但希望自己不再过那种生活——反正我也八十五岁了，我更不希望我的儿孙，我的同胞再陷入那水深火热的境地。战争意味着愚昧、野蛮、歹毒和破坏，一个正常人，一个善良人，不可能拥护战争。那永远是强加于他的。三十年代，日本关东军占了东北又染指华北，它非要把整个神州大地都吞下不可。于是，我们才抗了战。同样，希特勒在一九三八至一九三九年间，胃口也大得没有止境，战争才爆发。然而战争这匹野马一旦脱了缰，可就收不住脚了。

不怕，因为我相信人类社会只会前进，任何拖历史后腿的企图都必惨败。

一次世界大战之前，德国在非洲甚至在我国青岛都曾有过领地。战败后，领地全光了。希特勒显然很不甘心，所以在他那本《我的奋斗》的书中，就一再提“生存空间”。

然而打了六年仗，屠杀了几千万生灵，把多少建筑物变成废墟，不但希特勒没捞到什么，英、法、比等国的殖民地人民战后也都站了起来。非洲、中东、东南亚以至拉美人民都相继挣脱了殖民枷锁，从非洲的矿工到马来西亚的橡胶工人，都成为自己的主人了。

这当然不是战争发动者的原意。只是世界并未因那场战争而倒退，它大大前进了，这才是历史的规律。

一九九五年八月十日

写到不能拿笔的那一天

自从一九七九年这支笔又回到我手中以来，我可一刻也没让它闲着。这辈子足足丢了二十二年。我一直努力把丢失的岁月捡回来，能捡多少就捡多少。

我是在二十世纪第十个年头出生的。如今，再过一个来年头就进入二十一世纪了。我即便能同那个世纪照个面，估计那时候，我也会老得拿不动笔了。从开始写作，我就总喜欢同读者谈心，这回，我当然更不会放弃这机会，用意不外乎为了缩短我同读者之间的距离。

不少朋友自幼都打下古典文学的底子，我则出生在一个穷蒙古人的家中，我老爸竟没等我出生就走人了。活着的时候，他的营生是管开关东直门的城门。寡母是文盲。早年家里除了一位喜拉胡琴哼几声二黄的堂兄，就是识几个大字的堂姐。她个子矮，相貌平庸（所以一生未嫁），但她有一颗金子般善良的心和一肚子的传奇演义。她时而为我说《三侠五义》，时而又哼几句《三娘教子》。她可以说是我的启蒙老师。她背得最熟的是一本《名贤集》，其中，她反复教我的，是“既在矮檐下，怎敢不低头”。小时候，苦命的妈妈在外佣工，把我寄养在婶婶家里，过的正是寄人篱下的日子。那段畸形的生活曾在我的心灵中留下了不健康的烙印。一九五七年后的那些年，我好像又回到动辄得咎的童年。

所以每当人们问起我在自己的作品中最喜爱什么的时候，我总毫不怀疑地回答说，是小说；而小说中，我最心爱的又是《篱下》

和《矮檐》。我并不是在品评它们在艺术上的优劣——那是属于批评家的神圣领域，原作者不应说三道四。我喜欢的不是它们写得如何。尽管其中情节大都是虚构的，但它们是我抚摩着自己心灵中的伤痕写成的。

说起小说，我一直把《蚕》当作我的处女作。而这次，出文集时，编者傅光明把我一九二九年在《燕大月刊》上发的小说《梨皮》翻了出来，如果把它算作我真正意义上的处女作，那我的写作也有七十个年头了。一晃我也成了奔九十的老人。一九三二至三三年，我在福州教过一年书。《蚕》的背景是福州的仓前山和大桥头。小说中“梅”是我当时的女友，已故的高君纯女士。她虽是闽侯人，但并没到过福州。是我硬把她“搬”到那里，陪我发挥了一通很不高明的“宇宙观”。那时我认为人不是自己的主宰，冥冥中有一只大手在摆布着一切，而那只大手也不是万能的。其实，我脑子里闹腾的不过是一场宇宙不可知论。

当我更成熟了一些时，我这种不可知论就为“事在人为，人定胜天”的观点所代替了。我不再琢磨谁在主宰着宇宙这个玄而又玄的问题了。说是实用也好，反正更脚踏实地了。我已排除了命运的想法，回到了种瓜得瓜的现实主义观点。一个人的前途如何？国家在二十一世纪的前景如何？这些统统不可能有预先的答案。答案就在我们每迈出的一步。我认为生活是同宇宙的一场对垒，如棋局。输赢全在每一步，背后是良知和机智。个人如此，整个民族也如此。其中，关键在于能不能和肯不肯记取前车之鉴，善不善于倾听时代的声音。“四人帮”之一意孤行、倒行逆施，就是由于他们忘记了希特勒的下场。

虽说是个未带地图的旅人，但我一直在寻找并辨识人生的方向。早在一九三四年我就在《我与文学》一文中，说出了我的志向，我为自己规划的航向是：通过新闻工作以达到文艺创作的目的。我是想先写报道通讯，最终想写的是小说。然而世事不可能尽如人意。现在回顾起来，记者我倒当了十几年。在国内外，然而一九四九年正当我结束记者生涯，想动手创作时，我已变成一个只能服从分配的螺丝钉了。那时，除非来自老区或少数党外重点统战对象，专门从事创作已不可能。而到了六十年代，再回首人民共和国最初那十几年，没能从事创作却是我莫大的幸运，不然岂能逃过梁效先生的刀斧。连这样，一九五七年还大翻老账，甚至明明针对国民党的塔塔木林也算反党罪行哩。

所以每当想起“三家村”诸公以及六十年代红色风暴中的受害者，我就感激一九五七年的反右运动，因为它老早就夺去了我手中的笔，封上我那多事的嘴。然而我永远也不能忘记像遇罗克和张志新那样真正的英雄。我这个在矮檐下长大的人自知在逆境中没有他们的那份勇气。然而我又不甘随波逐流。所以面对巴金“说真话”的号召，我只敢答以：尽量说真话，坚决不说假话。连这一点，要是在红色恐怖下，我也不知道能不能真正做到。

一九七九年以后，当那支秃笔又回到我手中时，我可没让它闲过。一九五七年我曾发誓今生再不舞文弄墨。其实，那完全是出自阿 Q 心理，当时想弄也不让弄了。

一九七九年后，首先海内外的报刊编者们就不让我闲下来，四面八方都来索稿。我本就手痒了足足二十几年，同时，又受到新时期新事物的感召，就又写起来了，而且劲头还很足。我的十卷文字中，有一半都是这近十几年写的。这段时间里，我总觉得受到两方面的鞭策。一方面是死亡：我自知离八宝山不太远了，因而懂得了抓紧时间；另一方面每逢想到多少好人、能人都死了，自己却活了下来，就觉得只有加倍努力，才对得起自己的这份幸运。

我决心写到不能拿笔的那一天。

如果要我界定一下以前的和近时所写的，我想从前我曾努力的是描绘人生，近年来则是在咀嚼人生了。尤其我最近为早年作品所写的“余墨”，有的回忆当年写作的动机及背景，也有的属于借题发挥。我希望它们不至于搅扰阅读。倘若有时还能增加点透明度，那就更好了。我本想再多写一些，可写着写着笔就涩了，我也不想勉强自己。这时有些文章，如《拟J.玛萨里克遗书》，由于事过境迁，读来可能莫知所云。“余墨”对读者可能有些佐助。这也是我最初想起写“余墨”的动因。

我是个喜欢追忆过去的人。《未带地图的旅人》之前，我就曾写了不少回忆性质的文章。有些朋友抱怨我在书中淡化了自己曾折腾了一辈子的感情生活，四次结婚竟然一笔带过，他们读不过瘾。这一点我是经过认真考虑的。同“小树叶”分手，责任应全部在我，她是无辜的。至于另外两次婚姻的破裂，则双方都有责任。现在去揭那伤疤，不但徒寻苦恼，说不定还会打官司。反正一九五四年与洁若结婚至今，我们恩爱如初。西谚说，人生始自四十。我在四十岁上，魂儿才真正安顿下来，再也不愿折腾了。也只有这样，才能出点活儿。

总之，命运对我不薄。一九三五年毕业半个月后，我就去天津《大公报》上了班。我先后编了六七年副刊，一边还写着通讯。我跑过鲁西水灾、岭东潮汕、滇缅公路，最后还赶上了六年欧战。一九四六年回国不久，就去了海南和台湾。一九五〇年我又被派去参加“土改”。我曾报道了五十年代轰轰烈烈的土地改革。

改造了七八年，到一九五七年一临考试，仍没能及格。那以后三年多，我成为一名单纯的体力劳动者，而且是作为惩罚。劳动，我不怕。可那时被降为次等公民，滋味终身难忘。

然而祸福是难从表面上分辨的。那支笔从我手中被夺走后，忽然松动了几年。于是，言论界又活跃起来。没几年“三家村”诸公就又大遭其殃。

“文革”中，多少品学兼优的读书人都因写而致命。可这笔，动惯了就是放不下。

一九七九年气候由阴霾又变为晴朗。头上的那顶帽子蓦地不翼而飞了。不但个人复生，国家的四肢也由僵直而灵活起来。我就常想，要是五十年代就这么样，社会该会多么先进，国家该会变得多么富强！多少人原可以大显身手，却竟身陷囹圄，甚至死于非命。何必那么经常搞运动、定比例、凑人数，伤害众多无辜！世界上坏人总是少数，把他们绳之以法不就结了。

我真诚希望我们的路线越来越宽，新一代的才智能毫无忌惮地发挥出来。

我们走过的这二十世纪可以说是坑坑洼洼，时常危机四伏。先是军阀混战，然后是国民党统治。一九四九至一九七九年，也是风云迭起。一场“文革”，倘若发生在一个小国，非灭亡不可！

即将迎来二十一世纪，我对我们这个民族满怀希望。我希望我们能充分吸取往昔的教训。我衷心预祝未来的中国不但富强，而且也是一个自由、文明、合理、公正，一个畅所欲言、各尽所能的国家。

一九九八年九月十六日于北京医院

（原载《友报》，1998 年 11 月 20 日）

1995 年萧乾、文洁若与人民文学出版社编辑张福生(右)合影